A LÂMINA MAIS CORTANTE

REBECA SOUSA

THOMAS NELSON
historias

Copyright © 2024 Rebeca Sousa. Todos os direitos reservados.

Todos os direitos desta publicação são reservados à Vida Melhor Editora Ltda. Nenhuma parte desta obra pode ser apropriada e estocada em sistema de banco de dados ou processo similar, em qualquer forma ou meio, seja eletrônico, de fotocópia, gravação etc., sem a permissão dos detentores do copyright.

PRODUÇÃO EDITORIAL	Leonardo Dantas do Carmo e Marcos Olival
COPIDESQUE	Bruna Del Valle
REVISÃO	Auriana Malaquias e Daniela Vilarinho
DESIGN DE CAPA	Rafaela Villela
PROJETO GRÁFICO E DIAGRAMAÇÃO	Cris Viana – Estúdio Chaleira

Dados Internacionais de Catalogação na Publicação (CIP)

(BENITEZ Catalogação Ass. Editorial, MS, Brasil)

S718L

    1. ed. Sousa, Rebeca E.

    A lâmina mais cortante / Rebeca E. Sousa. – 1. ed. – Rio de Janeiro: Thomas Nelson Brasil, 2024.

    272 p.; 13,5 × 20,8 cm.

    ISBN 978-65-5217-005-7

    1. Ficção cristã. 2. Ficção de fantasia. I.Título.

09-2024/71   CDD-B869.3

Índice para catálogo sistemático:
1. Ficção cristã: Literatura brasileira B869.3
Aline Graziele Benitez – Bibliotecária – CRB-1/3129

Os pontos de vista desta obra são de responsabilidade de seus autores e colaboradores diretos, não refletindo necessariamente a posição da Thomas Nelson Brasil, da HarperCollins Christian Publishing ou de suas equipes editoriais.

Thomas Nelson Brasil é uma marca licenciada à Vida Melhor Editora LTDA. Todos os direitos reservados à Vida Melhor Editora LTDA.

Rua da Quitanda, 86, sala 601A - Centro,
Rio de Janeiro/RJ - CEP 20091-005
Tel.: (21) 3175-1030
www.thomasnelson.com.br

Dedico este livro a minha avó Ivanice,
minha primeira contadora de histórias.
Também tributo este livro a meu avô Paulo,
aquele que foi ferido pela lâmina mais cortante.

PREFÁCIO

Toda criança escuta de seus pais: "Cuidado para não se cortar." E, de fato, são muitas e muitas as formas como podemos ter nossa carne rasgada, nossa pele aberta, nossa vida ameaçada. Vidro, facas, louça quebrada, tesouras, pregos, cercas, arame farpado, palavras, dentes afiados. A vida é cheia de coisas cortantes.

A vida é afiada. E boa ficção serve para nos lembrar disso. Lembrar-nos de que pessoas ferem, que situações ferem, que nós todos levamos conosco feridas abertas e feridas saradas, e precisamos aprender a lidar com elas a fim de podermos servir bem naquilo que somos colocados a viver. Boa ficção pode tanto ferir como ajudar a sarar.

Rebeca Sousa tem sido uma voz importante na ficção. A jovem autora já publicou o belo *Ventos do Leste*, e agora nos apresenta mais uma aventura fantástica em que lida com o coração do leitor. Em *A lâmina mais cortante*, ela nos apresenta à jovem escritora Anelise Ward, uma moça inglesa que vive e enfrenta a vida com os mesmos sonhos e medos de inúmeros outros jovens espalhados pelo tempo e espaço. Anelise sonha, Anelise teme, Anelise produz e Anelise espera algo da vida e das pessoas. Entretanto, ao ser colocada para enfrentar riscos e problemas muito maiores do que ela, Anelise precisará olhar para a vida por novos ângulos e entender como o mundo funciona. E, ao lermos sua história, aprenderemos juntos.

A narrativa é muito bem escrita e bastante instigante. Você conhecerá personagens memoráveis, situações difíceis e, espero, se enxergará ali em muitos momentos. Cuidado para não se cortar, caro leitor.

Emilio Garofalo Neto
Pastor da Igreja Presbiteriana Semear, em Brasília, e autor de diversos títulos

O GRANDE DIA

A noite cálida da antiga Londres estava muito agradável. Um céu belo e noturno agraciava o olhar dos que apreciavam um clima ameno, e as sirenes e buzinas distantes constituíam a trilha sonora típica de um sábado à noite: as mães visitavam os seus filhos, os fanfarrões frequentavam os seus bares favoritos e os pastores preparavam os sermões para o domingo de manhã. Nas casas mais abastadas, o aroma predominante do gramado recém-cortado embalava o ar. As hortênsias haviam desabrochado para a primavera londrina, a estação mais deliciosa de se viver, e até o mais apático dentre os britânicos suspirava ao encontrar as suas belas pétalas em cada esquina. O rio Fleet, cujas águas corriam quatro milhas com constante pressa, parecia muito mais jovial e brando do que o comum. Algumas crianças, em muitas casas das muitas ruas daquela cidade, já se aconchegavam em suas cobertas macias. Na esquina daquele mundo, muitas luzes amareladas estavam acesas, rompendo levemente a escuridão de algumas ruelas.

Tudo parecia comum e ordinariamente feliz. Ninguém sequer desconfiava de que coisas tão grandiosas aconteceriam dentro de pouquíssimas horas. Estamos falando de algo realmente único, notavelmente espetacular e distinto. É interessante a frequência com que esses episódios se repetem — mas esta história não é sobre isso.

Como eu ia dizendo, a noite primaveril da antiga Londres estava muito agradável. A avenida principal estava banhada por um doce aroma de ruibarbos maduros prontos para a colheita. Peônias fartas, a flor da temporada, adornavam os canteiros úmidos e recém-aguados. Uma intensa névoa tomava conta das ruas, com uma fumaça gelada e esbranquiçada. As luzes amareladas de um Alfa Romeo 8C iluminavam o nevoeiro à frente, e suas lâmpadas recém-trocadas dissipavam muito pouco a neblina, que, teimosa, permanecia intocável.

Não pense que isso tornava a noite menos agradável. Até mesmo a bruma londrina era especial e diferente de todas as outras do mundo inteiro. Parecia que todos sabiam que aquela era uma noite diferente.

Havia um motivo plausível para isso: naquela noite, o Teatro Ward exibiria o espetáculo *A Juíza*. Os ingressos estavam esgotados há dois meses, e o teatro, superlotado, tinha todos os assentos preenchidos por fãs ansiosos. Longas filas de espectadores decoravam as calçadas, cada um com seu ingresso na mão, esperando pacientemente a sua vez de entrar. Oh, que grande noite era aquela!

As mulheres haviam separado o melhor dentre os seus trajes: chapéu de caxemira, vestidos com cortes profundos nas costas e de ar esnobe e, é claro, luvas delicadas. As londrinas eram conhecidas por sua grande elegância e estilo. Seus acompanhantes ostentavam cabelos brilhosos e recém-cortados, cada fio perfeitamente puxado para trás com esmero. Vestiam calças retas e paletós de ombros largos e quadrados, a sensação da última moda. Os casais elegantemente se enamoravam, brincando uns com os outros enquanto procuravam os seus lugares.

Todos estavam muito bem-humorados, com exceção de uma pessoa.

No interior do teatro, em uma coxia estreita e empoeirada, uma pensativa, exigente e não muito tranquila jovem escritora repassava a fala da atriz principal pela terceira vez. Era importante que ela se certificasse de que tudo estava transmitindo a emoção que ela esperava, do exato jeito que foi escrito em seu roteiro.

Carregava debaixo do braço seu caderno cor de cereja, aquele onde todas as suas histórias começavam e terminavam. Ele estava um pouco encardido, é bem verdade, mas Anelise não o trocaria nem por mil libras, nem mesmo sob a ordem do rei em pessoa. Muitas vezes havia recebido novos cadernos de presente, uns forrados por ouro, outros costurados por fios de prata, porém nenhum se equiparava àquele pelo qual ela nutria tamanho apreço e notável amor.

Com suaves batidinhas, a atriz recebia pó de arroz no rosto, enquanto revisava as falas com a própria autora, mesmo insistindo que lembrava de tudo. As lufadas de pó esbranquiçadas se espalhavam pelo ar no pequeno camarim; suas partículas eram tão dispersas quanto os pensamentos da escritora.

Havia algo com que todos concordavam piamente: Anelise escrevia histórias como ninguém. Ela era o que todos gostariam de ser.

Apesar de tudo estar saindo como esperado, a tensão acumulada nos ombros da jovem a impedia de aproveitar o momento. Sempre escrevera as peças junto de seu pai, dividindo com alegria o letreiro brilhante do teatro e os elogios e as críticas dos jornais. Os roteiros, bem-feitos e agradando à classe burguesa de Londres, fizeram com que o nome da família crescesse e que, com ele, mais histórias surgissem.

A razão da tensão da jovem escritora era esta: aquela era a primeira peça que havia escrito por conta própria, sem o auxílio de ninguém — além, é claro, de seu próprio cérebro, tão versado em imaginação e magia. Antes, ela gostava de riscar as paredes de seu quarto, criando novas aventuras com giz de cera e tinta; agora, estava vivendo seu primeiro solo como escritora, uma aventura que valia a pena ser lembrada mesmo quando todas as cortinas se fechassem.

Ela havia acompanhado cada ensaio, chegando antes de todos e saindo bem depois de a cortina ter fechado. Adorava ser o que era. Apesar da pouca idade, havia forjado grandiosos personagens: de peça em peça, de narrativa em narrativa, os londrinos e estrangeiros de todo o mundo se viam como se estivessem refletidos em um espelho. Cada personagem gerava identificação e comoção, emocionando grandemente o público. "Parece até que conhecem a minha vida!", era o pensamento de todos os presentes. Ela não era uma simples escritora: Anelise era uma nata contadora de histórias.

Se eu pudesse acrescentar algo, também diria que ela era a corredora mais rápida do bairro e uma perfeita escaladora de pinheiros. Sim, Anelise vivia lutando contra um velho inimigo: o medo. Uma das suas maiores resoluções de vida era aprender a ser corajosa e valente, se posicionar contra as injustiças e estufar o peito se alguém tentava diminuí-la. A essa altura, você deve estar se perguntando se ela havia tido êxito nessas investidas. Bem, ainda não, mas ela sabia que um dia conseguiria.

Naquela noite, ela assistiria ao nascimento de sua primeira personagem inteiramente autoral: Lilian, uma corrupta juíza da corte, que sofre as duras penas de uma vida repleta de agouro e amargor devido a um antigo crime acobertado. A peça continha três personagens apenas: a já mencionada Lilian, uma mulher loira, alta e bem-vestida que amava usar seu chapéu verde-esmeralda; Stuart, um estagiário da The University of Law; e o réu, um homem que está sendo julgado por abandono de incapaz, após negar os cuidados a sua mãe doente e acamada.

Estes são temas difíceis, não acha? A habilidade de Anelise residia no dom de tratar temas difíceis por meio de falas e cenas altamente compreensíveis. Viver criando e revisitando tantas personagens causava em Anelise a impressão de que conhecia bem todas elas. Em cada canto de Londres, todos sabiam: não havia ninguém como Anelise.

Contudo, não pense que, no começo de sua prodigiosa carreira, todos a valorizavam como escritora. Naquela época, quando Londres era mais bela e robusta do que hoje, mulheres que escreviam não eram muito celebradas por aqueles que se entendiam como mais tradicionais. Apesar de seu talento indiscutível, ela só se tornou conhecida e aceita nesse grupo graças à eminente influência de seu pai.

Com o passar do tempo, Anelise encontrou as pessoas certas que amavam as suas histórias e não a desprezavam por ser apenas uma garota. Dessa forma, seu talento foi reconhecido e tudo mudou. Ainda era incomum, um fenômeno novo, ver uma autora tão jovem como ela ficar diante de um teatro e agradecer por todos os aplausos. Para muitas pessoas, entretanto, "novo" era sinônimo de bom, e foi isso que levou tantos espectadores ao teatro.

As histórias permitiam que diversas personagens viessem à tona nas mais distintas situações, mas, ao mesmo tempo, ela era capaz de compreender que, quando vestia seus pijamas com cor de meia encardida e se esparramava na cama, era Anelise — e mais ninguém — que estava lá. Isso poderia ser tão solitário quanto libertador, tudo dependia da opinião que seu pai, o Sr. Ward, tinha sobre ela. Havia dias em que ela era a filhinha do papai. Eram aquelas vezes em que sua peça estrondava em sucesso e prestígio brilhantes como fogos de artifício em noite de Guy Fawkes. Nos dias em que o Sr. Ward a chamava de "burra", ela detestava ser Anelise, a escritora. Preferia ser qualquer outro personagem que criara — mesmo Heberth, o fantasma sem boca que precisava arranhar as paredes para chamar atenção — a ser ela mesma.

Mas ela não queria ser Heberth, o fantasma, naquela noite. Seria tudo perfeito, afinal, Anelise preparou aquela peça por muito tempo. Era um texto especial, criado a fogo e ferro, uma obra tão séria vinda de uma jovem precoce. O corpo do enredo fora revisado tantas e tantas vezes, aperfeiçoado como uma obra de arte por um pintor obsessivo que nunca ficava satisfeito com o que tinha em suas mãos.

A história em nada se parecia com tudo o que ela havia escrito até então. O roteiro era particularmente instigante, cheio de diálogos inteligentes; Anelise até arriscou ser irônica e engraçada em alguns trechos. A peça poderia ser sensacional e, pela primeira vez, só o seu nome estaria no letreiro. Sentia, profunda e melancolicamente, que aquela era a sua grande chance. Talvez, o sucesso daquela noite faria com que sua existência fosse alavancada para algo incrível. Quem sabe ali naquela plateia não haveria um olheiro disposto a lhe dar uma bolsa de estudos no melhor colégio de Artes da França? Talvez esse desejo soe muito específico para você, mas parecia familiar para Anelise, que já havia pensado nele diversas vezes.

— Lembrem-se: não imitem os personagens, *sejam* os personagens! — exclamava a plenos pulmões, o suor ameaçando castigar sua pele de porcelana. Aquele era um conselho muito antigo, ensinado por sua professora de teatro, Ms. Haund, que ela repetia para os atores sempre que tinha oportunidade.

Sentia-se vitoriosa por ter se esforçado tanto, contudo, só estaria completamente aliviada quando a peça terminasse, os aplausos soassem, e ela e seus personagens agradecessem ao público. Tudo o que queria ver eram os olhos marejados de seu pai, receber um raro abraço carinhoso e ouvir um caloroso "estou orgulhoso de você".

Era sobre isso que refletia quando um toque familiar chegou ao seu ombro. Imediatamente, o cheiro de âmbar e cedro invadiu suas narinas e uma suave onda de receio tocou seu corpo, despertando-a para o mundo real.

Era um homem alto e esguio, de rosto pálido e barbeado. Por trás de óculos finos e delicados, se escondiam olhos vazios e sem brilho algum. Em seus lábios, vivia um sorriso ganancioso, que já fora gentil.

— Seus bonequinhos entram em cena em breve. — Sua voz produzia um som semelhante ao de um sussurro, tão baixa quanto uma corrente de ar, mas tão perigosa quanto uma tempestade de ventos ferozes.

— Não são bonecos, Sr. Ward. — Anelise não chamava seu pai de "papai", como suas colegas do clube de chá geralmente faziam com seus pais. Simplesmente o chamava pelo nome, a pedido dele, é claro. — São meus personagens — corrigiu suavemente o termo empregado pelo pai enquanto passava os dedos por entre os cabelos, levemente nervosa.

Ele deu uma olhada em sua única filha com uma expressão indecifrável e se foi.

Sr. Ward não conseguia ter as feições simpáticas tão comuns na família, mas nem sempre foi assim. Muito tempo atrás, era tão feliz quanto qualquer homem casado pode ser. Era um escritor apaixonado, e sua esposa, a atriz principal de todas as cenas. O amor deles era tão belo quanto o dos filmes, com uma ligeira diferença: tudo o que sentiam, viviam e diziam um ao outro era real.

Um dia, sua esposa, tão jovem e cheia de vida, desapareceu de um jeito absurdamente tenebroso. Dizem que Sr. Ward estava num banco próximo à janela de seu quarto, esperando-a voltar de um ensaio no teatro. Porém, ela nunca voltou. Tempos sombrios chegaram àquela casa.

A família se mobilizou para contratar o detetive Howard, o melhor de Londres, mas a conclusão do caso foi algo que, segundo os mais velhos, Anelise só entenderia quando crescesse. Aquele era um segredo oculto, escondido da vista de Anelise pelas mãos ágeis de sua família.

Sr. Ward era portador de sonhos ousados, mas tornou-se espectral e frio depois daquele terrível cálice de coração partido. Era incapaz de olhar para sua casa sem lembrar-se intimamente de sua amada. Com o tempo, passou a trancar o quarto de Anelise durante o sono, para que ela não desaparecesse na quietude da noite como aconteceu com sua mãe.

Ele não era mau como Medeia, que matou seus próprios filhos para vingar-se do marido. Sua ruindade se assemelhava mais à do rei Cláudio, personagem de certa peça de Shakespeare que Anelise havia lido alguns anos antes: era sutil em suas ações, tal qual um veneno que se espalha lentamente pelo corpo. Ele também não era perverso o tempo inteiro:

guardava essa carranca para momentos tensos como aqueles em que a filha daria um grande passo. Na maior parte dos dias, ele apenas sustentava um olhar distante e angustiante, revezando entre seu quarto e a poltrona da sala.

Sr. Ward arcou com os estudos da filha em Wycombe Abbey, o melhor internato para moças, suprindo todas as suas necessidades com a grande fortuna da família, até que Anelise completasse seus dezessete anos e se formasse; também a trazia para Londres nas férias de primavera, como estava acontecendo naquelas semanas.

Claro, havia um pouco de amor de pai em seu coração. Digamos, porém, que Anelise o orgulhava mais como artista do que como filha... isso muda tudo, não concorda?

A jovem inspirou fundo e desejou boa sorte aos atores.

— Estarei na primeira fila! — Anelise reiterou, lançando delicados beijos ao elenco. Sua imagem era a de uma artista completa: seus cabelos ondulados como cascatas douradas estavam amarrados no topo da cabeça, a não ser por uma mecha rebelde que insistia em cair sobre os olhos da escritora. Com lábios rosados, vestia seu vestido azul da sorte. Seu nariz, delicado e fino, se assemelhava aos das fadas dos livros ilustrados, e os olhos amendoados atestavam a inocência que havia em seu coração.

— Hoje é o grande dia. Vou contar uma nova história — sussurrou tão baixinho que somente seu coração pôde ouvir.

O ESPETÁCULO E A TRAGÉDIA

Anelise desceu as escadas com cautela para evitar que o tecido do seu vestido especial abarrotasse. Havia sido presente do seu tio há alguns natais, e era tão belo quanto uma nuvem, tão delicado quanto uma pluma! Era alvo de sua intensa admiração desde o dia em que o recebeu, naquela caixa enorme com laço vermelho. Como a maioria das meninas, Anelise provou a peça muitas e muitas vezes, admirando-se naquele espelho antigo que, certa vez, pertenceu a sua mãe. Apesar do tempo passado, o vestido coube perfeitamente em seu corpo. Para complementar seu visual, ela testou diversos penteados e joias, e ousou espalhar um pouco de pó da marca Elizabeth Arden. Repetiu o ritual várias vezes, até sentir-se plenamente satisfeita com o que via no reflexo.

Conforme ela seguia para seu assento, a orquestra que conhecia bem começou a tocar suavemente, anunciando que a peça em breve se iniciaria. Naquela noite, a casa — como eles costumavam chamar o teatro — parecia mais com um jardim primaveril: os espectadores haviam se produzido como lindas flores e belos ramos para a maior estreia do ano, cada um exalando sua própria essência de maneira única. Observar a plateia era uma das partes favoritas de Anelise. Ali, ela assistia como as pessoas se amavam, por meio de olhares ou pelo envolver das mãos, mas também era possível ver aquelas que se odiavam, seja por meio do toque um tanto violento ou pela ausência de qualquer contato.

Estavam presentes no teatro diversas figuras admiráveis: escritores extraordinários, fãs do Sr. Ward e, por consequência, de Anelise, críticos amargurados e o próprio conselheiro do rei. Ele estava em um ciclo de diálogos com outros adultos importantes, porém, assim que viu a escritora, despediu-se dos colegas e se dirigiu a ela.

Ruivo e de nariz torto, sir Daves fez uma afetuosa reverência a Anelise. Ela o conhecia de outras datas, quando ele compareceu à estreia da peça *Uma Balada de Prata*, ocasião em que, com prazer, ele admitiu que o mundo das artes recebera uma nova camada de brilho graças às palavras geniais do Sr. Ward e o talento tão natural de Anelise.

— É um grande prazer revê-la, Srta. Ward. — Cada palavra carregava uma ênfase diferente. Sir Daves tinha um sotaque britânico profundo, herança dos estudos clássicos e instruções que o cercaram desde a infância. Amava acima de tudo seu cão de raça mastim napolitano chamado Bart e, de vez em quando, o levava para passear próximo à casa de Anelise. Sempre que aquele cachorro majestoso e seu caprichoso dono desfilavam na calçada, Anelise assistia à cena em silêncio, imaginando qual personagem, um dia, ela poderia criar inspirado naquela figura tão particular. Anelise, como excelente escritora, observava tudo. Ela havia notado um tique do sir Daves, que era a mania de estreitar os olhos quando se sentia enraivecido ou confrontado. Caso estivesse alegre, o conselheiro do rei apenas piscava um olhinho, como se aquele ato pudesse englobar as palavras que não transmitia audivelmente.

— Ora, sir Daves, é memorável que esteja aqui em um dia tão especial para nossa casa.

Sir Daves sorriu carinhosamente, ajeitando os óculos meia-lua na ponta do nariz torto. Seus olhos, pequeninos e esverdeados, emolduravam um rosto rosado que expressava a alegria que era estar ali, desfrutando da noite enquanto acomodavam os sentimentos afoitos de alegria e contemplação pela peça a que assistiria.

— Minhas expectativas estão altíssimas para conhecer seu primeiro espetáculo solo.

Anelise agradeceu fervorosamente sua presença, afinal, compreendia que nem toda peça de teatro tinha como convidado o conselheiro do rei da Inglaterra. Tentava fazer com que a euforia não se transformasse em orgulho, pois, segundo sua avó, Charlotte Ward, o orgulho escurece os dentes. Anelise não sabia se aquele ditado era baseado em fatos, contudo, não queria arriscar e se pôr à prova.

Enquanto caminhava, avistou a imprensa e os fotógrafos. Sua presença foi muito desejada por Anelise, pois assim sua peça seria anunciada em diversos lugares. Já pensou sentar-se à mesa pela manhã e espiar o jornal do dia, vendo que seu trabalho estampava a manchete principal? Nem as fatias de linguiça Cumberland e os cogumelos tostados da refeição conseguiriam superar tamanha alegria.

Tudo dependia de como seria aquela noite. Tudo dependia de quão abençoada fora sua pena no momento em que decidiu construir aquela narrativa.

Uma das peças escritas por Anelise junto ao Sr. Ward foi descrita pelo *Daily*, um dos melhores e mais lidos jornais de toda a cidade, como um "banquete para a alma". O motivo era claro: foram servidos ao público os mais distintos pratos, alguns cheios de tristeza, outros de reflexão, e muitos repletos de puro júbilo e gozo. Ninguém que assistia a alguma história dos Ward saía com fome do teatro. Cada um via-se tão cheio de animação, tão farto de imaginação, que a saciedade era completa. Histórias eram banquetes, e ninguém passou fome no Teatro Ward.

Anelise adorava banquetes, e apreciou tanto a expressão que adotou como frase favorita de sua vida. Junto a isso, criou mais uma expectativa: Será que a história daquela noite seria capaz de aniquilar seu apetite? A história que escrevera teria a capacidade de ganhar uma boa crítica no *Daily*?

Milhares e milhares de perguntas desse gênero rondavam a mente de Anelise.

Alguns espectadores cumprimentavam Anelise com tapinhas nas costas, apertos de mãos e palavras de encorajamento. A autora não passava despercebida após esses primeiros contatos, de modo que mais e mais admiradores se juntaram para expressar o carinho que tinham por ela. Nesse mesmo momento, uma mulher de olhos azuis e cabelos pretos beijou a face de Anelise com alegria, como se fossem velhas amigas. A maior parte daqueles que rodeavam Anelise sequer a conheciam de fato. Não sabiam que Anelise adoraria ter um cachorro, não sabiam que ela detestava molho de ervas e não conheciam aquele seu lado choroso que aparecia em algumas noites mais frias.

Apesar dessa distância que existia entre a autora e o público, este último sentia que era próximo da escritora, tendo liberdade para dizer coisas como:

— Boa sorte, querida! — Seu perfume forte com cheiro de macadâmia deixou Anelise um pouco tonta. A escritora não fazia ideia de quem se tratava, mas aceitou o carinho. No fundo, os admiradores não achavam que ela realmente precisava disso: uma artista tão tremenda tinha consciência de seu talento. Muitas vezes levou o público às lágrimas e até ao mais sublime gozo. Imagine só qual seria o resultado daquela noite tão feliz, tão fortemente batizada de expectativa!

Quando encontrou seu assento, as luzes se apagaram lentamente e o ar se encheu de música, como se fosse combinado. Ela era capaz de sentir em sua alma o toque delicado das cordas do violino, o dedilhado dos violões e mesmo a respiração das flautas. Os instrumentos musicais suspiravam, cada um apaixonado pelo que viria. Aquela era a deixa para o primeiro ato da história.

Seu coração batia forte como o tambor da orquestra. Seu estômago revirava tão rapidamente quanto as flautas entoavam o seu toque. Estava pronta para assistir a mais uma história de sua autoria ganhar cores, imagens e ação, agora com a grande diferença de que aquela ela havia gerado e alimentado sozinha.

Fechou os olhos e respirou quando Lilian Clarke, sua personagem, surgiu no palco. Assim se iniciaria seu "Era uma vez". Abraçou carinhosamente seu caderno cor de cereja, que guardava as manifestações de sua criatividade.

— Está vendo só? — Anelise sussurrou como se o caderno pudesse escutá-la. — Nós fizemos isto.

O luxuoso Teatro Ward tremeu com tantos aplausos.

O público foi agraciado com as habilidades da atriz, ao mesmo tempo que Anelise sussurrava cada fala de cor. A história — tão real e comovente — arrancou suspiros e, na plateia, a autora pôde ouvir afirmações como "Isto já aconteceu comigo!" ou mesmo "Isto me lembra uma antiga história…". Era o que Anelise mais amava ao escrever: perceber que as pessoas se sentiam personagens da narrativa.

Todos acompanhavam as cenas com intensa animação. A personagem Lilian Clarke recebe a ficha do réu, mas, medrosa, se recusa a abri-la e ler o crime que ele cometera. É então que surge o destemido Stuart, um estagiário sabe-tudo que decide investigar o que a juíza tanto teme. O que ele não podia esperar é que a mulher evita o réu por já ter cometido o mesmíssimo crime que ele, acredite se quiser. A sua atuação era tão fidedigna que sensibilizou a todos que assistiam, deixando Anelise muito orgulhosa.

Em uma plataforma próxima ao palco, na poltrona de sempre, Sr. Ward, pai de Anelise, via a apresentação com visão privilegiada, e seus olhos de rapina inspecionavam cada ato. Seu rosto não traduzia nenhuma emoção. Um chapéu aveludado cobria parcialmente seu rosto, ele segurava um charuto na mão esquerda e, em seu peito, usava um broche de família. Sua aparência prateada envolvia uma gema límpida e bela como uma pérola nebulosa. Mesmo a distância, a moça sentia o cheiro de âmbar e cedro que emanava de sua pele.

Mais de uma vez, Anelise observou seu pai. Era impossível deter esse movimento vicioso. Compreendia que a impressão dele era a que mais importava e não pôde deixar de sentir-se inquieta. Era um momento de muita apreensão, como você se lembra bem. Anelise esperava alcançar patrocínio e mais admiração após aquela noite. Enquanto seus olhos brilhavam diante da sua narrativa encenada, a mente da jovem foi levada à típica preocupação que abatia sua alma a cada instante: "Será que todos estão apreciando?"

Seraphine, a assistente de palco, se aproximou devagarinho de Anelise na escuridão do teatro. Ela não podia enxergar todas as feições da escritora, mas a conhecia bem o suficiente para saber que ela estava aflita na mesma medida em que se sentia admirada por tudo estar dando certo até aquele momento. Seraphine sentia-se hipócrita por tentar acalmar alguém quando ela mesma estava apreensiva até a alma; você já deve ter passado por isso, não é mesmo? Essa é apenas uma dentre as loucuras que fazemos por amor.

— Tudo está indo bem, criança — sussurrou Seraphine com uma doçura maternal, buscando acalmar, mesmo que só um pouco, a ansiedade da garota. Ela esperava que usar suas palavras de incentivo pudesse reforçar tal verdade no interior de Anelise, levando uma pequena porção de alegria e tranquilidade para o resto da noite. No escuro, tudo o que conseguia ver era o perfil atento da escritora, agradável como uma peônia e digna como uma rainha. Interiormente, a autora fazia o possível para se manter calma; até tentou praticar alguns exercícios de respiração que havia aprendido nas aulas de etiqueta, mas se esqueceu de todos eles. — Alguns repórteres querem entrevistar você depois da apresentação.

Anelise ponderou a notícia com a seriedade de uma adulta, as mãos cruzadas em cima do colo, pensando um pouco no assunto. Às vezes, era assustador como ela parecia ser mais velha do que realmente era.

— Qual jornal? Você sabe?

— *Daily Chronicle* e *The London Gazette* — Seraphine cochichou antes de começar a roer as unhas. Ela havia feito um juramento ao seu clérigo de que não mais tornaria a roer as unhas como hábito constante e, em vez disso, dirigiria orações fiéis ao Senhor. Quase sempre se esquecia do compromisso e, logo depois, arrependia-se. Esse era um caminho que ela vivia repetindo, de novo e de novo.

Anelise assentiu com a cabeça, confirmando sua fala ao jornal. Sem dúvida, seria uma ótima maneira de divulgar a peça, mesmo que isso viesse a dobrar o fardo ansioso que Anelise carregava.

Seraphine não deixou de notar a tensão da moça. Às vezes, achava que a vida de escritora era perversa demais para uma dama tão doce quanto Anelise. Por trás de seus óculos avermelhados e de lentes supergrossas, havia uma senhora muitíssimo sensível que amava a garota como se fosse sua filha, mas nada disse para confortá-la, pois sabia que Anelise gostaria de dirigir toda a sua atenção à apresentação que acontecia bem ali, diante dela. Seraphine sabia que a estreia de uma peça era sagrada e, por isso, se retirou para fazer preces, pedindo a Deus que a garota obtivesse sucesso.

Em seu coração, Anelise nutria uma imensa esperança que mal permitia que ela respirasse sem sentir um frio intenso na barriga. Fazia três dias que não dormia plenamente; no entanto, a privação de sono não ofuscava a felicidade prometida para aquela ocasião. Aquela peça era a sua grande chance, a chance de crescer e ganhar novas oportunidades. Era a sua chance de se tornar independente e se livrar das garras de seu pai. Talvez levar seu espetáculo para o mundo todo após aquela noite. Talvez pudesse ir para outro lugar e recomeçar um novo capítulo de sua história.

Tudo seria diferente. Anelise poderia ser feliz.

A trama foi se passando: Stuart foi xeretar documentos e registros, quando decidiu conversar com alguns contatos. Foi assim que descobriu que Lilian estava condenando o réu pelo mesmo crime que ela própria cometera anos antes. A juíza tratava o réu com tamanha severidade que ninguém imaginaria que ela já tivesse se envolvido com algo semelhante em sua vida.

— Vamos julgar logo aquele réu. Ele é perigoso — Lilian, a juíza, apontou sem mais nem menos. Em seu olhar, Stuart detectou o medo. Queria julgar o caso rapidamente para se livrar depressa daquele doloroso lembrete de seu passado.

— Perigoso como o quê? — Stuart questionou sarcasticamente, colocando os polegares em seus suspensórios de couro.
— Como um rato?

Lilian ficou vermelha de raiva e ajustou seu chapéu verde-esmeralda com o orgulho ferido. Anelise, a escritora, sabia bem qual era a cena a seguir. Imaginava a plateia rindo ao escutar uma fala que a divertiu tanto em particular.

— Ratos são animais perigosíssimos! Até o rei George tem medo deles.

Stuart enrugou a testa e reconheceu:
— Nada é mais afiado que a verdade!

Uma explosão de risadas surgiu da multidão. O riso alheio encheu Anelise de alegria, de maneira muito mais empolgada do que ela havia projetado em sua mente. Da plateia, era possível ouvir os muitos tipos de riso, a prova mais concreta que a cena havia cumprido seu propósito inicial. Aquele era o objetivo: divertir, entreter, enriquecer a existência do próximo. Sentia-se orgulhosa de si mesma, pois não era nada boa com piadas, mas acreditava que aquela geraria uma comoção agradável e modesta no público.

Tudo caminhava bem. Um calor descomunal cobria as bochechas de Anelise. A multidão aclamava com fervor as cenas e recebia a história de braços abertos. As pontas dos dedos da escritora vibravam de euforia, e ela até se permitiu sorrir. Seraphine lhe contara que havia pessoas importantes na plateia, que fizeram questão de apreciar sua estreia. Críticos, atores veteranos, ensaístas e grandes escritores que ela admirava. Aqueles aplausos agregaram muita confiança de Anelise em sua história, mais do que você imagina.

O que seu pai deveria estar sentindo após aquela aclamação tão emocionante? Ela estaria aprovada, enfim? O que se passava na mente do Sr. Ward? Novamente, dirigiu sua atenção à plataforma próxima ao palco, de onde seu pai assistia à apresentação, e notou que ele não estava sozinho. Mesmo com as luzes apagadas, Anelise pôde identificar a silhueta de quem o acompanhava.

Sir Daves.

Anelise sorriu por dentro. "Deve estar elogiando a trama", pensou altivamente, seu coração ficando leve como uma espuma feita de sabão. Estava acontecendo, sabia que sim. Seu sucesso estava acontecendo, um futuro cintilante se aproximava dela rapidamente, como uma carruagem puxada por cem cavalos. Quando prestou atenção aos gestos do conselheiro do rei, percebeu que ele parecia um tanto nervoso demais para quem estava somente tecendo elogios. Ela conseguia ouvir pouco, mas a voz do homem parecia alterada. De longe, Anelise poderia apostar que sir Daves estava estreitando os olhos de raiva ou algo similar; ele gesticulava sem parar, enquanto o pai de Anelise tinha o rosto transfigurado pelo ódio.

Quase ao mesmo tempo, alguns burburinhos começaram a se levantar da plateia, atraídos pela discussão. Anelise viu que, repentinamente, várias cabeças se voltaram para ela. Seu rosto começou a formigar, e até os atores no palco sentiam-se desconcertados.

Parecia que todos sabiam algo que Anelise não sabia. Aquele era um aviso claro de que algo estava fora de lugar.

Com um salto, a jovem escritora levantou-se de sua poltrona e caminhou, o mais discretamente que pôde, até sir Daves e seu pai. Seu coração já não conseguia pensar em mais nada além de acalmar qualquer incêndio que tivesse iniciado. Ao se aproximar, ouviu:

— Que vergonha! Uma desonra gigantesca! — O conselheiro do rei enxugava o rosto freneticamente com um lenço cor de creme, já molhado de suor.

Do que estavam falando? O que havia acontecido de tão ruim?

Quase como se lesse os pensamentos da jovem, o conselheiro do rei se virou para ela; seus olhos ardiam como o rio de fogo Flegetonte. Ele falou, com uma expressão severa:

— Fazer piada com o próprio monarca! — O nariz torto do sir Daves tremia e enrugava-se conforme enfatizava quão infeliz fora a anedota que Anelise contou sobre o rei George. Algo dentro da escritora se espatifou como um vidro que é jogado ao chão. Ela estava mais do que decepcionada consigo mesma: sentia-se envergonhada até a morte.

— Por que não conta a ela você mesmo? — questionou Sr. Ward amargamente, apontando para a filha com a cabeça, como se ela fosse nada mais do que uma criatura desprezível. sir Daves não se intimidou diante da autora da peça e, desta vez, não fez a afetuosa reverência de momentos antes.

— Você brincou com uma seríssima fobia do rei George!

Anelise ficou muda. Não fazia ideia de que o rei realmente tinha medo de ratos, pois havia simplesmente inventado aquela parte do roteiro, crente de que não correspondia à realidade. Histérico, o conselheiro retirou os óculos meia-lua da ponta do nariz torto com certa fúria.

— Isso pode fazer com que o Teatro Ward perca os patrocínios... ou... ou mesmo que fira intimamente os sentimentos de Vossa Majestade! — sua voz ecoou alto, fazendo com que muitos ouvissem o que estava acontecendo.

Uma pequena colônia de repórteres chegara para anotar, transcrever e registrar com fotos a comoção. Uma multidão já começava a se formar ao redor deles.

Tudo estava saindo diferente do imaginado. Nem em seus piores pesadelos atormentados, ela imaginou que seu destino seria aquele. Surpresa dos pés à cabeça, Anelise não sabia se pedia perdão ou se começava a chorar.

— Mil desculpas... eu não fazia ideia... — suplicou, com a voz embargada, ignorando a presença de todos os olhares direcionados a ela, uma vez que tudo o que queria era receber o perdão do olhar flamejante de sir Daves. Anelise não era orgulhosa, porque isso poderia escurecer os dentes. A jovem escritora não media esforços para manifestar arrependimento ou mesmo se desculpar com quem quer que seja, ainda mais se esse "quem" fosse o próprio rei George.

— Que absurdo! — a mulher de olhos azuis e cabelos pretos, que antes beijara a face de Anelise com alegria, anunciou em voz alta. — Isso é uma grande ofensa à realeza!

— Eu concordo! — um senhor baixinho e gordo esbravejou, seu farto bigode grisalho se contorcendo de revolta.

Uns gritos de protesto aqui e ali começaram a surgir e logo se multiplicaram a uma voz uníssona de asseveração sombria, um coral de múltiplas vozes que não mais aplaudem, e que agora se voltam contra Anelise.

A orquestra havia parado.

— Medidas serão tomadas, Sr. e Srta. Ward — foi o aviso final do sir Daves antes de se retirar, deixando Anelise e seu pai sob a chuva dos *flashes* das câmeras.

— Srta. Anelise Ward! — o representante do jornal *The London Gazette* chamou, a cobiça prenunciada em seu rosto jovem e ambicioso. — Há alguma coisa que gostaria de dizer?

Anelise era a voz, o corpo e o rosto das histórias que escrevia. Carismática como os narcisos amarelos da primavera, não havia como negar seu prodigioso dom de contar histórias.

Mas ali, Anelise não se sentia bela como as flores, gentil como uma fada, nem encantadora como uma escritora. Ela se sentia reduzida a poeira, rasteira, humilhada.

— Srta. Anelise Ward? — o homem questionou novamente. De terno e calças marrom, o repórter parecia curioso e obsessivo. Vários outros jornalistas se colocaram ao lado dele, prontos para encher a garota de perguntas, na intenção de capturar qualquer palavra que fosse. — Consegue me ouvir?

Anelise empalideceu.

Seu prodigioso dom de contar histórias não a salvaria daquele cenário. Distante como um apito agudo de trem, ela ouviu um som. Seu timbre era tenebroso e gélido, semelhante a um chiado de rádio ou um arranhão afiado em quadro de giz. Seu olhar se distanciou de todos à sua volta e, por um breve momento, viu-se apenas envolvida pelo som.

Quase instantaneamente, percebeu o frio que se aproximou da pele das suas bochechas, esfriando seu corpo e a sua animação como uma nevasca de inverno. Era o medo.

Sua cabeça começou a girar de tanto embaraço. A vergonha a encobria como um manto pegajoso de piche, sujando seu rosto e seu coração. Os *flashes* impediam que Anelise percebesse que o teatro todo estava de pé e desejoso de ouvir boas explicações sobre o que houve.

Na mente da nossa artista, só havia um desejo: agradar.

Agradar à plateia. Agradar a seu pai. Agradar a si mesma.

Tudo que ela queria era ser excelente, nada menos do que a perfeição. Não foi isso que aconteceu.

— Srta. Anelise Ward? — outro jornalista insistiu impacientemente, porém Anelise não conseguia mais ouvi-lo. Ela não era capaz de escutar os *flashes*, nem os comentários. Até as batidas de seu próprio coração se tornaram inaudíveis.

No meio daquele caos, procurou o olhar do pai. Insanamente varreu o lugar em busca daquela figura familiar. Para o pânico de sua alma, o Sr. Ward, irritado, havia ido embora. Deixou sua filha sozinha cercada por feras famintas de qualquer depoimento ou defesa que ela tinha a oferecer. Os jornalistas tinham fome até do silêncio de Anelise, uma vez que, mesmo as suas porções de mudez poderiam gerar dinheiro para a imprensa.

— Anelise! — Seraphine, a assistente de palco, chamou, sua voz vencendo o barulho ensurdecedor da multidão. Sua expressão não era diferente da que encontramos nos pobres marinheiros em pleno naufrágio, aqueles que tentam retirar o capitão do barco antes que seja tarde. Seus óculos avermelhados de lentes supergrossas estavam embaçados quando continuou. — Venha, querida. Vamos embora!

Assim como um capitão de navio preza por salvar sua embarcação, Anelise olhou para todo o cenário de sua história. Os personagens haviam fugido e a multidão continuava a protestar.

Era tarde demais. Não havia como salvar mais nada, muito menos a si mesma. Anelise não podia se salvar.

Envergonhada e encolhida, levantou o olhar apenas o suficiente para ver o que havia restado. Apenas o chapéu verde-esmeralda de Lilian Clarke jazia ali no palco, jogado como um trapo qualquer.

Anelise se sentia um trapo qualquer.

Era o fim.

A ARTISTA MAIS INFELIZ

A lua estava particularmente bela, como uma princesa prateada de vestes alvas e longas. Era uma pena que estivesse ali, tão esplêndida, especialmente em uma noite tão tristonha.

— Que desperdício — Anelise murmurou enquanto vislumbrava o céu estrelado —, uma lua tão linda para uma noite arruinada.

Anelise caminhou a pé e em silêncio até sua casa. Isso levou bastante tempo. Não tinha forças para chorar nem mesmo suspirar teatralmente como costumava fazer. Tudo estava quieto nos porões de seu interior, até seu coração batia lenta e demoradamente. Essa serenidade não era do tipo bom.

As calçadas molhadas salpicaram de lama o vestido azul da sorte. Ela nem achava mais que ele dava sorte. Talvez tivesse preferido mantê-lo naquela caixa do laço vermelho, caso soubesse que o fim seria daquele modo. "Talvez", Anelise pensava sozinha, "eu nem deveria ter saído de casa hoje". Teria sido mais proveitoso ficar em seu quarto, regando os botões de ouro da orelha da gárgula que morava em sua janela e lendo seus livros.

Como tudo estava inativo em Londres! Anelise estava acostumada com outro tipo de ruído: carruagens e suas buzinas, sirenes da polícia e o constante som das rodas contra o asfalto. Nada disso estava acontecendo.

Naquele momento, Anelise descobriu que havia um som pior do que o de vaias: o silêncio. O silêncio ao redor era de quebrar os ossos. A quietude era tão grande e profunda quanto um abismo, tão real e palpável quanto eu e você.

Todo aquele quadro deprimente era o pano de fundo da cena atual de Anelise, mas, naquele palco, ela estava atuando só. Era possível até que ela sequer estivesse atuando. Em cada cena, Anelise era verdadeiramente ela mesma, seja em risos ou lágrimas.

Era a verdade. Sentia-se sozinha como nunca. Nenhum pio nem um sopro de vento, o fluído dos céus, lhe fez companhia naquela noite. Não havia ninguém por ela.

Ela estava perto de chegar em casa e só agora dedicou um certo tempo para imaginar quão terrível seria a recepção proporcionada por seu pai em casa. Abraçou forte seu caderno cor de cereja contra o peito, mal contendo seu pavor. O que ele diria assim que a visse? E o que faria a partir do momento em que cruzasse a porta?

Os Ward viviam em uma bela casa de esquina no bairro de Bloomsbury, uma elegante área residencial com muitos moradores agradáveis. Quando ela estava prestes a chegar em casa, avistou a Sra. Thompson, uma das vizinhas mais interessantes de Anelise, que todos os dias, àquele mesmo horário, passeava com seu dálmata e conversava com ele como se fosse gente. Seus cabelos eram fofos como algodão e acinzentados como as nuvens nubladas da manhã. Ela usava um batom vermelho com cheiro de framboesa nos lábios finos e levemente enrugados e amava tomar chá em todas as refeições.

— ...e a Nancy comentou que esperava mais do presente que Louis deu a ela, mas, oh, coitadinho dele!...

Com uma fina coleira cor de carmim envolta no pescoço, o animal andava graciosamente na calçada úmida, o barulho de suas patinhas ressoando no chão. Por mais extraordinário que fosse, o tal dálmata parecia entender mesmo o que a Sra. Thompson dizia.

— Até esse cachorro está com um humor melhor do que o meu — murmurou Anelise, sentindo-se miserável ao vê-los passar, enquanto o dálmata quase flutuava de alegria ao caminhar rumo à praça central, onde iria rolar na grama e bebericar livremente das fontes cristalinas.

A casa de Anelise tinha um minilago com peixes japoneses e muitos artefatos culturais de lugares que o Sr. Ward nunca havia visitado, mas que ele gostava de dizer que sim. Era uma propriedade repleta de quartos, corredores e muitos espelhos. Sua peculiaridade era o acesso principal, que a fazia ser tão admirada.

Ao destrancar a porta da casa, as luzes estavam apagadas, mas, pelo luar que ultrapassava as vidraças, Anelise enxergou seu pai sentado em sua poltrona cor de lodo, um verde-escuro tão profundo que parecia até ser preto. Âmbar e cedro, o cheiro que Anelise conhecia bem, preenchiam o cômodo com insistência, mesmo que ela coçasse o nariz para impedi-lo de se espalhar pelo seu ser.

Um frio percorreu sua espinha, mas ela procurou demonstrar tranquilidade. Já havia estragado coisas demais naquela noite. Ela havia perdido mais do que era capaz de contabilizar, e não queria ser a responsável por mais um discurso enfurecido de seu pai.

Retirou o agasalho e o pendurou no cabide do saguão de entrada, observando o pai de soslaio. Não conversavam muito no geral, apenas quando era a hora de fazer críticas a sua performance e combinar os próximos passos da companhia de teatro.

Naquele dia, porém, o Sr. Ward estava diferente. Ela sabia que havia errado e isso explicava a expressão enraivecida e desapontada do Sr. Ward.

Anelise entendia o que tinha de fazer: pedir perdão ao pai.

— Sr. Ward, eu peço... — não conseguiu completar a frase. Podia ver os olhos ardentes de seu pai, que, com o coração endurecido, a encarou, e ela emudeceu. Anelise, que dominava tão bem as palavras, viu-se desprovida de todas elas.

— É assim que você me retribui? — Diminuta, Anelise abaixou a cabeça e encarou os pés. Sabia exatamente o que vinha a seguir. — Depois de tudo o que fiz por você. Me esforço para que tenha os melhores professores e tutores. Gastei uma fortuna com sua educação... e é isso o que recebo de você?

Anelise queria explicar que foi um erro, um acidente, mas não era capaz de erguer o olhar e dizer o que pensava. Da cabeça aos pés, sentia tremores de medo. Não sentia confiança de erguer o rosto e se justificar. Para o pai, ela sempre estava errada.

O Sr. Ward se ergueu da poltrona. Seus pés, calçando sapatos de couro, faziam aquele estalido característico em cada passo, cada vez mais alto conforme se aproximava de Anelise. Intimamente, tudo o que a jovem queria ver eram os olhos marejados de seu pai, receber um raro abraço carinhoso e ouvir um caloroso "Estou orgulhoso de você". Ao contrário dos seus planos, os olhos flamejantes do Sr. Ward encararam os seus, assustados e amendoados como os de um ratinho. Ele tinha o dobro do tamanho de Anelise e, ao se aproximar lentamente da filha, rangeu os seus dentes ao dizer:

— Foi uma vergonha. Eu esperava mais. — Com um estampido, bateu o pé no chão ao gritar: — Eu esperava mais de você!

O grito fez Anelise pular de susto e recuar contra a parede, no entanto, não conseguiu escapar do que veio depois. Com fúria, o pai a agarrou pelo braço e subiu escada acima. Ele a arrastou com tanta força que seus pés mal tocaram os degraus e não teve tempo de protestar ou se desvencilhar. Cá entre nós, mesmo que Anelise tivesse a chance de se proteger, não o faria. Ao chegar no quarto da filha, a jogou com força no chão. A cabeça de Anelise se chocou contra o chão de madeira, o estampido surdo ressoando no ambiente.

— Você é desprezível — foram suas últimas palavras antes de a porta se fechar. O brilho do seu broche de família reluzia com fulgor antes de a escuridão cercá-la.

Anelise ouviu o barulho da chave trancando a fechadura e os passos de seu pai se distanciando pesadamente até serem silenciados com a batida da porta de seu escritório. A jovem não sabia, mas seu pai já estava arrependido de seu ato: ainda assim, havia tanto por pedir desculpas que ele não sentia pressa em fazê-lo. Eram tantos anos de raiva e desprezo dirigidos à filha que o orgulho vencia qualquer centelha de mudança que ele pensasse em abraçar.

No quarto de Anelise, o pior estava acontecendo. A escritora permaneceu lá no chão onde seu pai a jogara, encolhida, miúda e frágil como uma gotinha de orvalho. Era, certamente, a artista mais infeliz de toda Londres.

A GRANDE SURPRESA

O cuco do relógio anunciou que já eram três da manhã. Àquela altura, deveria ter adormecido, porém, Anelise não conseguiu. Sua cabeça doía e, quando estava finalmente relaxando para dormir, os *flashes* daquela noite surgiam bem diante de seus olhos, despertando-a novamente.

Seu caderno cor de cereja, jogado em um canto qualquer do quarto, parecia confuso com a conduta de Anelise.

— Santo Deus... — murmurou encolhida na cama, puxando as cobertas até o topo da cabeça dolorida. Ser uma escritora permitia que muitas das suas personagens viessem à tona nas mais distintas situações, mas naquele caso nenhuma veio prestar socorro. Procurou por Dorothy, Genevive e Clara, mas não as encontrou. Vestida com seus pijamas com cor de meia encardida e se revirando na cama, era a pobre Anelise — e mais ninguém — que estava lá.

Como era difícil carregar aquilo sozinha.

Seu coração pesava como chumbo e lágrimas molhavam o travesseiro sem cessar. Não conhecia vida além daquela, contudo, de alguma forma sabia que sua existência era miserável. Quase desconfiava que... não era feliz. Anelise não conhecia o mundo além dos roteiros de teatro que lia e escrevia diariamente, porém, em algum lugar do seu coração, compreendia que as coisas não deveriam ser assim. Ela era uma jovem esforçada, tinha seu mérito. Nunca havia tido aquela fase rebelde que as moças de sua cidade costumavam viver, tampouco respondia ardilosamente ao pai — embora, por vezes, ele merecesse.

Pensou em sua mãe. Se ela estivesse aqui, será que as coisas seriam diferentes?

Aquele pensamento tão repentino a levou a uma gama de confusos sentimentos. Ela não se recordava de momentos vividos com a mãe. Na verdade, tudo o que lembrava era que ela tinha olhos amendoados como os seus.

Não tinha muitas histórias para contar sobre sua mãe, a não ser as brincadeiras em seu quarto em seus primeiros anos de vida e a companhia que lhe fazia em noites de pesadelo. Tudo se transformava em fantasia: vestiam os figurinos do teatro e fingiam ser princesas ou bruxas ou videntes. O cuco do relógio e a tartaruga de cerâmica da estante eram tratados como animais de verdade, e até a gárgula de pedra da janela recebeu o nome de Lewis por meio de um lindo batizado clerical de mentirinha.

Mesmo uma pequena rachadura na parede em formato de lágrima virava parte do faz de conta, um dia sendo a luneta de um pirata e, no outro, o olho mágico de uma terra encantada. Anelise nunca deixou que consertassem aquele defeito, pois era grande o carinho que sentia por aquela marca.

As duas se divertiam até dormir de cansaço. O gozo era sem fim, mas tudo isso fazia muito tempo e acabou. Agora, Anelise vivia suas fantasias e brincadeiras sozinha e ninava a si mesma após os pesadelos que, de vez em quando, a visitavam.

Uma pequena luminária de libélulas, pousada ao lado da sua cama, iluminava o quarto com sua luz fraca e amarelada. Anelise amava libélulas, contudo, nem mesmo aqueles insetos adoráveis conseguiam sanar suas dores. Suas estantes com retratos e cartazes de peças assistiam à sua dor. As cortinas cor de creme, os seus antigos brinquedos da infância, seu vasto guarda-roupa, todo aquele cenário acompanhava o luto de Anelise. Até a pequena rachadura na parede em formato de lágrima parecia lamentar a sua tristeza.

Na janela entreaberta do seu quarto, Lewis, como uma boa gárgula, permanecia na mesma posição de sempre, observando as carruagens e luzes da cidade com um fino sorriso no rosto, enquanto Londres exibia sua melhor paisagem. Era uma bela noite, sem vento, mas não bela o suficiente para animar Anelise.

Seu pai estava certo? Ela era mesmo desprezível?

Como pôde decepcionar seu pai daquele jeito? Depois de tudo o que ele fez? Depois de apostar tudo naquela noite, como não havia considerado as implicações daquela maldita piada?

As memórias daquela noite partiam seu coração, e Anelise começou a carregar no olhar um botão de tristeza que ainda não havia desabrochado, mas que estava ali, bem junto ao jardim de sua vida.

Tapou a boca para abafar os soluços.

Anelise odiava ser ela mesma. Odiava seu coração sonhador que projetou tantos bons cenários para aquela noite. Não suportava sentir que aquilo era tudo culpa sua.

As lágrimas seguiam o mesmo rastro copiosamente, sem previsão de cessar. Lembrou da revolta do sir Daves; seu rosto, antes doce, de repente alterado pela raiva. Que vergonha. Tantos *flashes* registrando eternamente seu erro. Tantos olhos assistindo ao seu deslize. Tanto tempo investido naquela peça falida. Tantos protestos do seu público tão amado, todos ali estavam tão surpresos e desapontados quanto Anelise.

Com dezessete anos, seu único e maior desejo era ser uma pessoa bondosa e escrever uma história de vida diferente. Esforçava-se mais do que ninguém para exercer virtudes e se orgulhar de cada capítulo escrito de sua narrativa existencial. A questão é que nem sempre ela se saía bem, por mais que tentasse, e isso a frustrava intensamente, pois, assim como você, ela errava. Errava muito, usando de total sinceridade. Será que sua história seria sempre assim, com mais erros que acertos? O amargor de suas falhas se acumulava em seu coração e Anelise não sabia o que fazer com isso.

Não queria nem pensar no que o rei George faria a seu respeito. Seria expulsa da Inglaterra? Enviada a uma ilha deserta? Lançada a uma cova de serpentes?

A lista de opções pode ficar longa, pois Anelise tinha uma imaginação imensa.

— Nunca mais... — Anelise anunciou entre os soluços, erguendo o dedo no ar com determinação, com o jeitinho espetaculoso que só ela tinha. — Nunca mais conto histórias novamente.

Todos ouviram aquela promessa com choque: a pequena luminária de libélulas, pousada ao lado de sua cama, as estantes com retratos e cartazes de peças, as cortinas cor de creme, os seus antigos brinquedos da infância, seu vasto guarda-roupa, cada um deles recebeu aquela notícia com desânimo. Até a pequena rachadura na parede em formato de lágrima parecia tentar fazer a artista reconsiderar aquela promessa, mas ela estava decidida. Lewis, a gárgula, agora observava os carros e luzes da cidade com um sorriso triste no rosto.

Prosseguiu chorando e chorando até perder a noção do tempo, quando, repentinamente, ouviu um ruído. Assustada, a moça silenciou como um ratinho e esperou para ver o que aconteceria. Ficou completamente imóvel.

Será que seu pai havia voltado para maltratá-la ainda mais? Será que já não havia sofrido o bastante para aquele dia?

Tudo ficou quieto e, quando ela achava que não havia sido nada demais, o ruído se repetiu, dessa vez mais alto, um estrondo semelhante a uma pedra rolando no chão.

"Algum móvel do quarto deve ter desmoronado", pensou, diante do barulho incomum. No fundo, ela sabia que sua ideia não era plausível. Às vezes, nossa mente faz isso: sugere respostas ridículas para aquilo que não desejamos reconhecer.

Com a última fibra de coragem que tinha dentro de si, deu uma espiada ao redor. Tudo em seu quarto parecia estar no mesmo lugar: suas estantes com retratos e cartazes assistiam à sua curiosidade. As cortinas, seus antigos brinquedos, seu vasto guarda-roupa, todos eles intactos. Até a pequena rachadura em formato de lágrima parecia interessada em saber o que havia acontecido.

Notou, em seguida, que sua janela estava escancarada, não mais entreaberta. Isso era estranho, pois, se você lembra bem, aquela era uma noite sem vento. Como a janela havia aberto sozinha? Anelise sabia a resposta.

Ela lia jornal — como qualquer escritora de verdade faz — e descobrira que estava à solta um terrível bandido. Seu nome era Bandido do Batom, e acho melhor não explicar o porquê. O que sei é que ele se esgueirava pelas janelas dos quartos durante a noite e, como um camundongo, furtivamente saqueava tudo.

De supetão, ligou na potência máxima sua pequena luminária de libélulas.

Com a respiração acelerada e os olhos arregalados, imaginou que aquele homem poderia estar em qualquer lugar, escondido no guarda-roupa ou mesmo recostado no canto mais escuro do seu quarto.

"Calma, Anelise", repreendeu a si mesma como um general que reclama de um jovem cadete.

Sem pressa, afastou as cobertas e levantou-se da cama, endireitando a postura para parecer mais velha a quem quer que estivesse ali. A quem ela queria enganar? Quando seu rosto pálido e sardento foi iluminado pela luz da lua, o pavor em seu semblante era certo, graças aos seus lábios trêmulos de pavor.

Abaixou-se lentamente e apanhou seu caderno de histórias. "Servirá como arma", refletiu, mesmo sem saber como um caderno iria defender sua honra.

A madeira abaixo de seus pés rangia conforme ela caminhava até o centro do quarto, de olho em tudo e atenta a qualquer movimento estranho. Enquanto inspecionava o lugar, Anelise mantinha o caderno bem-posicionado como uma espada.

De repente, um vulto escuro passou de uma extremidade à outra rapidamente. Anelise saltou de medo e um gritinho escapou de dentro do peito.

Não podia chamar seu pai. Além de a porta estar trancada, levaria um sermão daqueles por estar acordada e, ainda por cima, ter atrapalhado o sono dele. O Sr. Ward olharia com aquela cara furiosa e diria: "Sua trapaceirazinha maldita! Me acordando a esta hora?"

Com pesar, reconheceu que estava só. Era Anelise, e mais ninguém, que estava ali... Entretanto, não completamente. Ela nunca esteve, até aquele dia, inteiramente sozinha.

Suas histórias favoritas, aquelas que Anelise sabia de cor, chegaram um pouco mais perto naquele momento. Alguém já disse que os livros devem ser lidos para nos lembrar de que nunca estamos vagando solitariamente por uma estrada. Existe companhia, especialmente aquelas que moram em nosso coração.

Quando o mundo parecia mais cruel do que realmente podia aguentar, costumava trazer à memória as narrativas que lhe davam esperança. Era assim que suportava os castigos do pai e os ensaios exaustivos do teatro. Era assim que vivia a sua vida: lembrando as histórias.

Inspirou fundo com seriedade.

"Seja corajosa, pelo menos uma vez. Lembre-se de Clara, que enfrentou um exército de ratos. Tente se lembrar de... Dorothy, a que não temeu a Bruxa Má do Leste..."

Um a um, revisitou seus heróis favoritos. Lembrou-se de Aquiles e sua força, também de Jack e sua destreza e de Hamlet e sua coragem, mesmo diante do espectro de seu pai.

A lembrança a encheu de bravura. O que ela fez a seguir pode até parecer bobagem, mas para Anelise foi um ato grandioso.

— Quem está aí? — sua voz falhou um pouco na última palavra, mas ela continuou como se tivesse o timbre de um trovão. — Apareça!

"Por favor, não apareça", interiormente pediu. Por mais que sua imaginação formigasse, no fundo de sua mente, ela não sabia o que esperar. Ela não era capaz de discernir o que estava por vir.

No fundo do quarto, enxergou uma pequena sombra crescer.

Ela escutou o som de garras.

Os passos do sujeito produziam ruídos altos contra o chão.

Era baixinho demais para ser um homem e corpulento demais para uma criança. A luz da lua revelou primeiro seus chifres e, logo em seguida, seus dentes tortos e alongados. De suas costas, brotava um pequeno par de asas semelhantes às de um morcego. A visão total da criatura causou um mal-estar que Anelise Ward há muito não sentia.

Anelise perdeu o ar e a cor fugiu de seu rosto. Parecia estar em uma daquelas histórias de teatro. O problema é que não havia plateia, não havia roteiro, e tudo era de verdade.

A criatura deu o último passo à frente e exibiu a sua forma total.

Acho que você não aguentaria aquele conjunto de acontecimentos no mesmo dia: Anelise contou uma piada de mau gosto no espetáculo que poderia mudar sua vida, recebeu maus-tratos de seu pai, chorou copiosamente e encontrou um monstro em seu quarto.

Horrorizada, cobriu a boca com as mãos e torceu para ser um pesadelo. Não era possível. Não podia ser! Coisas sobrenaturais pertencem aos livros, não é? Será que a batida de sua cabeça no chão era a responsável por aquela alucinação? Não havia outra explicação racional ou concreta.

Uma corrente de terror se apoderou de Anelise. Ela estava rígida demais para correr e surpresa demais para gritar. Que visão assustadora a daquela criatura!

A fera não parava de se aproximar. Parecia faminta com todos aqueles dentes, louca para provar um pouco da carne da jovem.

Anelise precisava se defender.

Tomada por um impulso, usou sua arma com força total: jogou o caderno cor de cereja com todo o ânimo que ainda restava em seu ser, dirigindo sua mira a tal criatura peculiar. O miolo colidiu contra a cabeça da coisa com um estampido e ela caiu sentada no chão, meio zonza, esfregando a testa com os nós dos dedos e resmungando baixinho em uma língua que Anelise não reconheceu.

Uma coisa, todavia, interrompeu aquela onda de pavor e chamou sua atenção. Mesmo assustada, Anelise foi capaz de associar a imagem daquele ser a algo muito familiar.

Ela reconhecia aqueles botões de ouro. Na verdade, os reconheceria mesmo a quilômetros de distância. Aquelas flores eram regadas diariamente pela própria Anelise.

Era inconfundível, ainda que aquele fosse um fato *quase* impossível.

— Le-Lewis? — gaguejou, incrédula. Esfregou os olhos uma ou duas vezes, porém, aquela aparição não sumiu.

A gárgula que morava na sua janela havia ganhado vida!

— Na verdade, me chamo Hércules! — a gárgula anunciou com muita pompa, apesar de estar ressentida com o ataque do caderno cor de cereja. Fez uma grandiosa reverência e levou o nariz até o chão com o gesto. Suas feições eram idênticas às de qualquer outra gárgula que você tenha conhecido na vida. Apesar de feio, sua voz era gentil e suas feições, bondosas. — É um imenso prazer finalmente falar com você, Anelise.

O PORTAL DA LÁGRIMA

— Você pode falar... e pode andar! — a garota exclamou, atônita com a informação. Não sabia se o nome daquilo era milagre ou magia; o que quer que fosse, contrariava sem dúvida a ordem conhecida deste mundo.

Lewis irritadamente assentiu, pois ainda esfregava levemente a testa com certo ressentimento. Esperava ser recebido com alegria ou mesmo com uma bela e fumegante torta silvestre de nozes, contudo, assim que se aproximou, sua senhora lançou um objeto pesado e folhudo em sua direção. Isso o fez recordar dos ensinamentos de sua velha mãe, que comumente o pedia para não se distanciar mais que dez passos de sua toca na floresta, pois "coisas terríveis se escondem mundo afora". Sempre que a desobedecia, situações como aquela tornavam-se reais. Dessa vez, a coisa terrível foi um caderno, atirado no meio de sua testa por uma jovem surpreendentemente forte.

— Estou com pressa e prometo responder a todas as suas dúvidas no caminho — seu andar era manco e cada movimento produzia um ruído peculiar. Uma porção de gramíneas jazia no topo de um de seus chifres e as tão bem cuidadas flores botão-de-ouro cresciam a partir do interior de suas orelhas. Anelise notou que suas costas eram cobertas por cogumelos brancos, quase translúcidos contra a luz lunar. Ele passou por ela e foi em direção à sua cômoda, estranhamente familiarizado com o lugar.

— Caminho? Caminho de quê? — questionou Anelise, a voz esganiçada ecoando no quarto, esquecendo-se completamente que seu pai dormia alguns corredores a frente de seu quarto. Anelise, porém, se via profundamente concentrada em descobrir o que uma gárgula (viva, que fique bem claro) estava fazendo em seu quarto. — Exijo que me explique! — a garota ordenou com um tom firme.

A gárgula ignorou os protestos da garota, mexendo em suas coisas até apanhar uma pequena lanterna verde-marinho e um tinteiro.

Assim como Anelise, talvez você tenha algumas perguntas. Posso responder algumas delas para esclarecer a situação. Como ele sabia que esses objetos estavam ali? Bem, gárgulas são seres estranhamente espertos, capazes de ter uma mente elevada e estratégica, se decidirem fazer isso. Hércules, nesse caso, conhecia Anelise e, naturalmente, conhecia seu quarto melhor do que qualquer um que vivia naquela casa.

— Não mexa nas minhas coisas! — Anelise exclamou, tomando das garras de Lewis, ou melhor, Hércules seus objetos pessoais e vendo a criatura, impaciente, bufar e cruzar os braços. — Eu não vou a lugar algum até saber o que está acontecendo.

Relutante, ele cerrou os lábios, pensando no que fazer. Aos poucos, a gárgula recuperou a postura serena e, com muita altivez, proferiu as seguintes palavras:

— Você cresceu nesta casa e eu sempre fui seu guardião. Lembro-me do dia em que jogou água na minha cabeça e me batizou de Lewis! Sempre regou as flores de minhas orelhas... e cuidou de mim — recordou orgulhosamente, pousando a garra no peito como um soldado premiado e muito amado. Ele via a si mesmo como um guardião da jovem, embora ninguém o tenha designado para tal função. A razão é bem simples: quando ninguém estava olhando, a gárgula era a responsável por enxotar discretamente os rouxinóis, impedindo-os de construírem ninhos no parapeito da janela de Anelise, além de fechar sua janela em dias de tempestade. Não posso me esquecer de que era ele quem vigiava a rua durante a noite, livrando sua protegida de possíveis perigos noturnos. Os perigos nunca chegaram, isto é certo, mas ele estava lá a postos, caso isso viesse a acontecer. Em cada um desses detalhes, Hércules entendia sua postura de guardador e se apossou do título com toda satisfação — O que vou dizer pode parecer confuso e peço que confie nesta nobre gárgula que jamais faria mal a sua senhora.

Anelise assentiu em silêncio e sentou-se na cama para digerir aquele estranho acontecimento, levando os joelhos junto ao corpo e abraçando-os nervosamente. Ela estava atenta a cada palavra que seria dita pela criatura.

Hércules se sentou ao seu lado. O colchão afundou um pouco com seu peso, porém ele nem percebeu, enquanto Anelise esboçou uma leve careta.

A gárgula permanecia olhando para todas as direções como se pudesse ser ouvido de alguma forma. Em seu mundo, os ventos do oeste eram maus e ouviam tudo o que era lançado no ar. Não queria arriscar, por isso, sussurrou:

— Pertenço a um reino chamado Endemör, e o perverso rei Revno se apoderou do trono há tempos. Ele matou o bondoso rei que o antecedeu, secou nossos mares e rios, e a morte cresceu sobre a terra. Sua carne não pode ser queimada pelo fogo nem cortada pelas espadas comuns. Nunca conseguimos derrotá-lo. — Hércules e seu grande coração sentiam-se entristecidos por tudo aquilo que havia narrado; o amor por sua pátria era tão genuíno que o estado de guerra o magoava profundamente. Seu maior e único desejo era ver sua nação liberta das mãos de Revno. — Eu fugi para me proteger. — Ele parecia envergonhado por ter fugido para Londres tantos anos atrás. Se gárgulas pudessem corar, ele estaria vermelho da cabeça aos pés. — Mas, recentemente, recebi a visita inesperada de um jovem oficial da minha terra. Ele me anunciou que o exército está se preparando para atacar, e nós temos um plano.

O coração de Anelise batia forte. Parecia com uma daquelas histórias que ela sempre conheceu, mas nunca viveu.

— Uma lenda percorre as florestas profundas de nossas terras e todos a conhecem muito bem. As árvores sussurram em seus galhos um antigo dizer. Elas mencionam que apenas uma lâmina afiada, a mais afiada, conseguirá vencer o rei Revno.

A gárgula agora mirou os olhos amendoados de Anelise.

— Desde que ele chegou ao poder, muitos foram em uma busca incessante pela faca mais aguda de todas. Eles fracassaram. Mas nós — e ele tomou a liberdade de apertar a mão da garota, grande era sua euforia —, nós encontramos a lâmina mais cortante. Nós encontramos a lâmina mais afiada! — Anelise abriu um enorme sorriso, envolvida pela sucessão de fatos e aliviada com a notícia. — Contudo, precisamos de uma perfeita contadora de histórias para distrair o rei enquanto invadimos o palácio para derrotá-lo... E eu não conheço uma contadora de histórias tão dedicada quanto minha senhora Anelise. — Os grandes olhos de pedra miravam a face da menina. Do lado de fora, Londres era banhada por uma névoa impetuosa, abençoando cada casa da cidade com o frescor vernal tão típico do mês de março. — Só temos uma chance, e os conselheiros não querem arriscar escolhendo alguém que não seja perfeito para a missão.

Anelise? Embarcando em uma missão tão perigosa? Aquilo não parecia certo, tampouco seguro. Só podiam ter achado a Anelise errada.

Pensando o mesmo, o sorriso da jovem se dissipou aos poucos. Anelise negou o pedido lentamente com a cabeça, levantou-se da cama e caminhou devagar até a janela escancarada do seu quarto. Uma nuvem de casas e residências se estendia diante de si, todas muito parecidas, com seus tijolos de pedra e chaminés fumacentas. Bem distante, viu o belíssimo Big Ben, a torre noroeste do Palácio de Westminster. Ele era como um pequeno sol iluminando as casas escuras e infelizes de toda Londres. A primavera na cidade era a época preferida de Anelise, pois, apesar de ser uma época chuvosa e até meio friorenta, o sol aparecia com mais frequência e, com seu brilho, as flores desabrochavam.

Pensativa, pousou a mão em seu pequeno queixo e piscou os olhos, como se esse ato pudesse clarear suas ideias.

Hércules viu a preocupação de sua senhora com desconforto. Tinha uma pista do que a angustiava. Durante todo aquele tempo, ele ouviu a menina repassando as falas e criando a história de Lilian Clarke com empolgação e alegria em seu quarto. A gárgula presenciou Anelise pedindo à sua avó Charlotte que fosse vê-la apresentar sua grande peça no teatro, semanas atrás. Dia após dia, Hércules via da janela os cartazes sendo colados pelos muros da cidade, os personagens de Anelise Ward sorrindo e o grande título estampado: *A Juíza*.

Com tristeza, Hércules notou a garota chorando durante a madrugada e entendeu que algo havia dado errado. Sua tão esperada noite não terminou como ela pensara.

— Independentemente do que aconteça, eu a trarei em segurança para sua casa, se esta é sua preocupação. Ninguém vai machucar você, eu garanto! — prometeu a gárgula.

O que Hércules ainda não sabia era que Anelise não se sentia apta a nada... imagina só ser a arma secreta contra o rei Revno quando, na sua Londres, em seu teatro, ela havia ofendido seu rei! E se falhasse mais uma vez? E se colocasse tudo a perder? E se fosse envergonhada ou acusada novamente? Não conseguia suportar nenhum desses cenários.

— Hércules, você não entende. — Anelise se sentiu estranha ao conversar com uma gárgula de pedra na alta madrugada. Estava curiosa para ouvir mais do plano, porém, precisava ser honesta. Não conseguia esquecer o tom ameaçador com o qual sir Daves alertou: "Medidas serão tomadas, Sr. e Srta. Ward." Ainda conseguia se lembrar perfeitamente da chuva de *flashes* dos jornalistas, sedentos por explicações e questionando a todo momento o que a garota tinha a dizer sobre o ocorrido. Anelise era doce como as maçãs da primavera, e não havia como negar seu prodigioso dom de contar histórias, mas nem mesmo essa dádiva a salvou daquele cenário... como poderia, de repente, ajudar todo um povo?

Distante como um apito agudo de trem, ela ouviu um som. Seu timbre era tenebroso e gélido, semelhante a um sussurro baixo quando se está inteiramente sozinho, ou semelhante à sensação de estar sendo observado em um quarto vazio. Anelise pressentiu o medo se esgueirando em seu coração novamente para assombrá-la como um fantasma vingativo.

— Eu não consigo fazer isso.

A gárgula se levantou e se pôs ao lado de sua senhora. Ousou pousar a mão em seu ombro, numa tentativa de dizer que estava ali por ela. A luz da lua lançou um rastro branco que revelou o desapontamento nítido que se apoderou das feições bondosas de Hércules.

— Se você não nos ajudar, meu mundo será dizimado. Será o fim de Endemör — uma ponta de desespero escapou no tom de voz da criatura.

Anelise tinha diante de si uma proposta seríssima: arriscar ir a um mundo totalmente novo e desconhecido com Hércules, podendo falhar na missão.

— E se eu não conseguir?

— E se conseguir? — Hércules retrucou, erguendo uma de suas sobrancelhas de pedra.

Aquilo parecia impossível para Anelise. Havia lido histórias o suficiente para saber que reis cruéis não tinham escrúpulos nem mesmo diligência com seus atos, e Anelise havia aprendido nas aulas de etiqueta que uma pessoa desprovida de ética ou moral não era um cidadão de verdade.

A garota embarcaria em uma aventura sem precedentes.

Durante toda a sua vida, Anelise estudara e escrevera e, mesmo na mais tenra infância, jamais havia levado um estilo rebelde ou heroico. Em seu ciclo social rodeado por chás da tarde e reuniões femininas, admirava muito as meninas que falavam o que pensavam, empunhando sua coragem como uma espada cintilante.

Anelise sempre se maravilhava com aqueles que tinham gênio forte.

Mesmo quando frequentava o internato, anos atrás, observava Poppy Jones encantada, uma menina ruiva de nariz encurvado que se sentava ao seu lado nas aulas de bordado e que dizia tudo o que vinha à mente sem refletir as consequências de suas palavras. Anelise tentou imitá-la por uma ou duas semanas, contudo, foi forçada a parar quando sua professora escreveu uma carta moralista ao Sr. Ward, endossando como faltava ética e traços morais na menina Anelise. Não preciso dizer que aquilo havia arrasado a garota. Ela ainda tentou explicar que estava apenas se inspirando em sua amiga Poppy, no entanto, a diretora acrescentou à carta: "E como se não bastasse, a Srta. Ward tem o hábito de terceirizar a culpa por seus atos."

Desde então, suas peripécias se resumiam aos livros que lia e só. Será que levava jeito para viver de verdade a ação das histórias?

"Ora", pensou em seu coração, "eu não poderei triunfar nessa missão. Eu nunca mais vou contar histórias."

Abriu a boca para negar o pedido, mas, de súbito, reconsiderou. Se ela se conhecia bem, jamais perdoaria a si mesma se Hércules perdesse os seus por causa de sua escolha. Era a tal terra de Endemör que estava em risco; além do mais, Hércules prometeu que a traria em segurança para casa, fosse Anelise vitoriosa ou não em sua missão.

Anelise estava disposta a nunca mais contar histórias, porém, pensou que carregar nas costas a culpa do extermínio de um povo era um mal muito maior. Precisou pensar como uma adulta — o que ela fazia com frequência — e considerar todos os arrojos que rondariam tanto seu "sim" quanto seu "não".

— Hércules — Anelise anunciou sem nem acreditar nas palavras que viriam a seguir —, eu acho que aceito o convite. Mas quero que você prometa a mim que cumprirá seu acordo de me trazer em segurança para casa, independentemente do que aconteça.

Uma nova reverência foi feita, ainda mais profunda que a primeira.

— Isto é um "sim"?

A gárgula esboçou um sorriso quando a menina assentiu com firmeza, colocando a pequena lanterna verde-marinho, um kit de primeiros-socorros (afinal, quem sabe o que poderia acontecer?), o tinteiro e o caderno em sua maleta de couro cor de café, que havia sido presente do seu tio Charles, um homem gentil de meia-idade e de cabelos grisalhos, com um amor pulsante pelo exército e por explorar novos lugares.

A maleta caiu ao lado de sua perna, transversalmente ao seu corpo. Quando viu a jovem pronta, Hércules exclamou:

— Minha nossa, que os rios sejam cantantes! Bom — coçou a cabeça de pedra, tentando lembrar quanto tempo ainda restava. Ao dar uma espiada pela janela nos ponteiros do grande Big Ben, deu um salto —, precisamos nos apressar. Já devo estar atrasado.

Hércules mancou até uma parede do quarto de Anelise e a encarou. Era aquela que continha a pequena rachadura em formato de lágrima, a mesma que fazia parte das brincadeiras de Anelise e sua mãe.

A gárgula inspirou fundo e bateu com o grande pé três vezes. O barulho foi tão intenso que a pequena luminária de libélulas, pousada ao lado da cama, oscilou e alguns dos cogumelos que se aglomeravam nas costas de Hércules caíram no chão do quarto. O estrondo pareceu chacoalhar todo o mundo de Anelise, desde os livros de sua estante até a grande torre do relógio.

— Shhh! — exclamou Anelise de forma desesperada. — Assim vai acordar o Sr. Ward!

O que aconteceu a seguir foi tão esplêndido que a garota se calou, muito mais do que qualquer um poderia expressar.

A pequena rachadura cresceu tanto que se tornou um grande portal no ar. O formato de lágrima foi preservado perfeitamente, Anelise o reconheceria em qualquer lugar e em qualquer era. As batidas ligeiras em seu peito, o arrepio em sua pele, o coração eufórico: tudo anunciava que algo incrível estava para acontecer.

A mãe de Anelise adoraria saber que aquele buraquinho tão pequeno realmente era caminho para uma terra encantada. Como nunca havia percebido isso antes?

O portal recém-aberto trouxe novos ventos para o cômodo, esvoaçando os cachos dourados de Anelise e afagando suas bochechas, como se a conhecessem de tempos atrás. Ela não conseguia ver o que havia do lado de lá da passagem, tamanha era a escuridão, a não ser por um fino fio dourado que iluminava delicadamente a trilha para o interior do Portal da Lágrima.

— Para que serve o fio? — Anelise perguntou ao se aproximar. Sua textura era como a junção de múltiplos grãos dourados de areia e, apesar de ser frágil, demonstrava uma firmeza única ao toque. Dele provinha um zumbido grave que preenchia o quarto de Anelise como acordes de violoncelo.

— É o fio condutor até Endemör — Hércules explicou como se fosse a coisa mais óbvia. Dando de ombros, acrescentou: — Ele impede que entremos em outros mundos por acidente.

Anelise não sabia que o Portal da Lágrima era passagem para um novo mundo, que dirá para mundos diversos. Quase esboçou um sorriso: estava vivendo uma das histórias de fantasia que tanto lia. Não estava sozinha. Naturalmente, toda aquela felicidade não vinha desacompanhada do medo que constantemente a seguia por todos os caminhos que lhes eram conhecidos.

A não ser pelo fio condutor dourado, reconheceu que não era capaz de enxergar um palmo diante do nariz. Pela primeira vez, um acontecimento inteiramente assustador e mágico estava para se concretizar além das histórias que escrevia. Não sabia ao certo se estava preparada para o que aconteceria.

— Pronta, Anelise?
— Não.

O Portal da Lágrima era como um enigma perigoso das histórias que lia, ao mesmo tempo que era deliciosamente diferente de tudo o que já havia vivido. Medrosa, Anelise parecia recuar da missão: não estava com coragem de puxar o fio e desvendar o que havia no interior do portal.

Sua mão brincou com as pontas de seus cabelos. Será que estava fazendo a escolha certa? Contar uma de suas histórias novamente correndo o risco de cometer outro erro. Não sabia se tinha condições de suportar mais um episódio como o que lhe ocorreu mais cedo, naquele mesmo dia. Não sabia se havia nascido mesmo para aquilo de narrar histórias e criar enredos. Não estava certa a respeito de mais nada, pois aquela terrível noite havia despedaçado as poucas certezas que guardava em seu coração.

A vida é engraçada. Acordou naquela manhã tendo certeza de que sua vida mudaria para melhor, e agora via que nada aconteceu conforme planejou. De repente, não conseguia ver seu futuro com nitidez alguma. As cores, o brilho e a transformação que aquela noite traria para sua existência desapareceram, escondidos debaixo da névoa intensa que recaiu sobre seu ser.

Hércules percebeu o receio da garota. A gárgula tinha muitas virtudes, mas paciência não era uma delas, então antecipadamente anunciou:

— A senhora vai querer me desculpar por isso.

Anelise franziu o cenho, juntando as sobrancelhas, confusa. Não teve tempo de questionar seu novo amigo. Sorrateiramente, a grande pata de pedra da gárgula a empurrou para dentro do Portal da Lágrima e tudo ao redor de Anelise se fez breu.

ENDEMÖR

Ela tentou agarrar o ar em busca de apoio, mas parecia estar flutuando em meio ao nada. Para sua sorte, os dedos agarraram a fina linha dourada com toda a força que tinha. Uma sensação de formigamento se instalou em suas bochechas, e as pontas dos dedos, firmes ao redor da linha, pareciam eletrizadas.

Suas pálpebras pesaram e ela continuou no escuro, sem fazer ideia se estava flutuando, caindo ou suspensa no ar. Apenas a linha lançava uma luz discreta que despedaçava um pouco das trevas. Seu brilho dourado traçava uma reta e Anelise apenas se deixava ser conduzida por ela, sem soltá-la nem por um segundo.

Talvez o medo estivesse enganando a menina, porém, ela pôde jurar que ouvia sons distantes que se colidiam: sirenes desesperadas de uma ambulância, sons de aço se chocando e uma canção estridente que dizia "Vida longa ao rei!" em muitas vozes alegres.

Logo entendeu que aqueles sons vinham dos outros mundos, aqueles que estavam na esquina do seu próprio mundo. Quão encantador era observar que havia mais a ser descoberto, mais do que ela era capaz de explicar.

— Isso tudo resultaria em uma história interessantíssima — comentou com ninguém em particular, pois ninguém parecia ouvi-la naquele lugar.

Ela estava particularmente envergonhada por ter sido empurrada por uma criatura ao menos duas vezes menor que ela para o interior daquele Portal da Lágrima. Afinal, estava vivendo uma aventura, como tanto sonhou — mas era assim que queria se lembrar? Um dia, quando estivesse mais velha, desejava mesmo lembrar-se daquelas ocasiões por suas ações covardes?

Sabe, ela nunca tivera um gênio forte ou uma personalidade memorável: Anelise era uma moça decente que nunca sabia dizer "não", tampouco era capaz de ser ríspida ou rebelde. Contudo, em meio àquele mar de escuridão em que flutuava, estava decidida a ser valente pela primeira vez na vida. Enrolando o fio dourado em sua mão, ela torcia para ser capaz de não se amedrontar diante do que viveria a partir dali.

Ela não sabia com quem lidaria assim que chegasse naquela terra estranha. Poppy Jones, aquela amiga que era conhecida por seu comportamento indomável, sempre dizia: "Annie, você tem que aprender a se impor!"

Anelise particularmente desejava que Poppy se impusesse menos em sua vida, porém entendia perfeitamente onde ela gostaria de chegar. Não dava para viver uma vida inteira de medo. Uma hora se cansaria da voz trêmula, das mãos suadas e daquela sensação esmagadora no peito.

Aquela jovem queria ser valente. E faria isso, ainda que sentisse medo. É assim que as grandes histórias acontecem, não é? São as grandes porções de medo que dão frutos de coragem em algum momento. Às vezes, sementes de medo tornam-se belas flores de valentia, se você chorar o bastante para regar esse canteiro tão único.

Assim permaneceu, sendo embalada pelo fio dourado, até que, de repente, sentiu que pisava em uma superfície sólida. O lugar não ficou mais claro e foi ali que percebeu: já estava de pé havia alguns segundos, mas aquela terra era tão escura que ainda permanecia com a sensação de que estava envolta pelo buraco. O fio de ouro sumira e o imenso Portal da Lágrima havia se reduzido a uma pequena rachadura em formato de lágrima, firmado em um grande muro de pedra que demarcava as fronteiras do reino.

Ela chegara ao seu destino.

Os dois amigos estavam no meio de uma floresta que parecia ter esquecido que, um dia, teve vida. O que restava agora eram galhos quebradiços e troncos frágeis como ossos velhos. Um lago profundo e escuro se estendia à sua esquerda, a superfície coberta de pequenos esqueletos de animais e folhas mortas. Não havia sinal de pássaros, lebres, sapos ou qualquer tipo de animal que habitam as terras vívidas das histórias que Anelise lia. Tudo era diferente, até o próprio Hércules também havia se transformado: em vez de pedra, seu corpo parecia agora ser feito de carne. Uma pele cinzenta e brilhosa, tal como a de um sapo, estava exposta para Anelise.

— Sabe... a pedra era só um disfarce — Hércules esclareceu em voz baixa quando percebeu o olhar insistente da garota em sua direção.

Não era, de fato, uma medida tão inimaginável a se tomar: se Londres estivesse sendo ameaçada por alguém conhecido como Rei Louco, Anelise também se disfarçaria.

Algo desviou a atenção da jovem, que começou a espiar a tal Endemör. Uma dúzia de árvores gigantescas e igualmente mortas impediam que ela se movesse com facilidade. Diferente do que havia imaginado, aquela terra não parecia ser nada mágica.

Havia lido histórias suficientes para fantasiar uma Endemör frutífera, encantadora e verdejante. Contrariando todos os seus planos, o silêncio mórbido preenchia os ouvidos como uma canção desprovida de vividez.

O ar cheirava a morte, e Anelise trincou os dentes ao inalar aquela podridão a céu aberto. Endemör era um reino cadavérico até para os estômagos mais fortes.

— O que aconteceu aqui? — Anelise soou como uma mãe irritada que encontra o quarto do filho completamente revirado.

Hércules parecia envergonhado. Quando ele era uma pequena gárgula, Endemör era referência de um país espetacular para se viver. Localizada perto de Dagar, a filha de Eira, e das nações gêmeas, Solveig e Tora, sua terra natal ficou conhecida por seus lindos ramos de wistéria púrpura, flores lilases que se espalhavam por todos os lugares. Os habitantes eram contentes, as florestas eram fartas e os rios, abundantes. Endemör cresceu como a terra da primavera em todas as estações: o clima era refrescante, com um sol brilhante, e as flores sempre estavam desabrochadas.

Não parecia que aquela terra um dia já fora tão boa. O chão negro revelava rachaduras profundas e o céu cinzento completava a soturna paisagem de Endemör. Não distante de onde estavam, um imenso castelo de torres altas se erguia em direção às nuvens sem cor. Já teve a oportunidade de ver um belo anel ou mesmo um colar de turmalina no tom escuro como a noite? Os muros extensos do palácio, junto a suas janelas e portões, assemelhavam-se muito com essa pedra preciosa. Isso reforçava a sensação de que tudo ali era muito sombrio e monótono, assustador e inteiramente coberto de sombras.

Mais distante ainda, um povoado se destacava: um grande conjunto de casas de pedra sem graça e telhados de madeira escura que exalavam frieza e nenhuma receptividade.

— Eu sei, eu sei... — a gárgula falou baixinho, como se soubesse exatamente quais eram os pensamentos de Anelise. Hércules, mais do que ninguém, entendia como ela se sentia.

— Endemör já viveu dias melhores.

Anelise olhava para o ambiente cinzento e escuro e sentia cada vez mais piedade do povo de Endemör. Temerosa, passou os dedos na alça de couro firme de sua maleta.

— Venha, minha senhora, precisamos ir — Hércules sussurrou, apressado. — A interrogação no rosto da menina foi gritante, pois rapidamente a criatura falou em um tom surpreendentemente baixo. — Aqui não é seguro.

Dirigindo os olhos de pedra para os dois lados com rapidez, Hércules se pôs a andar rapidamente para o interior da floresta escura. Anelise vestia seus pijamas com cor de meia encardida e o frio penetrante atravessava o tecido, atingindo em cheio sua pele. Arrependeu-se por não ter se agasalhado melhor. Seus dedos das mãos estavam rígidos em volta da alça de sua maleta cor de café, o único ponto de cor num raio de quilômetros, contrastando com a pele descorada de Anelise e a palidez daquele reino. Hércules seguia adiante, mancando e falando sozinho em um tom baixo num idioma desconhecido para a moça, de forma que a garota seguia seus rastros para não se perder. A escuridão densa cercava e comprimia sua visão.

O som de folhas secas se partindo predominava ao redor, o *clec clec* das plantas mortas abaixo das pisadas.

Era difícil decifrar se era dia ou noite naquele lugar. É quase como se Endemör tivesse criado seu próprio turno: não era claro o suficiente para ser dia, nem escuro o bastante para a noite.

Conforme entrava na floresta, Anelise percebeu que Endemör tinha sons únicos. Anelise estava acostumada com outro tipo de ruído: carruagens e suas buzinas, apitos de trem, sirenes e os jovens vendedores de jornal lendo em voz alta as manchetes do *The London Gazette* para atrair fregueses. Naquela terra cinzenta, pios de corujas aqui ou ali se juntavam ao som das folhas estilhaçadas, formando uma sinfonia diferente e quieta. Não pense que Anelise era uma crítica de sons ou algo parecido. Apesar de tudo, era um ser extremamente adaptável, pois para todo cenário atribuía um encantamento.

— Pelo menos aqui é bem quieto — comentou com carinho, como se estivesse falando de uma grande vantagem notável. A gárgula deu um meio-sorriso para agradar à escritora. Era típico da personalidade dela tentar amenizar tudo o que era de fato ruim, acrescentando um pouco de magia onde não havia nenhuma.

De repente, quando chegaram ao pé da maior árvore que Anelise já havia visto, Hércules deu seis batidinhas e meia em seu tronco acinzentado. Como seriam essas seis batidinhas e meia? Só estando lá para descobrir.

Por alguns momentos, nada aconteceu. A escuridão permanecia densa e as folhagens continuavam tão sem vida quanto antes. Quando se atreveu a pensar que as batidinhas na árvore haviam soado em vão, o tronco se abriu tal qual uma porta que tem a fechadura destrancada. Um vento quente fugiu do seu interior, devolvendo um pouco de calor para o corpo de Anelise.

— Ande, rápido — Hércules sussurrou, levando Anelise com pressa para o interior da sinuosa árvore, fechando a passagem atrás de si.

Pela primeira vez, Hércules suspirou aliviado, como se estivesse em segurança plena após um longo período de perigos — o que de fato estava acontecendo. Suas feições monstruosas pareciam mais suaves e, com muita veneração, anunciou, estendendo a garra para o caminho diante de si:

— Este é o nosso refúgio — Hércules parecia orgulhoso com a notícia dada a sua amiga, afinal, não é todo mundo que tem para onde correr quando as coisas vão mal. — Temos um curto caminho até chegarmos no nosso destino. A trilha é íngreme e escura demais. Não podemos usar tochas e luzes para não chamar atenção, você sabe — explicou-se, gesticulando como nunca com as garras —, mas encontraremos ajuda para chegar até lá.

Anelise logo compreendeu o que Hércules quis dizer. Repentinamente, uma nuvem de luzinhas começou a sobrevoar o túnel escuro.

— Vaga-lumes! — Anelise exclamou, inteiramente encantada, levando os dedos a apontarem os animais. — Podiam ser libélulas, mas gosto de vaga-lumes também.

O corredor deformado se estendia à frente e foi iluminado pela presença dos besouros de fogo, jogando luz onde até poucos segundos atrás não havia. Eles brilhavam como uma chama de lareira prestes a se apagar; apesar disso, ainda queimavam o suficiente para afugentar a escuridão da vista dos dois amigos.

— Bom... — Hércules iniciou, tangendo um vaga-lume que havia pousado na pontinha do seu nariz mucoso. — Você está triste. O que houve? A peça não deu certo?

Anelise pensou em perguntar como Hércules sabia disso, porém, pelo visto, ele era um ouvinte de tudo o que acontecia na casa. Provavelmente reconheceu que havia algo errado, afinal, Anelise chorara uma madrugada toda graças a sua infeliz piada sobre o rei e o seu medo de ratos.

— Não deu certo — foi tudo o que ela conseguiu dizer. Não sabia se fazia muito sentido desabafar com uma gárgula, então guardou suas angústias para si. Ansiosa, apertou firmemente a alça da maleta de couro que pendia ao seu lado, como uma maneira de sentir-se segura diante da situação.

Hércules não estava satisfeito com a resposta. Ele ouvira o processo de escrita daquela história e, quando Anelise passou a madrugada toda em sofrimento, entendeu por conta própria que algo não funcionou naquela noite tão especial.

Para despistar mais perguntas vindas do amigo, Anelise, ao pular uma pequena poça de água, mudou de assunto:

— O povo está empolgado com o plano? — Hércules fez uma careta notável.

— A maioria não acredita que existe essa tal lâmina afiada que pode detê-lo. Pensam que é só uma lenda. O rei é um touro! Nem a lâmina Snorre, a mais venenosa de todas, pode derrubá-lo — lamentou ao olhar para a menina, um tanto embaraçado com a memória de uma das tentativas mais promissoras de vencer o rei. — Contudo, após anos de trabalho e escavação, nossos pais e antepassados encontraram o material que batizamos de Starn. Três anos após a morte do antigo rei, uma estrela caiu, ferindo um pedaço de nossa terra aqui debaixo. Os restos daquele corpo celeste eram altamente venenosos, mas possíveis de manusear quando esfriavam. Depois de muitos testes e trabalho, Aranbor, o ferreiro, foi capaz de criar a primeira espada, que foi batizada com seu próprio nome. Um fino corte de sua lâmina pode matar em segundos. Foi ela que derrotou o grande dragão de Dagar, inclusive — Hércules acrescentou ao pular uma outra pocinha de água.

Anelise não sabia quem era o tal dragão de Dagar, entretanto, tinha certeza de que dragões eram criaturas imensas. O povo de Endemör acreditava que se Starn foi capaz de matar um dragão, seria útil para aquela missão.

Hércules explicou que o processo teve um alto custo, mas agora todos os guerreiros traziam consigo uma lâmina Starn. "A vitória é certa!", declarou dando pulinhos, o que fez a jovem rir um pouco.

O chão logo se transformou em um piso antigo de pedra conforme avançavam para o interior da árvore. Foi nesse momento que Anelise começou a escutar o som de muitas vozes dialogando.

— Está ouvindo? — ela questionou, olhando para Hércules. Era o primeiro som vivo que escutava em Endemör.

— São os outros — a gárgula informou ao espantar mais um vaga-lume de uma das flores que moravam na sua orelha esquerda. Vaga-lumes, aparentemente, amavam pousar em botões-de-ouro que nasciam de orelhas de gárgulas. — Aqueles que resistiram.

Anelise gostou da poeticidade daquela frase. Estava prestes a conhecer um grupo de rebeldes, assim como acontecia nas grandes histórias que lia. As vozes se tornaram ligeiramente mais próximas e, com elas, as perguntas também cresceram no peito de Anelise. Como eram aqueles heróis? Ferozes, virtuosos, implacáveis? Colecionavam cicatrizes e armas de batalha? Tinham muitas histórias para contar das vezes em que viram a morte e conseguiram escapar por um triz?

Era sobre isso que Anelise refletia quando uma pequenina cortina de trepadeiras cheia de folhas se mostrou diante dela.

— Chegamos — Hércules anunciou com um charme cordial.

— Alguma recomendação? — Anelise interrogou, pousando a mão no punho de Hércules para impedir que ele puxasse a cortina antes de ela se preparar.

— Hum... — Hércules pensou, levando o dedo indicador aos lábios. Uma tulha de vaga-lumes cercava a cabeça da gárgula, provocando sombras engraçadas em seu rosto. — Talvez seja sábio ser prudente, e creio que seja prudente ser sábia.

Anelise sentiu-se meio tonta com o conselho, todavia, decidiu guardá-lo no coração enquanto Hércules abria um sorriso torto e convencido no rosto, crente de que uma brilhante filosofia fora lançada no universo. Soltou o punho da gárgula, e, finalmente, ele pôde puxar a cortina.

A escuridão iluminada pelos vaga-lumes se dissipou diante do clarão de várias tochas acesas. Anelise e Hércules estavam rodeados pelo que parecia ser um lugar tão antigo e amplo quanto a cidade de Londres.

Anelise levou as mãos à boca. Estava diante de uma cidade subterrânea feita de ruínas. As paredes altas de pedra se erguiam soberanamente, sustentadas por antigos pilares. A cidade era cercada por túneis, corredores e escadas que levavam a destinos desconhecidos e diversos. Haviam piscinas e lagos subterrâneos, cuja água azulada era como um convite a um mergulho. Um cheiro de terra molhada e calcário, vindo do solo meio úmido, preenchia o ar. Uma grande cavidade escura se elevava ao fundo, distante de onde estavam. Seguindo o olhar de Anelise, Hércules informou como um guia turístico:

— Aquela é a toca do dragão Ingeborg. — Anelise arregalou os olhos, dando alguns passos para trás. — Não, não se preocupe. Ele está do nosso lado!

Aquela notícia não parecia nada confortadora para Anelise. Seu estômago se revirou com a possibilidade de lutar lado a lado com um dragão de verdade, e seus joelhos por pouco não cederam de tanto medo.

— Você não me disse que haveria um dragão entre nós — Anelise alegou, ressentida ao extremo por tal omissão.

Hércules juntou as sobrancelhas, confuso, e balançou os ombros.

— Em Londres também existem dragões. É que lá eles se disfarçam melhor.

Anelise não entendeu o que ele quis dizer e seguiu caminhando, ainda muito receosa, brincando, vez ou outra, com as pontas dos cabelos. Ao ajustar sua visão à claridade das tochas, a moça percebeu que uma das ruínas era o esqueleto do que pareceu, aos seus olhos, ser uma antiga catedral ou abadia, sutilmente coberta por neblina e caligem. O que colaborou para tal impressão pessoal foi o conjunto de arcos, torres e colunas de pedra, cada um destes sendo uma mistura de glória e devastação na mesma medida. Anelise quase era capaz de jurar que ali muitas preces foram entoadas e, talvez, atendidas.

Aquela visão conduziu a mente de Anelise à memória de dois invernos atrás, quando visitou Whitby Abbey com seu tio Charles. Ele explicou que as ruínas, muito tempo antes, já haviam sido a abadia dos monges beneditinos. A arquitetura majestosa daquela propriedade foi encantadora para ela, que, assim como qualquer escritora, alegou se sentir em um conto de fadas, uma verdadeira princesa de Whitby Abbey. A ruína repousava na costa do Mar do Norte e os ventos marítimos gelados acabaram deixando a jovem resfriada. Mesmo assim, ela se sentiu feliz por ter conhecido o "seu castelo", seu próprio reino com direito a fachadas extraordinárias, pilares impressionantes e arcos luxuosos. Aquela visita foi o dia de sua coroação, uma do tipo imaginária. A pequena Anelise adentrou pela porta da frente usando uma coroa improvisada de galhos secos. Ela torceu para que alguém ou algo surgisse para servir de testemunha daquele grande feito e apenas um casal de libélulas compareceu. Entendeu, com sua mente juvenil, que os insetos acreditavam em contos de fadas tanto quanto ela e, por isso, elegeu-os como os melhores dentre todos os de sua espécie.

Aquela abadia, numa cidade subterrânea, era diferente e radiante, mesmo coberta de sombras. Hércules liderava a caminhada, e Anelise seguia atrás, os dois entrando nas ruínas da abadia onde todos os esperavam.

O interior era amplo e úmido. Tendas e moradias improvisadas estavam armadas ao leste, e, do outro lado, havia toda sorte de equipamentos, espadas e armas. Anelise percebeu que alguns ramos secos de wistéria púrpura se espalhavam pelo chão em abundância e, por respeito, evitou pisar e esmagá-los ainda mais.

Rasuras de lâminas marcavam os pilares, usados pelos soldados como apoio de treinamento. Anelise buscou estudar as características daquela construção tão antiga; ela percebeu que estava cada vez mais intrigada com Endemör.

Havia um sistema totalmente inovador e perspicaz para adquirir água potável, além de uma rede de armadilhas eficazes para caçar animais de pequeno e médio porte para mantê-los fortes, mesmo morando num lugar abaixo do mundo "real". Aquela era uma cidade tão tangível quanto qualquer outra. Uma que decidiu resistir às intensas investidas que buscavam eliminá-la.

No centro da ruína, o evento principal foi avistado: a multidão dona das várias vozes se reunia.

Hércules limpou a garganta com um pigarro cavalheiresco. Seu tom de voz era envaidecido quando anunciou:

— Estes são os Sigrid.

BÓTHILDR
E OS SIGRID

Sigrid, se Anelise se lembrava bem, sonoramente se parecia muito com o remédio de sua avó Charlotte. Contudo, não estamos falando de um princípio ativo que age contra dores nos ossos, e sim de um conjunto de heróis e rebeldes de Endemör.

Anelise deu uma boa olhada nas figuras da multidão que se reuniam lado a lado. Uns pareciam heróis vindos de livros, enquanto outros se assemelhavam mais a pessoas comuns que via na Queen's Lane Coffee House ou mesmo no Hyde Park, em Londres. Isso não foi decepcionante, pelo contrário: reforçou sua ideia de que alguém tão comum quanto ela poderia, quem sabe, ser uma heroína ou uma rebelde, ou os dois.

Nem todos os heróis se pareciam comigo e com você, humanos desde o nascimento. Havia criaturas com características jamais vistas antes; foi uma missão árdua controlar seu assombro. Imagine só a reação daquela jovem ao notar a presença de minotauros de armadura, anões de barba longa e elmos lustrados, lobos cinzentos, águias gigantes e uma porção de grandes javalis selvagens. Era informação demais para qualquer menina em seus recentes dezessete anos, mesmo para uma contadora de histórias.

— Hércules retornou! — um dos lobos anunciou com um uivo alto. — E trouxe a sua senhora até Bóthildr!

Uma explosão de aplausos preencheu Bóthildr, a cidade dos túneis. A recepção foi tão grande que se juntaram às palmas um conjunto de outros sons: cascos batendo, uivos e até um leve rugido do dragão. Anelise foi saudada e cumprimentada por diversos soldados e refugiados. Chamavam-na alegremente de "senhora, senhora!" e ofereciam votos de sucesso à jovem.

Hércules, por sua vez, estufava o peito diante dos elogios e agradecimentos por ter conduzido Anelise, a contadora de histórias, até Bóthildr em imaculada segurança.

— Estamos *certezamente* gratos com a sua vinda! — carinhosamente afirmou uma vozinha suave em meio à comoção. Após alguns momentos procurando o dono daquela voz, Anelise viu que se tratava de um delicado ouriço rechonchudo. Não estava certa de que *certezamente* era uma palavra "oficial", mas agradeceu com extremo carinho ao ver os dentes grandes e brilhantes do ouriço.

Anelise teve a face beijada, recebeu apertos de mãos e tapinhas nas costas.

— Bem-vinda — um jovem rapaz era quem se dirigia a Anelise agora, um guerreiro que levava um machado pendurado nas costas. Por mais que oferecesse um sorriso no rosto, seu tom não soou convincente a Anelise, que, como uma perfeita escritora, conhecia as palavras e suas intenções muito bem. Os olhos dourados do jovem eram idênticos aos de um lince que Anelise vira certa vez no zoológico do Regent's Park. "Nada simpático", pensou ela, guardando os braços junto ao peito como medida de proteção quase intuitiva.

Seu nome era Fenrir e ele liderava parte dos Sigrid, os rebeldes. Ele vestia uma jaqueta feita de lã escura como as penas de um corvo, protegendo-o da umidade comum da cidade dos túneis; contudo, seu semblante frio como o inverno conseguia congelar qualquer um. Sua expressão endurecida buscava sondar Anelise e suas capacidades. Em sua visão, ela era um perigo em todos os sentidos: considerava-a muito jovem para tamanha responsabilidade de entreter a majestade; além disso, o rei Revno precisava de uma história que o envolvesse fortemente, e Anelise poderia vir a colocar todos os rebeldes Sigrid em perigo caso não conseguisse distraí-lo com suas fantasias.

Fenrir olhava para Anelise e não via nenhum traço heroico naquela menina de pijamas cor de meia encardida em um corpo raquítico e pálido. Seus olhos arregalados não exalavam coragem alguma, e sim ingenuidade, o pior veneno para um guerreiro — isso, é claro, de acordo com a nada humilde opinião de Fenrir.

— Obrigada — Anelise respondeu sem muita doçura ao ver que Fenrir, o dono do olhar de lince, a esquadrinhava com desdém.

— Afaste-se, Fenrir! — uma mulher alta e loira vociferou, empurrando o rapaz para o lado como se ele fosse um boneco de pano. Mesmo vestindo um capuz, Anelise percebeu que os olhos da mulher eram meigos e amendoados, o que a ajudou a desfazer um pouquinho do medo que estava sentindo naquele lugar tão diferente. Covinhas marcavam suas bochechas, e em seu sorriso havia bondade. Seus cabelos loiros, tão claros quanto os primeiros flocos de neve do inverno, estavam escondidos pelo capuz que vestia. Sua pele, naturalmente bronzeada, gerou um contraste quando se chocou contra Anelise, sempre pálida, em um abraço caloroso. Naquele instante, quando Anelise tocou suas costas, não encontrou apenas o tecido do capuz, mas também duas espadas cruzadas que estavam atadas na bainha dupla de couro da mulher. Seu nome era Ase, e Anelise gostou muito dela. — Eu estou muito grata por sua chegada, menina — de alguma forma, Anelise entendeu aquilo como verdade e respondeu com um aceno de cabeça.

Tantos agradecimentos e incentivos deixavam Anelise relativamente nervosa diante da responsabilidade que, agora, pertencia a ela. Os rostos curiosos do povo agora vislumbravam a possível peça que faltava para o exército se tornar completo.

— Chegou bem na hora do jantar — Ase sussurrou alegremente, passando o braço por cima dos ombros da garota, fazendo-a se sentir parte daquele grupo tão novo e numeroso. Anelise sentiu-se grata por aquela mulher ser tão atenciosa e doce, pois isso tornava a multidão de coisas novas muito mais fácil de assimilar.

Na parte leste do esqueleto daquela abadia imensa, havia uma longa mesa com tigelas fumegantes e caçarolas feitas num formato um tanto grotesco, e o aroma que de lá fluía convenceu Anelise de que a comida estava boa. E como estava!

Aquele jantar não era nada parecido com os de sua casa verdadeira. Em uma mesa minúscula, Anelise e seu pai faziam as refeições diárias em profundo silêncio, a não ser, é claro, pelo tilintar dos talheres se chocando contra a prataria fina. Ao contrário de sua realidade cotidiana, os rebeldes, sim, sabiam como tornar um momento ordinário do dia uma verdadeira festa: o som de canções preenchia o ar, risadas acompanhavam as rimas antigas de Riel, o andarilho das Montanhas do Norte, e suas vozes eram elevadas sem sentirem medo do castigo, pois seu céu era feito de pedra e as paredes grossas da caverna não denunciavam que uma cidade inteira vivia ali.

Em toda sua vida, Anelise jamais provara caldo tão saboroso, carne de caça tão bem temperada ou mesmo tortas doces tão suculentas quanto as que provou naquele lugar. Até mesmo o peixe assado, que tinha uma crosta queimada, ela julgou delicioso. Acomodada em uma cadeira que lhe fora oferecida com muita amabilidade por Ase, Anelise só parou de se deleitar naquele banquete quando notou que Fenrir, aquele com os olhos de lince, ainda lhe observava com curiosidade. Não apenas com curiosidade, mas com um pouco de desprezo.

Veja, Anelise não era o tipo de moça que solucionava seus conflitos cara a cara, mas tanta coisa havia mudado desde que passou pelo Portal da Lágrima que decidiu posicionar-se com firmeza, como sua amiga Poppy Jones sempre dizia. Ela sentia que podia ser corajosa o bastante para desferir alguma palavra contra o jovem, uma vez que ele já se provou valente o bastante para sustentar aquela expressão tão desprezível sem sentir vergonha por tal conduta.

— Pois não?

Fenrir não se acovardou.

— Perdoe meu excesso, Srta. Anelise — ele murmurou com falsa emoção, sem expressar nada além de indiferença ao afastar de perto de si a cumbuca do assado. — Apenas me pergunto se uma moça inexperiente como você dará conta do nosso plano. Sinto que sua presença aqui dirige-nos mais rapidamente para a morte certa.

Os cantos da boca de Anelise curvaram-se para baixo, um tanto decepcionada. Ela não imaginava se depararia com tamanha hostilidade por parte de um dos guerreiros. Eles não estavam do mesmo lado da história? Deveriam oferecer suporte uns aos outros, não agir de maneira desagradável. Acrescente a isso o fato de que todo guerreiro deveria ser resoluto, amável e heroico: Fenrir não era assim. Nem parecia se importar com isso.

Ase, que estava ao lado de Anelise, fez um estalo com a língua que indicava sua impaciência ao ver a implicância de Fenrir com a jovem, que tão prontamente atendeu ao chamado arriscado de ir até aquele reino.

Antes de seguir acompanhando a história, é bom você saber que a preocupação de Fenrir não era sem precedentes: para que a vitória fosse certa, havia muito a ser feito, mas muitos entendiam isso como uma desculpa para arranjar pessoas sem quaisquer conhecimento e habilidade para colaborar com o plano.

— Eu poderia oferecer-lhe uma evidência de que sou adequada, entretanto, insisto que é um tanto tarde para pôr-me à prova agora — Anelise ergueu as sobrancelhas conforme tecia sua resposta. — Se não confia em mim, leve-me de volta a Londres. Como preferir.

Um ar de surpresa tomou conta daqueles que se sentavam à mesa.

Não pense que foi fácil para Anelise se impor. Suas bochechas ardiam como brasa, seja de vergonha ou de medo da possível resposta. Ase, sentindo o gosto da vitória, escondeu o riso por trás de uma taça fumegante de infusão de ervas.

Fenrir cerrou os dentes, o rosto contorcido de desgosto e ira. Agora, toda a atenção de seus colegas combatentes estava concentrada em Fenrir e Anelise.

— Você precisa ter cuidado com as palavras dirigidas a mim, senhorita. — Anelise sentia-se intimidada, porém não desgrudou o olhar do aterrorizante acusador. — Tenha sempre em mente que eu sou um líder dos rebeldes.

— Um dos líderes. E você, Fenrir, deve lembrar-se de que essa contadora de histórias... pode ser a nossa Fadiel — Ase afirmou ao pousar na mesa a taça que antes estava em seus lábios. — Confiamos na escolha de Hércules. — Ao olhar para a garota, ela acrescentou: — E confiamos em Anelise.

As palavras de Ase pareciam não ter atingido Fenrir, contudo, em seus olhos flamejantes, havia um lampejo de rancor por ter sido contrariado pela amiga de longa data. Ele se preparou para rebater, e desejava muito fazer isso, mas sua única resposta fora o silêncio.

O assunto não morreu para Anelise, que seguiu refletindo sobre as duras palavras de Fenrir.

Após o jantar, ela reconheceu, ao longe, uma pequena gruta. Em seu teto, reflexos inconfundíveis de uma das piscinas naturais se exibiam. Anelise sabia que adoraria molhar os pés ali desde o momento que a avistou. Enquanto os rebeldes entoavam mais de suas canções em vozes roucas e embebidas da alegria provinda de um bom licor, Anelise caminhou furtivamente para a beira do lago, direcionando-se ao interior da gruta e escondendo sua silhueta atrás de uma rocha saliente que a cobria quase por inteiro.

Em outros dias, talvez se estivesse em Londres, Anelise jamais entraria em uma pequena caverna desacompanhada. Os tempos, contudo, eram outros. E ela tinha muito o que pensar.

Sentando-se no chão úmido — quase molhado, para usar de total honestidade —, ignorou o frio que serpenteou todo seu corpo. Anelise testou a água da piscina natural com a ponta dos dedos. Ela estava morna, como se tivesse sido aquecida apenas para a garota. Contente, mergulhou os dois pés de uma vez. Aqueles pés, feridos da caminhada na floresta, receberam sua recompensa por meio do toque gentil daquele lago particular. O corpo d'água, movimentando-se lentamente, acariciou a pele da moça, trazendo um pouco de conforto.

Uma história para o rei. Isso era tudo o que devia fazer, uma boa história. Os guerreiros afiavam suas espadas, os arqueiros limpavam as cordas de seus arcos, e Anelise deveria começar a pensar em qual história haveria de narrar, pois essa parecia ser a sua única arma.

A garota, então, abriu seu caderno cor de cereja, aquele que sempre estava guardado em sua maleta, e apanhou seu tinteiro junto com a pena — essa última, pontiaguda como o fuso de uma roca de fiar.

Ela mirou uma página em branco, a sua superfície limpa como uma nuvem sem gotas de chuva. O que deveria escrever?

A autora mergulhou a pena no tinteiro escuro e a levou, mais uma vez, à página. Respirou fundo, talvez para ignorar as canções alegres e concentrar-se melhor. Ela buscou focar em si mesma, voltando sua atenção para o repertório de peças que construiu ao lado do pai.

Algum tempo se passou.

Nada aconteceu, a não ser o fio de pigmento escuro que escorreu da pena para o papel. Nenhuma ideia manchou a mente de Anelise, nem mesmo uma mediana. Suas mandíbulas passaram a tremer de frio — seu pijama, ensopado e colado em sua pele, era o maior culpado por tal sensação.

Não poderia, apesar disso, sair do seu posto. Veja, era possível ouvir, ao longe, cada um dos guerreiros amolando suas facas, machados e espadas. O mínimo que ela poderia fazer, em todo caso, era tentar bolar um rascunho de um conto ou algo do tipo. Não poderia dar a Fenrir a satisfação de se mostrar incapaz em sua especialidade, isto é, criar histórias. Ela teve de resistir ao impulso de rabiscar seu caderno, só para mostrar-se útil e dedicada, como se fingisse estar muito ocupada com as milhares de tramas que sua mente estava gerando.

Mas o frio... ah, o frio invadia seus ossos e maltratava seu raciocínio. Ela sentia que aquela sensação lhe paralisava, atando sua imaginação e conferindo indisposição a suas habilidades. Seus dedos, em pouco tempo, passaram a queimar levemente com a gelidez, e seu nariz estava inteiramente vermelho, quando uma voz disse:

— Exposta ao frio desse modo, você vai adoecer.

Era Fenrir quem se aproximava, sentando a certa distância da jovem. Quase imediatamente, os olhos de Anelise estreitaram-se em desconfiança.

"Adoecer?", Anelise questionou consigo mesma. "E por qual razão ele se importaria?"

— Eu estou bem — a verdade é que Anelise mal conseguiu finalizar a frase sem que seu queixo tremulasse. Seu corpo foi abatido por uma percepção congelante, e ela odiou não poder discordar de Fenrir e suas suposições.

Em um movimento rápido, Fenrir despiu-se da jaqueta de lã escura e estendeu para Anelise.

— Vá, pegue. Está tremendo de frio. Não servirá para nós desse jeito. — O semblante de Fenrir, antes rígido como o inverno, parecia não revelar nada além de ventos suaves por meio de seu olhar.

Anelise negou com a cabeça, ao mesmo tempo que fechou fortemente seu caderno, tentando afastar Fenrir por meio de um movimento bruto. Não desejava nada dele, acredite. Ela ia jogar seu caderno dentro da maleta cor de café, ainda fazendo uso de sua irritação, quando um arrepio a fez retirar os pés da água mais do que rapidamente.

A jaqueta de lã ainda estava ali, esticada pela mão de Fenrir para que ela pudesse alcançá-la.

— Eu insisto. Vai ser afetada pela friagem. — A mansidão em sua voz tornou mais plausível que ele estava, de fato, sendo sincero com a garota.

Anelise não resistiu: precisava se aquecer e, ainda um pouco relutante, aceitou o agasalho. Em poucos instantes, uma textura macia abraçou seus ombros, confortando-a ternamente com um toque caloroso.

Fenrir ainda seguia observando Anelise, contudo, não com a mesma postura de antes. Ele estava com a guarda um pouco mais baixa, uma vez que Ase fizera questão de dizer como ele fora deselegante no jantar de boas-vindas. Fenrir tinha um coração relativamente selvagem, porém, era capaz de reconhecer quando errava e quando acertava. Ele estava ciente de que, sim, havia pesado um pouco a mão no trato de Anelise. Olhou para ela: tão inocente, tão delicada quanto um barquinho de papel. Agora era a hora de consertar o que havia feito de errado. Não por ter ferido os sentimentos de uma jovem qualquer, mas em nome da honra e do bem comum de seus companheiros rebeldes, estes que também o reprovaram pelos seus atos.

Uma linha apareceu entre as sobrancelhas do rapaz, um claro sinal de tensão. Sua boca abriu e se fechou diversas vezes, como se não soubesse bem por onde começar. Enquanto tudo isso acontecia, Anelise assistia à cena com curiosidade. Fenrir, que tinha uma língua tão afiada, parecia não saber o que dizer.

— Anelise, desculpe por minhas palavras imprudentes. — Ele tentou esclarecer qual caminho havia trilhado até cometer seu erro. Anelise, espantada, simplesmente assentia levemente atordoada, confirmando que o desculpava. — Sou movido por boas intenções, acredite. Acontece que me faltou sabedoria... e, bem, torço para que você seja, de fato, a nossa Fadiel.

Uma faminta expectativa de ser perdoado estampava o rosto de Fenrir.

Como não poderia desculpá-lo? As ofensas se tornavam desimportantes quando se lembrava do motivo que a levara até ali, naquela nação distante da sua, para dar suporte a um povo que não era o seu. Além do mais, Fenrir parecia ser um jovem tão esforçado quanto ela, com a grande diferença de que ele era valente, e ela, não.

— Sabe, eu me importo muito com meu povo. Quero essa vitória por todos aqueles que fracassaram. Mas, ao te ver, eu... tive receio... — ele hesitou um pouco, comprimindo os lábios em uma linha fina como quem reflete se deveria mesmo dizer aquilo — de você não estar pronta.

Anelise também tinha o mesmo medo, porém, não tinha coragem de admitir. Ora, aquela jovem não era frouxa; devo lembrar-lhe de que ela estava dando tudo de si para corresponder às expectativas de todos. Quando Anelise tinha coragem de frequentar os porões de seu interior, era nítido que quase todos os seus esforços envolviam o querer agradar aos outros, seja seu pai, sua plateia ou, agora, os rebeldes.

Os dois ficaram em silêncio, e esse silêncio se acomodou entre eles por livre vontade. A jovem estava acariciando as fibras da jaqueta de Fenrir, pressionando entre os dedos as texturas distintas que ali encontrava, quando algo lhe ocorreu, uma questão que não poderia deixar passar.

— O que é uma Fadiel?

Fenrir tocou a face das águas calmas com seu dedo indicador, para logo depois mergulhar a mão inteira.

— O mal tem muitas formas, Anelise, e Revno não foi o primeiro Rei Louco que existiu — Fenrir assegurou, o medo atravessando seu rosto como uma centelha. — A própria loucura já beijou os lábios de outros monarcas. Fadiel foi uma corajosa mulher, trabalhadora de Forseti, que, muitos anos atrás, sacrificou sua vida durante uma das Grandes Batalhas dos Primeiros Tempos. Ela era estrangeira, sequer pertencia ao nosso povo, mas, ao contar uma história para manter o rei adormecido — ele adormecia quando ouvia histórias — ela trouxe vitória àquela disputa. E sempre que uma contadora de histórias surge, ela pode ser chamada de Fadiel, em memória de seu sacrifício e em homenagem ao ofício que ela sustentou — Fenrir ainda acrescentou com uma olhadela enfática.

Anelise sentiu-se minúscula ao ouvir aquele relato. Aparentemente, aquela missão envolvia muito mais do que apenas contar uma história: estar ali exigia um tipo de coragem que ela não sabia se carregava. Ela tinha uma visão equilibrada de si mesma, e, admitia valores como modéstia, sabedoria e calma. Agora, bravura? Bem... não, não tinha bravura em sua coleção de virtudes.

Quão grande coragem Fadiel possuía em seu coração! Além disso, pelo que contam as lendas, ela era tão bela, com seus cabelos cor de prata descendo abundantemente pelas costas, quase alcançando o chão. Fadiel empunhava sua valentia como uma espada afiada, mesmo que, ao fazer isso, fosse ferida pela mesma lâmina, cercada de todos os lados por sua própria história.

Será que Anelise seria tão forte quanto ela? Será que poderia, um dia, esvaziar-se tão profundamente de si a ponto de sentir-se segura em agir semelhantemente a Fadiel?

Até certa medida, era isso que Ase e Fenrir esperavam de Anelise: entrega completa, "mesmo que isso significasse que eu mor...". Basta. Anelise não foi capaz de finalizar as últimas letras daquela palavra tão forte, tão temível.

Anelise certamente não desejava padecer.

Seu coração estava apoiado na promessa de Hércules, que garantiu a ela que a levaria para casa, de volta a Londres, caso as coisas se tornassem tenebrosas demais ao longo do caminho. Ela sentia-se envergonhada por não ser dotada do instinto, tão comum àqueles que foram escolhidos pelos céus para liderar grandes exércitos e se doar até o fim, de sacrificar-se. Anelise não era do tipo que desejava morrer. Ela se via tão apegada a seus sonhos, planos e desejos... que dificilmente entregaria a si mesma com satisfação.

"E se isso fosse requerido de mim?", ela refletiu momentos depois, quando, de repente, uma fina trombeta soou. Fenrir, ainda a sua disposição, pôs-se de pé em um salto. Medindo Anelise com o olhar, agora brando, ele disse:

— Estão chamando a todos.

— Fenrir — Anelise chamou antes de sair da gruta. Ele voltou-se para ela, que exibia um semblante tão tímido e oprimido. — Obrigada por... pelo casaco. Foi muito gentil.

Os dois jovens coraram.

Veja, tanto um quanto o outro jamais haviam se aproximado tanto assim do sexo oposto, ao menos não daquele jeito. Fenrir foi treinado para matar, Anelise, para escrever e encantar. Não possuíam uma vida além daquela, de forma que aquela única e rápida interação foi o suficiente para envergonhá-los. Se eram os hormônios da juventude, não sei dizer, mas foi isso que aconteceu.

Logo, os dois tornaram a caminhar, escondendo suas faces vermelhas um do outro para não tornar a situação ainda pior.

E isso era inteiramente verdade. Fenrir e Anelise, ao saírem daquela gruta, avistaram uma comoção vinda da mesa do jantar.

Hércules pigarreou e todos, antes sentados à mesa, formaram uma fila e dirigiram-se rumo a um largo pátio que pode ser encontrado, até os dias de hoje, dez passos à frente daquela antiga abadia.

Anelise não sabia para onde iam. Ela simplesmente seguiu os passos de Fenrir, que, com passadas rápidas, tentava alcançar a multidão.

Quando chegaram ao pátio, Hércules ergueu uma harpa rústica de madeira debaixo do braço esquerdo. Todos os presentes endireitaram a postura e trouxeram solenidade à face, como habitantes que resolvem cantar o hino de seu país. Diante de tamanha seriedade, Anelise entendeu que estava prestes a testemunhar um momento de formalidade sem igual.

Um fino silêncio honroso se instalou por segundos, para logo depois dar lugar a tambores que marcavam o compasso do que estava por vir. Anelise não sabia o que aconteceria em seguida, contudo, o encanto daquele momento a impediu de fazer uma pergunta tão tola. Ela sentia em seu âmago que algo especial e grandioso crescia ali, em meio àqueles tambores, entre os túneis molhados da cidade. Por alguns instantes que precederam o momento belo que em breve você testemunhará, Anelise poderia jurar que o ar cavernoso foi trocado por algo mais sublime e, ao mesmo tempo, mais elevado do que ela era capaz de expressar.

— Será cantada a *Canção do Horizonte* — Fenrir informou docilmente a Anelise, presenteando-a com um pouco mais de sua atenção. Àquela altura, a garota já havia se encantado com a figura de Fenrir, pois estamos diante de uma jovem de amores fáceis de se adquirir (e rancores mais ainda) —, aquela que descreve o dia em que Endemör será livrada de seu grande opressor.

Assim que a curta explicação dada por Fenrir se encerrou, cada um fechou os olhos ou se curvou rente ao chão para cantar. Com extremo respeito, Anelise entreolhou o espectro sofrido daqueles endemorianos. Banidos da superfície e se refugiando abaixo da terra, pálidos com a escuridão e ansiosos por uma rebelião, os habitantes de Bóthildr acreditavam em cada palavra da música que Anelise ouviu a seguir. A melodia era maltratada e doída, como um clamor amargurado. Em muitos momentos, Anelise sentiu-se tão triste que podia sentir seu coração clamar para que a música parasse. Mas, ao contrário de seu desejo, a garota apurou ainda mais os ouvidos para receber as porções de sofrimento dos que choravam. Foi aí que percebeu que, apesar de todo o pesar, lá no fundo, no abismo daquela canção, também havia esperança.

Aquela era a harmonia amarga, mas encorajadora, de um povo que resistiu às inúmeras tentativas de sua dizimação, a poesia daqueles que apenas desejavam ver a justiça sendo executada sob a cabeça de Revno.

Revno havia retirado muito daqueles habitantes. Com seu punho cruel, tomou suas casas, suas plantações e toda sorte de bons sentimentos. Sempre havia mais a ser tirado, mas algumas coisas, aquelas que guardamos no coração, não podem ser tocadas por pessoas como o rei. Nem o Louco nem ninguém era capaz de deter os versos daquela composição, tão antiga quanto sua própria existência e tão feroz quanto ondas que rugem.

A esperança renascia na certeza de que não demoraria até que o sol mais justo surgisse no horizonte. Assim que isso acontecesse, os rastros de lágrimas daqueles pobres habitantes seriam limpos. A vida não seria mais um pesadelo, pois tudo seria parecido com um tipo de sonho.

Quando as tochas se apagavam no fim de mais um dia de labor, "tudo o que precisamos fazer", diziam uns aos outros, é resistir. Um pouco mais. E então, um dia, passariam a viver de maneira plena e abundante, recebendo diretamente a luz da lua em suas bochechas e provando dos contentamentos do mundo da superfície.

Resistir. Um pouco mais.

E, até lá, deveriam lembrar-se das boas canções como aquela que ecoavam:

As wistérias entoam
Uma antiga canção
Seus versos ressoam
A história do filho desta nação

Ao cair da lua
O primogênito se envaideceu
Desonrando sua honra,
Ele enlouqueceu

As eras se passaram
O Louco resistiu
Muitos lutaram,
Mas o monarca não sucumbiu

As vozes ao redor se multiplicaram graças aos túneis que produziam um profundo eco. Toda Bóthildr, desde os córregos até os ramos secos de wistéria, das tendas até as ruínas, tudo parecia se juntar ao povo com aquele pedido de socorro, um gemido uníssono rumo à superfície. Até mesmo o dragão

Ingeborg se uniu à canção, seu hálito quente emanando fumaças vindas de sua toca.

Surgirá no horizonte
Um novo sol, detrás dos montes
O olhar tornará a ser deslumbrado
E o encanto será quebrado.

A melodia da canção era tão sublime que Anelise foi invadida por uma sensação de plenitude, como um vento que esvoaça as folhas secas jogadas na calçada e as faz levitar. Nossa Anelise, nem em seus melhores dias, sentia-se uma heroína. Mas, ao conhecer aquele povo que lutava e cantava para resistir ao perverso rei, experimentou uma imensa compaixão por eles. Sentia, lá no fundo, vontade de ser como eles.

Ela queria ser como Fadiel, a contadora de histórias. Será que era capaz disso?

Anelise pensava que sim.

Lutaria e daria seu melhor para que Endemör fosse salva.

O PLANO MORTAL

— Reunião extraordinária de Assembleia! — um pomposo javali anunciou, bufando por suas narinas enquanto seus cascos produziam um sapateado selvagem no chão de pedra.

Diante do anúncio, os refugiados esvaziaram a ruína da abadia e retornaram às suas atividades, como fazer pães para as refeições e mesmo cortar madeira para as fogueiras, restando apenas os conselheiros da Assembleia para a reunião.

Rapidamente, um grande minotauro de pelo castanho e armadura trouxe um tampão redondo de pedra coberto de musgo, posicionando-o sobre um pequeno tronco de árvore. Aquela era a mesa da Assembleia; apesar de estar meio bamba, era o alvo do orgulho dos Sigrid, e Anelise não seria aquela a contrariar o gosto do povo.

Os conselheiros da Assembleia eram os seguintes: Hércules, a gárgula, Brynja e Gérdo, os minotauros, Gunhild, o javali pomposo, Noma, o hipogrifo, Saga, a águia, Thyia, a loba, Ase, Fenrir e, mais a distância, o pequeno ouriço e o dragão. Anelise sentia-se como a integrante provisória de uma organização secreta muito visada e se alegrou por pensar assim.

Gunhild inspirou pesadamente. Sua voz era rouca e envelhecida, tal qual a de um velho sábio dos livros que você já deve ter lido em algum momento.

— Se aproximem da mesa — ordenou, como um verdadeiro general. Os conselheiros da Assembleia se achegaram ao tampo de musgo, incluindo Anelise. A garota não era capaz de esconder sua empolgação, uma vez que era nítido o sentimento de que estava fazendo parte de um belo e memorável momento da história daquele reino. Era ciente de que tudo estava caminhando para que ela se sentisse incluída como parte essencial de uma equipe cuja força rebelde se encontrava ali, ao redor da mesa.

Havia ali uma entrega mútua, que mostrava como todos os membros daquela aliança estavam comprometidos a dar sua vida de modo determinado e valente.

Gérdo, o minotauro castanho de armadura e olhos brilhantes, pegou dois rolos de pergaminho grossos e de aparência antiga. Jogou-os naquela superfície, os pequenos ramos esverdeados grudando ligeiramente no papel conforme os pergaminhos se abriam sobre a mesa.

— Nesta bela manhã, vamos repassar para a senhora do Hércules nosso plano — o minotauro apoiou suas mãos sobre os pergaminhos, examinando a sólida estratégia diante de si. — Primeiro...

Anelise enrugou ligeiramente o narizinho ao ouvir "senhora" mais uma vez. Ela não sabia que Hércules havia espalhado esse apelido que em nada lhe agradava. Buscando romper a continuação desse hábito — que já estava mais do que fundamentado —, Anelise afetuosamente interrompeu o minotauro:

— Apesar de Hércules ter me protegido e servido durante todos esses anos, ocupando o lugar de honra em minha janela, podem me chamar simplesmente de Anelise.

Ao contrário do intencionado pela garota, Gérdo contraiu o rosto em uma expressão descontente. Mais tarde, Anelise descobriu que os minotauros não gostam de interrupções. Gérdo, atônito, buscou fingir que não fora afetado e prosseguiu:

— Dentro de três dias, o rei dará uma festa. É quando atacaremos. — Olhou atentamente para a face de cada um dos rebeldes e prosseguiu. — Antes do entardecer do terceiro dia, já estaremos fazendo nosso trajeto em direção ao palácio por meio dos túneis. Não podemos evitar que os aldeões recebam os convites. O rei sempre os convida. — Ele comprimiu os lábios, pensativo, conforme repassava as instruções, fazendo questão de não se esquecer de nenhum detalhe. — O que podemos fazer é aconselhá-los a não comparecerem à festa. Não quero que vejam o banho de sangue que acontecerá. Depois, Fenrir vai liderar a terça parte do exército em direção ao túnel do oeste. Ele desemboca em um cano próximo ao palácio, e, por meio dele, vocês precisam seguir até a superfície. Ingeborg e seus lutadores cercarão o castelo por meio do pântano, aquele que guarda a maior concentração dos soldados de Revno e também impede que tropas vizinhas interfiram em nosso avanço. Ninguém sai, ninguém entra. Os outros rebeldes sairão por túneis que formam o sistema de esgoto do palácio. Não franza o nariz, Thyia...

Alguém o interrompeu para tratar dos assuntos da vigilância real e, impaciente, o minotauro retrucou, mais uma vez incomodado pela quebra do falatório que vinha fazendo:

— Sim, sim, já cheguei, e lá não há muita segurança, apenas uma modesta base sentinela naquela área. Entraremos no castelo sem grande resistência.

— O plano é que cada parte do exército consiga cercar o palácio, lugar onde predomina a força do rei, por meio dos nossos túneis e ataque. Ase, você segue pelo túnel da direção noroeste e os outros irão com a outra parte do exército pela direção sul — complementou Gunhild, o pomposo javali, bufando vez ou outra enquanto desenvolvia as táticas da guerra.

O minotauro Gérdo distribuiu as funções igualmente para cada líder, relembrando-os de seguir passo a passo o que foi discutido e oficializado diante do povo refugiado. Enquanto ouvia as coordenadas, o coração de Anelise regozijava por finalmente fazer parte da resistência contra as forças do mal. Não é empolgante quando, ainda tão jovem, se tem convicção de que está do lado certo da história?

"O plano é brilhante!", refletiu Anelise. Então aquela era a função de tantos túneis espalhados em Bóthildr, a cidade das ruínas: cada um levava os soldados a uma passagem secreta que encaminhava diretamente para o interior do palácio do rei. O ataque, pelo visto, seria surpresa, uma verdadeira armadilha. O rei seria cercado pelo exército dos Sigrid rebeldes e o poder seria reconquistado.

Anelise ouviu longas descrições acerca dos objetivos estratégicos, junto aos planos de ataque, defesa e movimentação dos guerreiros. Isso reforçou um fato: aparentemente, os Sigrid pareciam estar bem preparados para o combate.

Isso trouxe alívio para Anelise, uma vez que o comprometimento de todos transmitia segurança ao seu ser.

— E então, senho... Anelise — Gérdo rapidamente corrigiu com uma fungada, os olhos brilhando como estrelas tristonhas. — O plano é enviá-la hoje à noite como serviçal ou lavadeira. Em época de festas, a segurança do palácio não é perfeita e seus domínios são tão grandes que sempre estão convocando novos empregados. — Dirigindo-se a Anelise, o minotauro explicou calmamente os passos da participação da menina. — Você se infiltrará no palácio para distrair o rei no dia da festa. Ao se esgueirar pelo território real, você tentará contar uma história para ele em algum momento, qualquer momento que parecer propício no terceiro dia, assim que a festa começar, enquanto nós invadimos o palácio. O rei estará tão entretido que não se dará conta de que...

De repente, a mente de Anelise começou a borbulhar com novas questões. A dúvida pode ser inocente como uma pomba, isso se ela não se apresentar como uma serpente sibilante que sufoca até o mais forte guerreiro.

— Desculpe minha segunda interrupção, senhor minotauro — Anelise interpelou-o ao pousar a palma das mãos na mesa da Assembleia com delicadeza —, mas como é o rei Revno? Veja, se eu terei de encontrá-lo e contar a história, devo ao menos saber de algumas informações. — Todos na mesa pareciam ouvir atentamente a proposta da garota. — Preciso estar preparada.

Seu olhar ingênuo e suplicante buscava uma resposta sincera acerca do vilão que encontraria em breve. Se o enfrentaria, desejava saber como seria sua aparência e seu temperamento. Durante todo o tempo vivido até aquele momento, Anelise viu-se tão envolvida por tantos fatos inéditos — magia, um mundo novo, a tal lâmina mais cortante — que mal se preocupara com o rei em si. Agora era a hora de descobrir: quanto de perigo ela realmente estava correndo?

— Bem... — Hércules começou a balbuciar, usando as garras para coçar o alto de sua cabeça pensante lustrosa. — Ele é meio feio.

— Tem unhas afiadas como armas — acrescentou Gérdo de prontidão, os olhos brilhantes mostrando até algumas fagulhas de temor.

— Da última vez que o vi, media dois metros de altura — comentou Gunhild, o javali pomposo, o peito menos inflado que o comum.

Brynja, o segundo minotauro, entristecido, cutucou seu irmão Gérdo e comentou para todos em volta com um tom de lamento:

— Revno matou nosso tio Edwin por odiar as amêndoas que ele vendia na aldeia. — Entristecido até dizer basta, debruçou-se na mesa de musgo e chorou. Comovido, seu irmão acariciou sua cabeça, também tomado pela tristeza. Ase abraçou os dois e sussurrou palavras de conforto como se também fosse parte de sua família.

A cada descrição feita pelos Sigrid, Anelise se sentia pior e mais enjoada. Aquele rei, pelo visto, não era apenas louco: era cruel, sanguinário, vingativo! Além de tudo, imbatível, porque lâmina alguma, até o momento, havia sido ousada o bastante para tirar dele uma gota de sangue sequer.

— Ele dizimou a última contadora de histórias. E, naturalmente, não se esqueça também de quando ele matou os próprios sobrinhos e sobrinhas! Um dos seus feitos mais malignos — a águia Saga anunciou com um terror cacarejante descomunal. Suas penas se encolheram rente ao corpo e seu bico, antes imponente, murchara como uma flor que recebe mais sol do que deveria.

Anelise ficou petrificada.

— Verdade! — a voz profunda de Noma, o hipogrifo, era quem tinha a fala dessa vez. — Eles eram jovens como você, senhora — disse apontando com sua cabeçorra na direção de Anelise. Que infelicidade!

A informação chegou aos ouvidos da menina com uma estranha familiaridade. Onde já tinha ouvido uma história assim? Tentou recobrar na memória antiga e logo encontrou: Cronos, na mitologia grega, engoliu seus próprios filhos. A diferença é que aqueles filhos eram deuses e conseguiram escapar da barriga do titã. Anelise sabia que Endemör era mágica, entretanto, estava certa de que os sobrinhos do rei Revno, àquela altura, já haviam deixado de existir em todos os sentidos, seja na memória do próprio tio ou em seus próprios ossos secos.

A garganta de Anelise secou e o sangue fugiu de sua face. Como pode um tio matar seus próprios sobrinhos? Lembrou-se do seu tio Charles, aquele homem gentil de meia-idade e de cabelos grisalhos com um amor pulsante pelo exército e por explorar lugares novos. O tio Charles era amável com ela, apesar de amar as forças do exército e o turismo mais do que qualquer coisa no mundo, mais até do que gaivotas, sua terceira obsessão na lista.

Anelise imaginou como seria se, um dia, seu tio Charles decidisse matá-la. Que horror, que aversão!

A garota foi invadida por uma sensação desgostosa, ainda que familiar. Distante como um apito agudo de trem, ouviu um som. Seu timbre era tenebroso e gélido, semelhante a correntes se arrastando no chão ou o gancho de um pirata arranhando um vidro recém-formado.

Apesar de ainda estar trajando o casaco de lã de Fenrir, foi invadida por um frio que se aproximou da pele das suas bochechas, esfriando seu corpo e sua animação como uma nevasca de inverno.

Era o medo. O medo, um visitante do seu coração que a conhecia desde pequena. Isso contradizia toda a postura valente que Anelise gostaria de manter.

Sua cabeça girava de pavor ou terror, ou os dois. Sua respiração não conseguia chegar até o fim do peito, e seus pensamentos aceleraram abundantemente como os *flashes* das câmeras que registraram seu fracasso naquela mesma noite, algumas horas antes.

Percebendo que o desespero se apoderara da menina, Hércules entrou em cena:

— Não assustem nossa heroína! — a gárgula clamou, sorrindo nervosamente enquanto bagunçava com carinho o cabelo de Anelise. A carícia não fez a garota se sentir nada melhor, pois, emburrada, colocou cada fio em seu devido lugar com as mãos.

— É um homem cruel, é sim... — Gérdo confessou em um tom vagaroso, as narinas arfando com vigor. — Mas, como eu ia dizendo, você tentará contar uma história para ele em algum momento, qualquer momento que parecer propício... E nós estaremos munidos com a lâmina Starn.

Gérdo exibiu uma espada radiante, com uma superfície laminada furta-cor. Sua tonalidade se alterava conforme a luz repousava sobre ela, e era impossível negar sua beleza. Seu gume possuía um tom majoritariamente cinzento, entretanto, em uma segunda olhada, a lâmina parecia assumir uma nova cor sempre que Anelise a admirava: púrpura, dourado, azul--esverdeado e tons que a menina nem sabia como chamar.

— Ande, pegue a sua. Fiz especialmente para a amiga do Hércules. — Gérdo ofereceu uma pequena adaga que era perfeitamente proporcional a Anelise. Envolto em sua parte cortante, havia um estojo de couro escuro de altíssima qualidade, um verdadeiro artefato esplendoroso para se guardar na memória.

Encantada e um pouco menos assustada, Anelise despiu a lâmina e admirou a beleza da arma. Sim, aquela havia sido a primeira de todas, pois meninas não andavam armadas em Londres naquele tempo.

A jovem compreendeu que aquela era uma relíquia que merecia ser guardada em sua maleta, e foi o que fez. Apesar disso, de maneira tão intensa quanto o deslumbramento gerado pela adaga, logo uma pergunta desanimadora surgiu, sua cabeça tornando a borbulhar como um caldeirão posto em fogo alto.

— Perdoe minha terceira interrupção, querido Gérdo, ó, senhor minotauro — Anelise disse, um pouco mais angustiada com sua mais recente dúvida. Gotas grossas de suor despontaram da testa do minotauro, visto que, como você bem sabe, os de sua espécie odiavam interrupções, e ele não sabia quanto tempo poderia aguentar mais uma interpelação como aquela. — Se o rei não pode ser ferido por lâminas e facas, como sabem que a Starn funcionará? E se ele resistir? — Anelise trazia uma preocupação sincera, brincando nervosamente com as pontas dos cabelos. — Qual é o plano?

Os conselheiros se entreolharam, e até o dragão Ingeborg, ainda escondido em sua toca, não muito longe da reunião, pareceu segurar a respiração no peito.

— Espera-se que ele seja ferido... Nunca testamos — Ase admitiu um tanto tímida, e acrescentou com um tom tenebroso antes de olhar para Gérdo, o minotauro que a criara —, não chegamos nessa parte do plano antes.

— Ele sempre nos encontra antes de chegarmos ao palácio. Seus soldados são espertos demais — Thyia, a loba, uivou com fúria, arranhando o chão de pedra com a garra afiada.

— É, ele sempre nos encontra, *certezamente* — repetiu o ouriço rechonchudo, lágrimas emotivas beirando os olhos.

Aquela segurança diante da profunda preparação dos rebeldes ruiu em poucos instantes. Diferente das histórias que lia, nem todos os planos eram infalíveis e carregados de certezas. Naquele momento, Anelise sentiu-se apossada por um sentimento terrível de receio novamente, não havendo outra escolha a não ser a que veio a seguir.

— Então — Anelise se demonstrou irritada pela primeira vez em muito tempo. Em sua opinião, era um completo insulto que fosse um protótipo de um plano arriscado cujo sucesso era tão impossível quanto uma promoção na Fortnum & Mason de Londres —, ninguém sabe se a Starn realmente derrotará o rei? Perdoem-me, mas o plano parece uma alternativa muito incerta! — A menina estava surpresa com sua própria veracidade e tentou ser mais comedida com suas palavras. — E se não funcionar?

O tal Revno era mais sádico do que Anelise havia imaginado. Sentiu-se enganada ou mesmo apanhada em uma armadilha cruel. Não sabia que, no momento em que aceitasse aquela missão, correria um risco iminente de morte.

Fenrir, desapontado, mudou aquela feição tranquila para uma que continha muito mais desconsideração que antes. Em seu interior, ele estava quase arrependido de ter trocado aquelas poucas palavras de encorajamento com Anelise. O jovem guerreiro não era capaz de compreender por que havia tanta hesitação e covardia nela; por qual razão Hércules a trouxe, afinal? O que havia visto de bom ali, naquela garota? Aqueles seus olhos de lince pareciam alterados com a reação da menina e dos Sigrid, que pareciam envoltos em ares vacilantes após ouvir o que ela tinha a dizer. Em seu interior, tinha certeza de que, mais cedo ou mais tarde, Anelise desistiria de tudo e seria a maior covarde. Para piorar, parecia que a moça havia contaminado os demais com sua falta de ânimo.

— É por isso que se chama *missão*! — a voz do rapaz ecoou como um rugido e seus olhos felinos flamejaram de exaltação. O grito assustou Anelise, que recuou ao ouvir Fenrir. De repente, aquela calma relação, quase tão pacífica quanto a piscina natural em que tocavam durante a conversa, sumiu quase inteiramente. Anelise e Fenrir, que mal se conheciam, passaram a se reconhecer ainda menos. — Todo mundo pode morrer!

— Pois penso que é um suicídio! Eu não estou apta para esse papel. É arriscado demais. Vocês terão suas lanças e espadas para se defender e ganhar tempo. Eu terei... histórias e uma faca minúscula? — Gérdo sentiu-se ofendido em seu íntimo, pois ele produzira a adaga de Anelise pessoalmente. Seu semblante brilhante oscilou um pouco e ele curvou sua cabeçorra, decepcionado. — Eu... — quase deixou escapar o que acontecera com o rei George e sua peça de teatro. Aqueles que não ficaram desanimados com a posição de Anelise a miravam com assombro, desacreditados de que aquele tinha sido o rumo que a reunião tomou.

A gárgula preservava a sua confiança com uma postura animadora. No olhar de Hércules havia esperança e, por isso, buscou acalmá-la. Mais do que ninguém, a gárgula desejava proteger a menina, e prometeu que a levaria para casa independentemente do que acontecesse: seja agora ou depois, era leal a Anelise e desejava provar isso.

— Minha senhora, fique tranquila. Pense melhor... eu sei que não é reconfortante que não saibamos o que vá acontecer amanhã, mas todos nós corremos o mesmo risco. Seu medo não melhora o que virá em seguida — Hércules pousou sua pesada mão no ombro de Anelise. Seus olhos transmitiam conforto e familiaridade, contudo, não era isso que Anelise buscava naquele momento.

— Medo? Eu não tenho medo! — a menina exclamou ao retirar bruscamente a mão da gárgula de seu ombro.

Anelise começou a se afastar da mesa aos poucos, negando veementemente com a cabeça, inconformada e tristonha. Sua benignidade era notória como virtude, mas Anelise havia chegado em seu limite: o fato é que estava farta de toda aquela história.

— Senhora, Endemör precisa de você! — a gárgula exclamou. Todos os conselheiros, com exceção de Fenrir, ansiavam pelo "sim" de Anelise, até mesmo o dragão que, finalmente saiu da toca. Exibiu escamas negras e olhos azulados como gemas de lápis-lazúli. O seu tamanho superava o dos dinossauros que Anelise havia visto uma vez no Museu de História Natural de Londres, muito tempo atrás. Ingeborg exibiu seus dentes ferozes e afiados, revelando mais do seu corpo ameaçador a cada instante, entretanto, isso não deteve Anelise.

O horror de ser morta ou aprisionada por aquele rei não deixava que a menina pensasse claramente. O medo era como uma visita indesejada, que, por mais que fosse dispensada, batia mais insistentemente à porta a cada segundo. Mesmo sendo habilidosa com as palavras, não conseguiu pensar em um destino pior do que ser a contadora de histórias de rei que mata meninos e meninas como passatempo.

Isso foi tudo o que conseguiu dizer antes de sair em disparada para um dos túneis de Bóthildr, a cidade das ruínas:

— Eu sinto muito.

Não havia mais rastro de Anelise, a não ser o casaco de lã, pertence a Fenrir, que fora derrubado no chão durante sua fuga.

ÂMBAR E CEDRO

O túnel era úmido e mal iluminado, mais escuro do que aquele que a havia levado até os Sigrid. Sua barriga roncava de fome e seu rosto estava úmido de suor e fuligem vinda das escavações antigas daquele caminho estreito.

Pegou sua pequena lanterna verde-marinho para enxergar o trajeto diante de si. Corria com velocidade, temerosa de que algum dos rebeldes a perseguisse para levá-la de volta. Sentia-se mal por ter abandonado a missão, mas extremamente pior por ter sido rude com Hércules. Ele, mais do que ninguém ali, queria o seu bem, mas Anelise o tratara com grosseria ao empurrar sua mão para longe.

Além de tudo isso, sem a sua condução, era difícil que retornasse à sua casa em Londres por conta própria. A floresta era imensa e a garota não conhecia a passagem que poderia levá-la de volta ao Portal da Lágrima; sem falar que, caso o encontrasse por acaso, não saberia como abri-lo.

Estava extremamente infeliz e cansada.

Em certo momento, quando entendeu que estava sozinha e que ninguém a alcançaria mais, parou de correr e começou a caminhar, cada passo levando-a à reflexão acerca do que aconteceu. Contar uma história para o rei George havia sido um desastre para a monarquia de Londres. Pensava sobre o dano que poderia causar se mencionasse amêndoas ou qualquer coisa que desagradasse ao rei Revno, um homem que matou seus sobrinhos e executou a última contadora de histórias a custo de seus caprichos e loucura.

Não deixou de pensar na rapidez com que Fenrir retirou de cena uma a uma das palavras proferidas em seu favor. *Fadiel*. Ela nunca seria uma Fadiel, seria? Precisava ser franca, uma vez que estava ali, sozinha. Não tinha medo de admitir seu fracasso naquelas condições, e escolheu pensar nos rostos decepcionados daqueles rebeldes. Que vergonha... que lamentável era ser covarde.

Seguia caminhando cabisbaixa. Os passos ecoavam no túnel de pedra. Seus pés descalços estavam feridos por causa do atrito com o chão; no entanto, não sentia forças sequer para reclamar. A adrenalina havia passado, e seu coração agora tinha outras preocupações: seu pai. O que aconteceria caso ele sentisse sua falta? Não conseguia imaginar motivo maior do que seu desaparecimento para provocar a ira do Sr. Ward. O que podia fazer era se apressar ao máximo para chegar em segurança à sua casa antes de ele perceber o que acontecera.

Queria escapar daquele buraco, queria esquecer tudo aquilo. O perigo de um tal Rei Louco a repelia da aventura, puxando-a para a familiar Londres de sempre, com sua fumaça intensa, chaminés entupidas e carruagens desenfreadas. Contudo, o túnel por onde ela seguia parecia discordar daquela sua urgência, como se tentasse dificultar a fuga da jovem autora.

— Mas que absurdo! — Anelise exclamou ao bater a cabeça no teto após dar alguns passos em direção ao seu escape. Tudo parecia que estava menor! Ou ela era quem estava crescendo repentinamente.

Só então ela notou que o caminho se tornava cada vez mais estreito; as paredes comprimiam seus ombros, machucando sua pele e ferindo suas mãos. Porém, elas não ousavam ferir mais do que a culpa que Anelise sentia, essa que a torturava e maltratava com braveza.

De repente, ela ouviu um ruído familiar.

Tudo ficou quieto e, quando ela achava que não havia sido nada demais, o ruído se repetiu, dessa vez mais alto, num estrondo semelhante a uma coisa pesada rolando no chão. A jovem colocou a cabeça por cima dos ombros para ver do que se tratava, mesmo que, em seu coração, já tivesse a resposta.

— Hércules, me seguindo de novo? O que faz aqui? — questionou enraivecida, pisando firme e lançando a luz de sua pequena lanterna na face da gárgula.

Hércules contraiu os olhos com a claridade repentina e tapou a visão com a grande garra meio cinzenta.

— Eu prometi que iria protegê-la e levá-la de volta para casa em segurança. Gárgulas não quebram promessas.

Comovida com o esforço do amigo, Anelise relaxou ao tocar seu ombro. O contato conduziu o olhar de Hércules para o rosto da moça:

— Está bem. Desculpe-me por ter sido grossa com você agora a pouco.

Hércules parecia um pouquinho abalado, apesar de se esforçar para transmitir uma face impassível de maiores emoções. Não foi nada agradável toda aquela situação causada por Anelise. Ela não agiu como o combinado, este era o grande fato. Como seu guardião, ele sentia que tinha permissão de tocar nesse assunto, isto, é claro, se não estivesse tão ocupado com a urgência da batalha que estava por vir. Se não estivesse rodeado por um estado de guerra como aquele, Hércules também guardaria rancor por alguns instantes a mais. Apesar disso, a gárgula não julgava que aquele era o momento apropriado de chatear-se com Anelise, uma vez que seu coração estava muito mais concentrado em cumprir o plano. Havia tanto em jogo que não se sentia no direito de expressar nada além de um débil sorriso, o indicativo de que a desculpava pelo rebuliço. Tal sorriso bestial foi reconfortante para Anelise, mas ela ainda queria saber como os dois sairiam daquele buraco.

— Podemos procurar outra saída — Hércules sugeriu, sua voz gentil buscando oferecer uma solução plausível para a situação.

— Já caminhei até aqui, não quero refazer o trajeto — Anelise argumentou, sua fala quebradiça quase rompendo em lágrimas de tanta frustração. O tempo estava passando, e ela sentia que logo a manhã raiaria em Londres. Seu pai abriria a porta de seu quarto e, então, qual reação ele teria ao ver a cama de sua filha vazia?

Alguns passos adiante a jovem notou uma pequena abertura que revelava a superfície. A luz pálida e fria que atravessava aquela fresta trazia para Anelise a familiaridade do inverno de Londres. Apesar da brutalidade de seu pai, ela sentia saudades de sua casa. Decidida e desesperada, ela tomou uma decisão.

— Anelise, não faça isso! — a gárgula clamou, mas já era tarde.

Com muito esforço e teimosia, ela colocou primeiro um braço e depois o outro, tentando passar pela fenda do túnel. A parede bruta e afiada não se dava bem com meninas londrinas.

Em um contra-ataque, a pedra fria feriu seu antebraço com um rasgo, e um grito de dor escapou de seus lábios.

Ela não desistiu.

Após um longo tempo de luta e contorção, Anelise conseguiu se deslizar para fora do buraco. Acredite quando digo que foi ainda mais custoso retirar Hércules de lá. Sua barriga saliente quase o impediu de alcançar Anelise no mundo de cima, todavia, ele prendeu a respiração e conseguiu sair depois de muitos puxões, solavancos e lamentações.

A menina deu uma olhada ao redor e percebeu que não estavam mais na mesma floresta que havia conhecido quando chegou com Hércules. O formato das árvores parecia diferente, mais tímidas do que as que vira antes. Ficando de pé em terra firme, Anelise viu a luz pálida e tímida de Endemör banhando uma clareira ampla e levemente mais iluminada.

A luz reconfortou seus olhos, ainda que o cenário não fosse simpático. Árvores magricelas e desprovidas de folhas a encaravam de soslaio, sua altura arranhando o céu cinzento.

Deu uma olhada em seu ferimento. A dor era aguda como um beliscão bem torcido na pele. A sensação era semelhante à que experimentou uma vez, muito tempo atrás, quando escorregou na cachoeira da casa de campo no sudeste da Inglaterra, em North Downs, e cortou a panturrilha em um pedregulho afiado. A questão era que a ferida do antebraço iria maltratá-la muito mais, pois estava em uma floresta numa terra encantada onde não havia hospitais nem enfermarias como em Londres.

— Isso daí está muito feio — a gárgula comentou, pendurando a língua para fora, enojado com a aparência da ferida. Anelise quase riu diante das gracinhas de Hércules, entretanto, a dor superou aquele impulso cômico.

O sangue escuro e espesso escorria pela lateral de seu antebraço, e foi quando uma ideia surgiu.

— Creio que devo ter algum kit de primeiros-socorros na maleta.

E realmente tinha. Junto à sua adaga Starn, encontrou os curativos e unguentos. Sua sorte é que o kit estava bem abastecido.

Procurou um lugar limpo para sentar-se e começou a cuidar da ferida. Uma pedra de superfície lisa pareceu o lugar ideal para que ela se acomodasse. Higienizou a área e fez um modesto curativo, firme o suficiente para permitir que o sangue estancasse. Hércules observava tudo sentado ao seu lado.

— Está melhor? — a gárgula questionou, seus olhos esverdeados inspecionando a ferida. Ele era um bom amigo e isso significava muito para a menina. Com cuidado, tocou o ombro delicado da jovem, buscando confortá-la.

— Estou com sede — Anelise se queixou. Fazia horas desde a última vez que tomou um bom copo d'água ou ingeriu qualquer tipo de alimento.

Quase ao mesmo tempo, com seu focinho parecido com o de um porco, Hércules farejava algo diferente no ar.

— Acho que existe algum riacho perto daqui — ele informou ao se levantar da pedra onde repousava junto a Anelise, o nariz enrugado buscando a direção exata de onde poderia encontrar água para beber. — Não me demoro!

Hércules se afastou rapidamente da pedra lisa onde Anelise descansava com o seu braço ferido, seu andar manco distanciando-se cada vez mais. A garganta seca da garota ardia conforme ela engolia saliva, numa tentativa inútil de amenizar a sede.

Enquanto esperava Hércules chegar, olhou para as árvores secas, erguendo a cabeça para o alto enquanto sentia uma leve brisa tocar as ondas de seus cabelos e gentilmente acariciar a ferida de seu antebraço. Trouxe à memória os acontecimentos que a levaram até aquele lugar e lamentou profundamente, pela milésima vez, a piada contada sobre os ratos e o rei. Sentia que, por mais que tentasse escrever bem a história e ser uma escritora muito cuidadosa, era impotente quanto às cenas seguintes, quase como se não tivesse poder algum na sua peça. No fundo, pensava que não tinha poder sobre qualquer coisa. Sempre buscava viver dignamente, idealizando cenários açucarados a respeito da sua existência: a realidade, todavia, contradizia tudo o que Anelise havia imaginado para si mesma.

Ela não sabia como se sentir. Ali, sozinha e encolhida num lugar desconhecido, se perguntou se algum dia vivenciaria uma história melhor, uma infinitamente mais feliz que as tramas que lia nos livros ou inventava para os seus personagens. Uma tristeza exorbitante tomou conta de seu peito e, sentindo-se cansada, escondeu a cabeça entre as mãos. Será que saberia escrever sua melhor história um dia?

Quando estava prestes a sugerir uma resposta, ouviu um barulho. Como já sabemos, Endemör não tinha muita vida: Anelise se espantou com o barulho precisamente por isso. Desde que pisara naquele lugar, não havia visto — ao menos no pouco tempo que passara na superfície — qualquer movimento de pessoas ou criaturas vivas, a não ser por Hércules.

Repentinamente, uma presença inusitada ocupou aquela clareira e, de imediato, Anelise soube que não estava sozinha naquela floresta. A moça lamentou não ser mais forte para poder se defender de quem quer que a espiasse naquele lugar. Ela era a combinação perfeita de uma dama em perigo: faminta, fraca e ferida.

Sentia um olhar enrijecido em sua nuca, um que poderia até ser belo, mas que não era bom. Ergueu a cabeça e buscou quem seria o dono do olhar. Seus dedos formigaram de ansiedade e, apesar de poder abrir sua maleta de couro para alcançar sua adaga nova, estava paralisada demais para fazê-lo. Como paliativo para aliviar sua consciência, ergueu no ar, como uma espada, seu caderno cor de cereja.

— Calma — a voz era de um homem. Ele revelava agora sua face alva, saindo de trás de uma árvore próxima que o escondia. Com vestes cinzentas encouradas, caminhou devagar até a menina. — Você está perdida?

Pensou em gritar por Hércules, até que vislumbrou quem estava falando com ela. Sua aparência era como a de um príncipe das histórias que tanto lia. Ao ver que não se tratava de um monstro nem de alguém parecido com um vilão, a expressão de Anelise relaxou e ela abaixou seu caderno.

— Não. Só estou indo para casa — Anelise explicou, pois aquela era a verdade: estava indo para sua casa em Londres, abandonando Endemör.

O cavaleiro com ar nobre estava, agora, próximo o bastante para Anelise sentir o aroma de cedro que sua pele exalava. Estavam face a face, a armadura reluzente do homem refletindo a visão da garota.

Os dois não tinham alturas tão distintas, mas a menina se intimidou pela beleza do sujeito. De barba feita e exibindo maçãs do rosto coradas, ele parecia ter sido esculpido por mãos divinas e era gentil ao falar, portando-se como alguém que sabia muito bem como se dirigir aos outros.

— Você tem mãos tão belas! — ele exclamou, admirando a menina com olhos simpáticos. — O que faz?

— Eu... — Anelise agora pensou se deveria revelar sua identidade para um total estranho. Ela não era boba e já havia lido contos de fadas suficientes para saber que nunca se deve falar com estranhos na floresta. Enquanto isso, o cavaleiro continuava sorrindo bondosamente em sua direção. — Era você quem estava me observando? — disparou Anelise, dando um ou dois passos para trás.

— Eu? — o cavaleiro de armadura questionou, erguendo uma das sobrancelhas. Sorriu ternamente ao retomar a fala. — De forma alguma. Isso não seria nada polido da minha parte. — Anelise agora olhava levemente para os lados, procurando por Hércules. Ao notar a inquietação da menina, o nobre cavaleiro prosseguiu, com o olhar vislumbrando as faces magras e o antebraço da jovem. — Parece faminta. E, veja, está sangrando — observou com um tom cortês, a testa enrugada de preocupação.

O curativo de Anelise estava rompido e o sangue espesso voltou a gotejar. Estranhando o ocorrido, ela franziu a testa. Tinha certeza de que o curativo estava bem-feito demais para que aquilo acontecesse tão cedo.

— Deixe-me ajudá-la. Tenho mantimentos em minha carruagem, ela está bem ali.

A armadura reluzente do cavaleiro iluminou levemente a visão de Anelise. Seus belos olhos cor de âmbar passavam bondade e confiabilidade. Além disso, Anelise estava mesmo com fome. Horas haviam se passado desde que comera pela última vez. Para piorar, o ferimento ainda latejava em seu antebraço, e ela imaginava a infecção indesejada que poderia vir dele.

Imaginando que era o melhor caminho, a moça cedeu e seguiu o homem.

A carruagem realmente não estava muito distante de onde estavam. Os pezinhos descalços de Anelise faziam o cortejo, pisando nas folhas mortas, a sinfonia típica daquela floresta.

Anelise era uma ótima teórica. Ela costumava pensar profundamente sobre os grandes acontecimentos de sua vida e sistematizava com vigor o que cada um significava. Naquele momento, o cavaleiro estava silencioso, e uma estranha sensação foi se apoderando do peito da garota. Além disso, Hércules ainda não havia retornado do tal riacho: sua esperança era que ele surgisse dentre as árvores e a acompanhasse como fiel escudeiro e defensor.

A aflição cresceu, e Anelise sentiu-se mal em acompanhar o cavaleiro. Há quem chame de intuição, todavia, Anelise costumava chamar de *perspicacité*. Devagarinho, como uma água que ferve lentamente dentro de uma chaleira, a agonia de Anelise crescia.

Quando se aproximou da carruagem, porém, Anelise percebeu que em vez de janelas, havia grades. Sua *perspicacité* já estava agitada dentro de si como pipas lançadas a um ciclone feroz.

— Vou para casa... — Anelise sussurrou quando sua *perspicacité* atingiu o ápice, o medo soando como um estridente grito animalesco. Estava começando a se afastar quando ouviu o cavaleiro anunciar:

— Entre na carruagem.

— Como? — Anelise perguntou, temerosa dos pés à cabeça. Não estava fazendo muito frio, mas a menina chacoalhava como se o calor do seu corpo tivesse sumido. Sua boca tremia de medo como se estivesse envolta na pior tempestade de neve de Londres.

O problema é que ela não estava em Londres. Anelise estava em Endemör, prestes a ser raptada.

— Entre na carruagem — uma voz envelhecida ordenou. A armadura reluzente do homem lançou um forte reflexo na visão de Anelise, e, por alguns momentos, ela nada enxergou.

Quando a luz refletida abandonou sua visão e ela virou o rosto para o sujeito, o maxilar profundo estava endurecido e ele não mais se parecia com um cavaleiro nobre de armadura. Seus olhos cor de âmbar sumiram e, no lugar, Anelise encontrou um par de olhos opacos e antigos. A altura do cavaleiro aumentou consideravelmente e suas unhas afiadas batiam no casco da carruagem.

Ainda que ninguém tivesse dito uma palavra, Anelise sabia: aquele era o rei Revno, o Rei Louco.

Naquele instante, ela foi tomada por um senso de urgência que poucas vezes havia experimentado, principalmente depois de notar que um homem barbudo, de sorriso malicioso e altura mediana, acompanhava o rei naquela carruagem.

Aquilo não era possível... Um sequestro, bem como havia acontecido com sua mãe tantos e tantos anos atrás? Dentro do seu peito, sua *perspicacité* seguia se alarmando como o apito de uma chaleira.

Era agora ou nunca.

Sem pestanejar, a menina deu as costas para Revno e começou a correr por sua vida. Estou falando da corredora mais rápida do bairro e uma perfeita escaladora de pinheiros, pois visitara muitas vezes o interior de Londres e a casa de campo dos Ward. Lá, as manhãs eram longas e preguiçosas. Os dentes-de-leão nasciam por todos os lados, e Anelise apostava corrida com as sementes das flores todos os dias, disputando quem chegaria primeiro ao pé da campina.

Arfando de medo, usou suas lembranças do passado para estimular sua mais rápida corrida. Sabia que, quando caísse nas mãos de Revno, nunca mais voltaria para Londres, nunca mais veria a casa de campo dos Ward que tanto amava e nunca mais contaria nenhuma história.

Suas pernas, mesmo fracas, fizeram um ótimo trabalho, até serem alcançadas por um vulto magro e frio que agarrou a garota pelo braço esquerdo. A princípio, ela até chegou a cogitar ter sido impressão produzida pelo pavor da situação, mas sentiu que seu outro braço também fora tocado por algo gelado e igualmente esguio.

Anelise ainda não sabia, mas sombras como aquela eram antigas e poderosas, porém, desde o início dos tempos, estavam subordinadas a um poder maligno.

A sombra estava lá, pairando como um espectro agourento, suspenso no ar.

Um grito agudo escapou por entre os lábios de Anelise, como se estivesse diante da própria encarnação do mal.

A sombra esguia parecia estar feliz por ter capturado a menina, ainda que não tivesse pupilas ou traços humanos a vista. Anelise odiou ser vista por aquela criatura, você não sabe o quanto, porque percebeu que mais amargo do que ser vigiado por olhos cruéis era ser encarada por algo com rosto nenhum.

— Me soltem! — ela clamava enquanto esperneava, debatendo-se na esperança de que os domínios da sombra cedessem em algum momento e a deixassem ir embora. Naquela intensa comoção, seu caderno cor de cereja escapou de sua mão e foi violentamente jogado ao chão.

O belo caderno abriu-se e a brisa levada atirou para longe diversos manuscritos de Anelise. Os papéis amarelados com sua letra cursiva rodopiaram nas alturas, clamando por sua autora e lamentando a abrupta separação. O vento feroz também levou embora sua paz, afastando de seu coração todo contentamento.

— NÃO! — Anelise exclamou ao assistir tudo o que escrevera ao longo dos anos sendo levado para longe de seu domínio. Uma dor dilacerante, muito maior do que a ferida do antebraço, tomou conta do coração da jovem.

Vencida, ela parou de lutar, e os seres de sombras a levaram de volta para Revno.

— Vejo que conheceu minha grande amiga. Essa é uma sombra que me serve há anos, e nós dois pertencemos à ordem do Senhor das Sombras. — Anelise mal era capaz de assimilar e interpretar aquelas palavras, mas foi tomada por uma certeza: o rei era mais malvado do que ela pensara. — Ela mora no palácio, e a solto apenas nas situações em que eu mais desejar. Apanha traidores e conspiradores com excelência.

Enquanto aquele mesmo homem barbudo enlaçava Anelise, ele fez o favor de esclarecer ainda mais a sentença anterior do rei. Sombras como aquela vivem para promover a desgraça, ora secando os rios, roubando crianças de suas camas ou mesmo sussurrando com sua voz asquerosa àqueles que vagam sozinhos, atraindo-os para um caminho tenebroso.

— Não é uma criatura maravilhosa? Existem muitas mundo afora.

Anelise não poderia estar mais enojada.

— Eu as acho desprezíveis.

A Sombra em nada se ofendeu. Permaneceu flutuante, com aquele sorriso jocoso. Não posso dizer o mesmo sobre o rei.

Com fúria no olhar, Revno a agarrou pelo braço ferido e a arrastou com tanta força que seus pés mal tocaram o chão.

Anelise agonizava de dor e começou a pedir piedade, esbugalhando os olhos tão delicados numa súplica.

— Por favor, por favor! Me deixem ir para casa!

Ninguém a escutou. A Sombra riu mais um pouco ao vê-la implorar daquele modo.

Ao chegar em frente à carruagem, a porta foi escancarada e Revno a jogou com força no chão. A cabeça de Anelise se chocou contra o piso frio e metálico da carruagem e sua consciência se foi, mas não antes de ouvir seu amigo Hércules clamar:

— Por favor, não a machuquem!

A REBELIÃO DOS QUE NÃO PODEM LUTAR

—**M**as eu plantei e colhi os figos sozinha — uma jovem mulher replicou com tom angustiado.

— Ela tem razão — replicou uma mulher bem mais velha, sua voz marcada pelo tempo.

— Eu sei. Só que precisam dividir os lucros — uma voz masculina ordenou sem muita simpatia. — E quanto à vermezinha aí... — Anelise sabia que o adjetivo se referia a ela. — Não lhe deem atenção. Estamos contando com que ela morra de fome antes das três da tarde.

As duas vozes femininas riram com escárnio do anunciado. A voz masculina também se juntou ao coral de risadas, para, enfim, acrescentar de um jeito bem mandão:

— Agora, voltem ao trabalho. A festa do rei Revno está chegando.

Revno. Ela estava mesmo no palácio horrendo do Rei Louco.

Anelise abriu os olhos devagar. Um cheiro intenso de figos cozidos adentrou suas narinas e a fez despertar com sua barriga roncando de fome.

Confusa, sua cabeça pesava e doía, além de sentir que todo o seu corpo parecia ter sido moído por uma prensa de armazém. O seu antebraço latejava como um coração acelerado e custou a se lembrar do que aconteceu antes de perder a consciência.

Espiou ao redor e não reconheceu onde estava. Havia patos pendurados de cabeça para baixo e muitos gansos depenados indo para caldeirões ferventes. Um forte aroma de pimenta e ervas diversas enchia o ambiente, um cheiro que podia ser sentido mesmo a metros de distância dali. Folhas de louro estavam espalhadas pelo chão, além de pedaços de lenha aqui e ali.

Anelise começou a lembrar de ter sido jogada em uma carruagem. Em sua percepção, tinha certeza de que acordaria em uma prisão, não em uma cozinha pequena e perfumada.

Em uma janela minúscula do lado oposto do cômodo, observou as torres negras de um castelo. Se não estivesse tão cansada e fraca, o terror teria se apoderado do seu corpo por completo quando percebera que: estava mesmo no palácio do rei Revno. A cada momento, entendia ainda mais os riscos daquele lugar.

Que coisa curiosa, para não chamar de "coincidência infeliz". Anelise se revoltou com tanta força contra a proposta do plano dos Sigrid e fugiu para escapar do castelo e do rei, querendo tomar as rédeas de sua própria história e reescrevê-la em Londres, mas os caminhos maiores fizeram com que ela fosse parar exatamente onde não queria estar.

— Veja, ela acordou! — uma das vozes femininas exclamou, apontando para o canto onde Anelise estava estirada, junto a uma pilha de lenha.

Eram as duas cozinheiras que discutiam sobre os figos e a divisão de lucros. Se envolveram tanto no debate que não perceberam quando a menina despertou.

Anelise se encolheu, temerosa, quando a mais velha delas se aproximou para vê-la melhor. Não foram elas que riram da aposta de que estaria morta em pouco tempo? Quanto azar! Parece que Anelise estava sempre rodeada de pessoas que não a admiravam. Primeiro seu pai, depois Fenrir, além, claro, do rei Revno. O que viria em seguida? O que as cozinheiras fariam com ela?

Para a sua surpresa, viu se estender diante de si uma mão delicada e rechonchuda. A menina hesitou.

Com cuidado e um sorriso doce, a cozinheira mais velha levantou Anelise e limpou seus cabelos sujos de folhas da floresta. A outra cozinheira, mais jovem, já havia preparado uma mesinha com diversas comidas para Anelise. Sua superfície estava forrada com muitas tigelas e cumbucas de madeira repletas de toda sorte de ensopados, carnes e grãos.

Anelise havia lido livros o suficiente para saber que não se devia aceitar comidas de estranhos. Elas serviam ao rei Revno. Como poderia ter certeza de que naquela comida não havia algum veneno mortal que a sufocaria na metade da segunda garfada? Elas pareciam ser espertas, do tipo que conheciam as ervas que fariam Anelise passar mal em segundos. Não era possível dispensar confiança para duas servas de Revno.

O cheiro do banquete, contudo, parecia tão atrativo que a pobre Anelise não conseguiu se segurar. Silenciosamente, as cozinheiras esperavam a menina aproveitar sua refeição. Seus nomes eram Birger e Dag.

— Isso, querida, coma tudo — indicou Birger, seus cílios loiros quase invisíveis piscando com veemência. Ela era mais corpulenta e jovem do que Dag, uma senhora de meia-idade baixinha e de cabelo alaranjado que cobria parte do rosto.

Anelise comeu uma grande porção de lentilhas, ganso e figos. Era admiradora fiel da culinária britânica, mas não pôde deixar de tecer elogios à comida de Endemör.

O prato de Anelise não esvaziou, pois Dag e Birger sempre colocavam mais colheradas de comida para a menina, e sua taça estava constantemente cheia. Com muita hospitalidade, as cozinheiras trataram Anelise como a hóspede de um hotel de luxo, não como a prisioneira que era do rei Revno.

— Talvez esteja esperando por explicações — Birger sugeriu, limpando as mãos no avental já muito encardido. Sim, Anelise estava sedenta por respostas, e estava assustada demais para questionar. — O rei Revno te sequestrou, pois, segundo seus guardas, você parecia adequada para trabalhar neste castelo.

O que você precisa lembrar é que, notavelmente, Birger estava certa: o rei, aparentemente, havia sequestrado a garota por achar que ela seria útil, útil para a festa que se aproximava. "Quanto mais escravos, melhor!" era o que ele sempre dizia.

Anelise nada comentou, seguiu engolindo a refeição de garfada em garfada. Tal atitude era abominável!

O silêncio fez a outra cozinheira tomar as rédeas da conversa:

— Veja — Dag apontou com o dedinho fino para uma cadeira distante. Seu sorriso amigável era um refresco depois de momentos tão difíceis. Seguindo o olhar para onde ela indicou, Anelise viu uma muda de roupas limpas. Tratava-se de um conjunto cinzento de tecido bem passado e macio —, creio que servirá em você.

Assim que Anelise encerrou a refeição, viu uma mobilização curiosa: as cozinheiras começaram a preocupar-se amorosamente com ela. Os sons da escova de cabelo tranquilizavam Anelise, que, ainda muito confusa, recebia cuidados.

Limparam e vestiram a garota com os trajes cinzentos, fazendo uma trança firme em seus cabelos dourados. A ferida de seu antebraço foi sanada com um curativo digno dessa vez. De uma pequena vasilha de metal, Dag pegou pequenas porções de um unguento cicatrizante da flor de linho. Um intenso aroma floral invadiu o ar da cozinha assim que a pomada deslizou por sua ferida, aliviando a dor quase instantaneamente.

— Tome, pode ficar com ele — a cozinheira loira falou ao indicar o recipiente cheio de unguento. — Em poucos dias, vai perceber que estará melhor.

— Pensei que vocês estavam torcendo para que eu morresse — balbuciou lentamente, sem ousar encarar os olhos das mulheres.

— Querida, quanto ao que você ouviu mais cedo, nos desculpe. Não era pessoal — Dag cochichou, confortando-a por meio de um carinho no cabelo recém-penteado. Preocupada com os pensamentos de Anelise, Birger puxou um banco meio manco e sentou-se diante dela.

— Nós não queremos que você morra — Birger garantiu, as sobrancelhas loiras arqueadas com ênfase. Dag também puxou uma cadeira de madeira e acariciou, com os seus dedos grossos, as pequeninas mãos de Anelise. — Só que, para sobreviver aos capangas do rei, precisamos bancar as malvadas. Entende?

Anelise acenou com a cabeça. A garota entendia perfeitamente como era estar naquela posição. Lembrou-se da sua primeira semana frequentando uma biblioteca diferente da que costumava visitar; precisou fingir gostar das obras de um intelectual que mal conhecia somente para se enturmar com os jovens de sua idade. Era quase a mesma coisa para ela.

— Por que estão me ajudando? — questionou a contadora de histórias ao mirar as duas cozinheiras com cautela, estudando-as. — Se forem pegas me alimentando, limpando e penteando, podem ser torturadas ou coisa pior. — Anelise já havia lido histórias o suficiente para saber que nada de bom vem de mãos cruéis. — Os reis perversos não têm escrúpulos. Os reis malvados fazem o que bem entendem com uma generosa taça de vinho, sem tempo para remorsos ou arrependimentos. A quem Birger e Dag serviam? Por que estavam ajudando?

Um longo silêncio se estendeu na cozinha. Por alguns minutos, apenas os ensopados de ganso borbulhavam. Até Anelise prendeu a respiração para ouvir a resposta limpidamente.

Janelas minúsculas lançavam na cozinha focos de luz intensos, multiplicados através do vidro grosso que emoldurava a estrutura. Dag se moveu para frente e um foco de luz irradiado pelas janelas iluminou sua face. Com as mãos, passou o cabelo ruivo todo para trás, revelando a parte do rosto que estava oculta. Foi quando Anelise percebeu que ela não tinha um olho. Não foi capaz de esconder a surpresa e temeu ter ofendido a cozinheira diante de tal postura. Apesar disso, a cavidade escura e oca não violentou a singeleza que havia em sua expressão.

— Somos cozinheiras do castelo de Forseti porque não conseguimos acompanhar os nossos irmãos rebeldes — seu olhar compassivo acariciava o rosto assustado de Anelise, que, surpresa, mantinha uma expressão atenta. — Essa é a nossa rebelião — Dag, uma mulher ferida pelo governo do rei Revno, respondeu ao fitar os olhos amendoados que atestavam a inocência que ainda havia no coração de Anelise. — Não pagar o mal com o mal.

Aquilo atingiu Anelise com a força de um raio em meio à tempestade. *Não pagar o mal com o mal* era a rebelião daqueles que não podiam lutar de outra forma. E isso mudava as coisas, Anelise sabia que sim. Era estar num terreno maligno e não se entregar a ele. Estavam em Forseti, o palácio da vingança, mas Forseti não estava em seus corações. Anelise assentiu, guardando aquelas palavras em seu interior.

De repente, ela recordou-se de algo muito valioso:

— Eu tenho um amigo, ele se chama Hércules. Vocês o viram?

Os rostos de Birger e Dag se iluminaram, reconhecendo aquele nome inconfundível.

— Nós o conhecemos. Soubemos que ele está com os Sigrid, conseguiu escapar pela floresta. — Anelise soltou o ar pela boca com um assovio aliviado ao ouvir a resposta de Birger.

— O plano está de pé, Anelise — foi a primeira vez que a chamaram por seu nome desde o início da conversa. — Nós temos outros... outros companheiros que nos mantêm informadas. Sabemos que é você quem deve distrair o rei, não é? — comentou num tom tão inaudível quanto o soar de uma tímida corrente de ar que escapa pela fresta da porta.

Anelise não respondeu à pergunta, dado que se concentrou inteiramente na novidade.

Então, Hércules estava a salvo e o plano também. "Daqui a três dias, os rebeldes invadirão o palácio", Anelise pensou, olhando para o antebraço enfaixado. Um medo crescente tomou conta de seu coração e ela tinha uma pergunta na cabeça.

— O que vai acontecer comigo? — Anelise perguntou. Foi apanhada na floresta com tanta fúria... seu destino não poderia ser bom, simplesmente não imaginava outro fim além da morte. Ainda assim, a incerteza a incomodava. Não saber se devia se preparar para a morte ou para a vida. Nada além disso ocupava seu coração. Apesar de toda a insegurança que cercava o coração de Anelise, o mesmo não parecia ocorrer com as cozinheiras. Era possível constatar, por meio de suas expressões, que elas tinham confiança naquilo que estava por vir.

— Você se apresentará ao conselheiro do rei em poucos minutos — Birger anunciou, passando um líquido rosado nos lábios e bochechas de Anelise. O cheiro era delicioso e lembrava amoras silvestres que ela havia provado, um tempo atrás, na casa de campo dos Ward. — O que você sabe fazer? — quanto mais habilidades Anelise soubesse desempenhar, melhor seria para ela. Revno estava à procura de servos para o palácio, logo, não iria matá-la. Não agora.

— Sei lavar, passar, costurar e faço ótimos curativos. Sei limpar a casa e... bem, também sou escritora.

Dag e Birger abriram um sorriso imenso e abraçaram a menina com força. Tal ato encheu o coração de Anelise de carinho. Seus rostos se iluminaram diante da tremenda notícia: uma contadora de histórias havia chegado no palácio. O plano estava perto de se concretizar!

O abraço caloroso, com tamanho afeto, fez Anelise ruborizar.

— Os reis gostam de entretenimento — Dag comentou, dando pequenos giros de animação no ar. — Você ser prendada nas artes pode fazer com que o rei lhe trate até com educação. Não se esqueça: assim que a Festa das Wistérias começar, conte uma história ao rei.

Anelise, todavia, não parecia nada alegre. Contemplativa, cruzou as mãos em seu colo e franziu os lábios. Sua reação fez com que a animação de Dag esfriasse, e ela se aproximou da garota com cautela.

— Eu não sei se consigo contar uma história para o rei. Pelo que ouvi, ele é muito cruel.

As cozinheiras trocaram olhares levemente preocupados. Pelo visto, Anelise já havia ouvido um pouco dos feitos terríveis de Revno.

— Seu dom vai ser sua segurança até o momento oportuno em que você sairá daqui. Mas, por causa da festa, talvez eles prefiram te escalar para ficar aqui com a gente, ou mesmo para ser lavadeira.

— Isso é possível? — Anelise perguntou, esperançosa, pois havia se afeiçoado às cozinheiras como se fossem amigas queridas de longa data.

— Claro, claro... — Birger confirmou com a cabeça, um suave sorriso nascendo de seus lábios enquanto retirava todos os pratos da mesinha do banquete de Anelise. — Mas lembre-se por que está aqui.

— É, isso. Não se esqueça: às vezes, uma história é mais afiada que uma espada — aconselhou Dag, arqueando as sobrancelhas ruivas, crente de que havia forjado um grande ditado. — É essencial que você distraia o rei para que os Sigrid possam derrotá-lo.

Anelise olhou aqueles rostos sofridos e, mesmo sendo boa com palavras, não conseguiu elencar nenhuma delas em resposta.

De repente, com um estampido, a portinhola da cozinha se abriu.

— A vermezinha já está de pé — o guarda percebeu, sua face revelando o contragosto que era ver a menina viva. Vestia uma armadura de tom soturno e não fazia esforço para disfarçar que seu desejo era ver Anelise morta no chão daquela cozinha. Seu rosto era transfigurado como uma massa avermelhada de pão. Ele não tinha sobrancelhas, bigode ou nada que pudesse atenuar sua aparência estranha. No lugar dos pés, havia cascos. Hermer era um fauno franzino, ainda que parecesse forte. — Ande logo, o conselheiro a espera.

O guarda deu as costas e começou a caminhar na direção de um longo corredor.

— Anelise — chamou Dag, exibindo a maleta de couro cor de café que ela julgou ter perdido no decorrer de sua captura. Dag, na verdade, guardou-a em um lugar seguro, numa gaveta secreta abaixo de uma caixa de temperos. Ao estender o pertence à garota, observava-se ainda um saco cor de abóbora que a cozinheira ofereceu. — Aqui você terá nozes, carne seca e castanhas para matar a fome. Esconderei a maleta em seu quarto, pois, se Hermer a vir, certamente a confiscará — acrescentou com muita seriedade, enrugando o nariz para o guarda que caminhava passos à frente. — Lembre-se: não mude, em hipótese alguma, o plano. É a nossa última esperança. Prometa isso para nós.

Anelise arregalou os olhos e um arrepio ziguezagueou por toda sua espinha, eriçando os pelos da nuca. Dag e Birger, sérias, esperavam uma resposta. No momento em que Anelise deixasse escapar que era uma rebelde, tudo poderia ruir. Aquele precisava ser seu maior segredo, guardado além da memória e protegido com sua própria existência.

— Sim, eu prometo.

FORSETI E
O FUTURO INCERTO

O castelo de Forseti era tão sombrio quanto sua fama. O palácio da vingança era tão amedrontador que gerava no visitante o desejo de portar-se com notável reverência.

Desde que pisara em Endemör, Anelise não teve tanto tempo para imaginar como seria aquele lugar, mas acreditava que, decerto, seria como o inferno: o rei seria uma espécie de demônio e todos os demais servos seriam como as almas desafortunadas que não puderam chegar ao céu. As paredes seriam de fogo e o chão, de lava, uma morte eterna do início ao fim.

O que Anelise viu em Forseti não era nada parecido com o castelo de sua imaginação. Aparentemente, o diabólico rei Revno também tinha senso estético que extrapolava a dignidade humana. As paredes eram escuras como a noite e, mesmo estando agasalhada com as vestes novas que recebeu das cozinheiras, a jovem escritora tremia de frio violentamente.

Percebeu que havia no palácio um número gigante de servos e trabalhadores. Todos portavam vestes acinzentadas como ela, enquanto os soldados trajavam armaduras daquele mesmo tom que predominava em Forseti, cinza-escuro e preto. Cada servo era vigiado por pelo menos um soldado, tudo isso para manter o rei satisfeito com o trabalho e a ordem.

A maior prova de que estavam cativos era o olhar. Atrás dos sorrisos educados, Anelise percebeu em seus olhos expressões de dor e sofrimento tão intensas e doídas que precisou desviar o rosto para não sofrer com eles. Esses servos limpavam o chão, as paredes e caminhavam de um lado para o outro com pressa e sorrindo, todos ocupados com os afazeres da grande festa.

Reis, rainhas, lordes e damas de outras nações haviam sido convidados para se deleitar na Festa das Wistérias. Contudo, nem todos simpatizavam com a figura do rei, e muitos apenas aceitaram o convite por se sentirem intimidados pela forte personalidade de Revno, afinal, um homem tão temperamental poderia tomar medidas terríveis caso eles não comparecessem à sua comemoração.

Tudo deveria estar impecável para receber os convidados e, diante disso, não havia um trabalhador no palácio que não estivesse envolvido nos preparativos. Anelise seguia sempre em linha reta, observando os inúmeros corredores, escadarias e portas altas do palácio. Não pense que ela estava passeando como você e eu fazemos em atrações turísticas: era claro, a partir da escolha cuidadosa do olhar de Hermer, o fauno, que ela era uma prisioneira.

Em certo momento de sua peregrinação até a sala do conselheiro, um pêssego rosado e maduro escapuliu da cesta de um servo muito jovem, visivelmente da mesma idade de Anelise. A garota se agachou e apanhou o pêssego, oferecendo-o com um sorriso no rosto.

O rapaz não pegou o pêssego. Ele empalideceu em uma contorção de tristeza e pavor. A doçura de Anelise sumiu quando viu a cena seguinte:

— Servo imbecil! — exclamou o guarda que vigiava aquele corredor. Ele se aproximou com aquelas botas pesadas de gente grande e retirou um pequeno chicote do bolso. — Eu pedi para prestar atenção, seu tolo! — e chicoteou o jovem por ter derrubado a fruta. O que mais assustou Anelise foi que o jovem não fugiu, chorou ou demonstrou dor. Aquilo parecia acontecer frequentemente, pois, assim que o guarda se aproximou vociferando, ele já havia estendido a mão para receber a punição.

Irritado com a reação da garota, Hermer a apressou para que seguissem até o conselheiro alguns corredores adiante.

Ao chegar lá, o fauno anunciou sua chegada e se pôs de prontidão do lado de fora da sala. Atordoada com aqueles acontecimentos, Anelise caminhou até a figura opulenta de um centauro que, como logo descobriu a jovem, se tratava do conselheiro do rei.

— Você é chamada de quê? — questionou o centauro, de súbito, sentado em uma espécie de escrivaninha feita de carvalho e olmo.

— Hã? — Anelise balbuciou. Sua mente ainda estava absorvida pela cena do menino do pêssego e já não conseguia se concentrar em mais nada.

O centauro tinha paciência curta, e aquilo não era de agora. Quando ele era chefe do departamento de torturas de Forseti, aquele que se preocupava em criar os modos mais tenebrosos e horríveis de ferir os traidores, ele raramente deixava a "brincadeira" chegar até o final. "Exploda logo essa cabeça!", ordenava sem remorso algum.

Ainda sem conhecer esse pano de fundo, Anelise já não estava gostando muito dele, inclusive porque, mesmo quando deveria ser ético — nos critérios da jovem britânica —, o centauro revirava os olhos toda vez que ouvia sua voz. "Mal-educado", resmungou a menina. "Se eu fosse sua professora, lhe escreveria uma longa carta moralista!", pensou em silêncio enquanto via o centauro revirar pergaminhos e mais pergaminhos.

— Seu nome. Como é ele?

— Charlotte — Anelise ofereceu seu segundo nome, aquele que herdara de sua avó e de sua mãe. Era uma menina esperta e já havia lido histórias o suficiente para saber que entregar informações pessoais a estranhos poderia ser uma grande roubada.

— Sonoro — o centauro replicou sem parecer sequer admirado com o nome. — As especialistas comentaram que suas mãos são suaves, pequenas e firmes. Sabe costurar e lavar, correto?

Anelise assentiu com veemência. Talvez fossem contratá-la para cozinhar com Birger e Dag. No fundo, era exatamente aquilo que ela mais desejava naquele momento; até mesmo lavar as roupas do palácio não parecia uma resolução tão terrível.

O centauro pensou por muito tempo, muito tempo mesmo. Olhava para Anelise e batia na sua escrivaninha com a ponta dos dedos. Suas sobrancelhas se juntaram, também pensantes, e ele coçou a barba castanha, o som áspero chegando até os ouvidos de Anelise.

Toda aquela sala, tão repleta de artefatos, parecia acompanhar o centauro naquela atividade de reflexão. O relógio batia de lá para cá, investigando qual seria o melhor lugar para Anelise. Livros grossos e empoeirados espiavam aquela figura tão juvenil, observando qual seria o possível destino para aquela contadora de histórias. Até mesmo um conjunto de dentes grosseiros, fixados dentro de uma moldura de madeira, pareciam ranger, cada um deles indagando: ela serve ou não serve? Anelise se adéqua ou não ao palácio?

— Você vai servir.

Com um aceno suave de cabeça, Hermer, o fauno, adentrou na sala e obedeceu ao seguinte comando do centauro:

— Leve-a ao rei. Charlotte agora velará o sono de Vossa Majestade como sua cuidadora. Ela chegará mais cedo para aprontar a cama e deve fazer isso com esforço.

— Sim, Kergo.

Puxando Anelise pelo braço, Hermer, o fauno, pareceu satisfeito com o fim dado à menina, que, atônita, não relutou. Ela não seria capaz de defender-se, nem se quisesse. Anelise Ward não conseguia encontrar palavras para explicar como estava horrorizada com a decisão tomada por Kergo, o centauro.

Agora se dirigia, anestesiada, aos aposentos do rei. Anelise seria a responsável pela vigília noturna de Revno, sua cuidadora particular durante a madrugada. Estaria velando seu sono dia após dia até o plano dos Sigrid se concretizar.

Pelas contas, Anelise percebeu que tomaria conta do rei por duas madrugadas até o terceiro dia, quando, no início da Festa das Wistérias, a invasão dos rebeldes em Forseti se concretizaria. Até lá, precisava não somente resistir, mas não denunciar a quem ela servia.

Estava impressionada com o curso que as coisas tomaram. Ela tanto fugiu e resistiu ao rei Revno, mas, mesmo sob protestos, voltou para sua presença, precisando demonstrar respeito, devoção e cuidado com ele mais do que qualquer outra pessoa naquele palácio.

Lá se fora a possibilidade de ser lavadeira ou de permanecer com Birger e Dag na cozinha. Não, não era isso que havia sido reservado para Anelise. Todos os caminhos levavam para aquele mesmo lugar, todas as cenas e descrições da história da sua vida que imaginava estar sendo escrita a levavam para o mesmo ponto. A garota chegou até a pensar se tudo aquilo não era um tipo de piada de péssimo gosto ou uma armadilha do acaso.

Hermer e Anelise subiram diversos lances de escadas. O som do casco contra o chão era alto e ruidoso. A cada degrau, Anelise se sentia horrível por estar ali. Lembrou-se da vez em que estava na casa de campo na companhia de seu tio Charles. Aos seis anos e agasalhada até o pescoço, bebericava uma generosa dose de chocolate quente. Com seus pequenos pezinhos, firmou-se na cerca para olhar o que estava acontecendo. Foi quando observou que as pequenas ovelhas iam e não voltavam mais. Elas caminhavam até o matadouro sem chorar ou berrar. Quietinhas, eram mortas. Sua lã, outrora alva, estava agora escarlate como seu sangue.

Anelise se sentia como uma ovelha indo ao encontro de seu assassino. Estava paralisada demais para chorar ou berrar.

Tinha muito medo do que aconteceria assim que ela ficasse sozinha com aquele rei tão perverso e cruel. Já havia sido exposta a diversos perigos nas mãos do pai, e agora teria que lidar com um rei ainda mais vil. Mesmo tomada pelo medo, Anelise decidiu não demonstrar seu pavor: transparecer covardia em momentos em que apenas a coragem tinha serventia poderia ser uma tragédia anunciada.

Precisava guardar seus receios para depois e encarar o rei Revno como se ele não fosse nada demais, ainda que, para ela, se tratasse da representação de tudo o que há de maligno. Lembrou-se de seus personagens e heróis favoritos: ela repousava na certeza de que essas personalidades não teriam recuado, mesmo se fosse o conde Drácula que estivesse diante deles.

Por fim, Anelise e o fauno Hermer chegaram ao topo da escadaria, no último andar da torre oeste. Havia uma única e grande porta cercada por um batalhão. Assim, Anelise entendeu que estava diante do quarto do rei. Deu um passo à frente, bancando a durona, e informou com um ar de profissionalismo:

— Sou a nova cuidadora do rei — Anelise endireitou a postura para aparentar ser mais velha do que realmente era. Essa era uma das dicas que havia aprendido com a sua colega Poppy Jones. Os soldados miravam atentamente a garota, curiosos para entender o que alguém tão jovem faria ali, no aposento do rei. — Farei a vigilância durante a madrugada até o seu despertar.

Por uns instantes, pareceu que nenhum dos soldados havia ouvido o que ela anunciou. Eles também estavam surpresos, como você deve estar agora. De repente e em sincronia, eles se afastaram com suavidade, abrindo caminho para Anelise passar.

As portas do aposento foram abertas e Anelise se rendeu ao futuro incerto.

O REI LOUCO

Quando a porta se fechou, Anelise sentiu como se tivesse deixado toda a felicidade para trás. O quarto do rei a envolveu num frio agourento, um que jamais havia sentido nem nas tempestades friorentas de Londres.

A temperatura baixa foi tão intensa que parecia que ia morrer antes de lutar. Com sua imaginação, sentia que aquele era seu fim, pois não havia lareira para aquecê-la e espantar aquele frio de seu corpo, tampouco qualquer outro modo de aquecimento que a mantivesse amornada pelo próximo período.

Para ela, o silêncio daquele cômodo era semelhante ao das casas abandonadas, construções esquecidas com móveis, brinquedos e uma tulha de coisas de família que ficam intocadas por anos: estático, opressivo e mórbido.

Caminhou lentamente, adentrando o cômodo. Seus passos suaves ecoavam de leve contra o chão de pedra. Era uma menina graciosa. Tão delicada que parecia uma flor perto de desabrochar. Contudo, sua expressão assustada fazia com que ela se assemelhasse mais a uma erva daninha prestes a ser arrancada do solo. Para usar de total honestidade, Anelise realmente receava ser arrancada a qualquer momento.

Uma sombra escura se projetou no centro do quarto. Anelise arregalou os olhos e recuou, assustada.

— Está atrasada — o timbre rouco e velho avisou. O rei era tão indecifrável que era impossível interpretar se estava irritado ou mesmo prever sua próxima ação.

Contra sua vontade, Anelise encarou o rei, que já estava em sua cama. Expondo um maxilar forte e nariz curvo, ele olhava fixamente para a jovem como se pudesse sondar seus medos e pensamentos. Cabelos longos e negros cobriam toda a extensão de seu corpo e, pendurado em seu pescoço, um medalhão prateado reluzia. Os povos antigos de Dagar o nomeavam como o cordão de Yggdru, um precioso artefato que pertencia apenas aos grandes feiticeiros e reis dos tempos antigos. Aquele objeto era como um terceiro olho, uma vez que sua pupila cristalina encarava Anelise.

Com profunda reverência, Anelise relatou:

— Lamento pelo atraso, Vossa Majestade. Estou aqui para servi-lo.

O quarto de Revno era amplo e coroado com duas grandes janelas. Anelise observou que, próximo à imensa cama do rei, havia uma pequena mesa com uma jarra cheia de água, uma taça e um pote de cerejas.

— Como a chamam? — Revno questionou, as unhas levemente afiadas puxando as cobertas para perto do rosto. O cortinado da cama criou sombras sinistras na face do rei, que escureciam seus olhos macabros e lhe conferiam um visual quase fantasmagórico. A cena forçou a assustada garota a engolir em seco.

— Charlotte.

— Hum... — Revno balbuciou, a voz envelhecida como o som de mil correntes sendo arrastadas no chão. — Conheci uma Charlotte, um tempo atrás. Ela era uma abobalhada — seu tom, ao contrário do que acontece com pessoas de verdade, não permitia que Anelise interpretasse quais eram suas emoções. Ele não parecia nem saudoso, nem surpreso, nem raivoso. O rei Revno tinha a postura de alguém distante, muito distante. Seu rosto, inexpressivo até aquele momento, parecia com o de alguém que estava adormecido. Vagarosamente, remexia o medalhão de Yggdru.

Em uma quietude ruidosa, sua estaticidade flutuava no quarto.

Ele era um sujeito tão curioso que não parecia sequer se lembrar de que foram suas próprias mãos que sequestraram Anelise ao farejar seu sangue na floresta, trancafiando-a naquela carruagem e levando-a para o castelo. Em seu rosto, não havia nenhum rastro que indicasse que o rei reconhecia Anelise. Agora, observando-o mais de perto, a garota percebeu que sua pele não era enrugada, como os idosos apresentavam em Londres. Revno tinha as características de um jovem, mas a voz de um velho. Seus cabelos negros reforçavam a ideia de que a magia de Endemör preservava seu viço juvenil de anos atrás, sendo sua voz a única pista de sua verdadeira idade.

O rei afofou um pouco mais as cobertas e começou a demonstrar sono, indiferente à presença de Anelise. A menina permaneceu em pé, ao lado de sua cama, vigilante às necessidades do rei. Estava eletrizada demais para relaxar e temerosa o bastante até para piscar os olhos. Apesar do medo que crescia em seu coração, estava ali para servir fielmente ao rei e, por isso, ignorava esse sentimento sufocante.

Pensou em Hércules. Será que estava bem? Será que os Sigrid estavam chateados com ela? Ah, se soubessem onde Anelise estava naquele momento... diante do seu maior inimigo, o Rei Louco, que dormia profundamente, a ponto de roncar.

Espiou ligeiramente as paredes do cômodo: do topo até o chão, estavam cobertas por lâminas afiadas e mortais, algumas ainda sujas de sangue. Elas tinham cores diferentes: umas com o brilho perolado, outras exibiam uma bela cor de fogo e algumas poucas exalavam uma suave fumaça lilás, quase como se estivessem fumegando. O rei preferia que as lâminas letais estivessem assim, a centímetros de sua pele, a estarem lá fora, nas mãos daqueles que poderiam usá-las contra sua vida.

Anelise pensava, no escuro da noite, como era sombrio dormir ao lado de tantas espadas e adagas. Lembrou-se de como se sentiu levemente perturbada quando resolveu dormir na casa de sua prima, Clarence Ward, muitos outonos atrás. O quarto de sua prima era repleto de brinquedos de pelúcia com olhos grandes e brilhantes. Antes da meia--noite, Anelise se levantou devagarinho e abriu a porta do quarto de Clarence, que dormia pesadamente em sua cama. Levando o cobertor, a contadora de histórias adormeceu em um divã encourado e desconfortável da sala de seus tios, tudo por não se sentir aconchegada diante daqueles olhos grandes e brilhantes que, enfileirados nas prateleiras, observavam o quarto de sua prima.

"Eu preferiria dormir num quarto cheio de pelúcias olhudas a um rodeado de facas..." Quando ia encadear uma série de pensamentos e opiniões sobre quão antiético era ter um quarto cheio de armas e se a polícia britânica faria algo com o rei se ele residisse em Londres, ouviu um pedido:

— Tenho sede.

O pedido do rei rasgou o silêncio. Em menos de um segundo, Anelise se dirigiu a uma pequena mesinha onde jaziam a jarra cheia de água, a taça e o pote de cerejas. Enquanto ela erguia a taça e a jarra, o rei sentou-se em sua cama, à espera. Mesmo não tendo proferido novas palavras por um tempo, a tensão estrangulava Anelise, como se ela pudesse prever que algo perigoso sucederia os segundos do porvir.

Era incrível como uma tarefa tão simples se tornara dificílima repentinamente. As mãos da moça tremiam de nervosismo, por mais que ela tentasse evitar. Todas as partes de seu corpo tremiam e, por isso, caminhou devagarinho até o rei quando sentiu um cheiro familiar exalando de sua pele.

Por um ou dois segundos, sentiu um ímpeto de parar. Mas essa ideia logo dissipou-se de sua mente: não havia tempo a perder diante de tamanha autoridade. Chegou ao pé da cama e dirigiu a taça cheia de água a Revno. Os tremores violentos, contudo, fizeram com que Anelise derramasse um pouco de água na cama, molhando a coberta do rei.

Com um espasmo angustiado, Anelise se desesperou com a pequena falha.

— Me perdoe — Anelise pediu, enquanto o rei segurava a taça, agora parcialmente cheia.

O rei, ao contrário do que Anelise pensara, não levou a taça aos lábios. A essa altura, você já deve ter imaginado que ele tampouco agradeceu pelo serviço. Seus olhos, por mais que fossem fracos, miravam o rosto de Anelise. Tudo ficou em silêncio, a não ser pelo som do seu medalhão de Yggdru, que balançava de um lado para o outro com aquele som típico de uma nobre joia.

Pela primeira vez, aquele rosto apático e até um pouco sonso adotou suas primeiras expressões verdadeiramente nítidas, como um céu límpido que é cruzado pelo terror de raios e relâmpagos ruidosos. Seu rosto, lentamente, assumiu uma contorção de ódio e fúria e, com a mesma destreza que uma víbora usa em um golpe, o rei jogou a taça de água com força total no rosto de Anelise.

A taça pesada se chocou contra a têmpora de Anelise e uma dor dilacerante se espalhou por seu rosto. O líquido gelado molhou a face da garota e encharcou suas vestes. A ferida em seu antebraço, mesmo coberta com o unguento da flor de linho, começou a doer novamente.

O som da taça pesada colidindo com o chão ressoou por segundos a fio, cada volta da boca do objeto produzindo um som circular que preenchia o ambiente de forma sibilante, só que não tão vibrante quanto a risada histérica de Revno, a saliva deslizando pelo canto de seus lábios e sujando a roupa de cama.

— Sua vermezinha! — o rei exclamava, sem fôlego entre as risadas explosivas que enchiam o ar não de alegria ou felicidade, mas de loucura. — Você teve sorte. A última foi executada por muito menos — deu um sorriso de satisfação ao se lembrar do ocorrido e, de repente, ergueu o dedo com a unha longa e suja. — Se acontecer de novo, eu mesmo esfolo sua pele.

Aquela ameaça atingiu a jovem com mais força do que a taça pesada. Mesmo Anelise estando no escuro, podia sentir suas bochechas se avermelhando de contrariedade e raiva.

Tão rápido quanto começou, a risada cessou. O rei adormeceu como se nada tivesse acontecido, contudo, Anelise permanecia lá, o cabelo molhado pingando gotas grossas pelas bochechas e o pescoço. Para a pobre Anelise, nada estava saindo como o planejado.

Os tremores de frio e medo a acompanharam por toda a amarga madrugada. Sua têmpora começara a inchar, latejando como nunca. Anelise a tocou rapidamente, e sentiu que parecia já estar do tamanho de um mirtilo arroxeado.

Uma fúria silente começou a crescer em seu interior. Seu coração batia forte com aquele ar de "eu não acredito que isso aconteceu comigo" e, com essas batidas aceleradas, veio o entendimento de onde conhecia aquele cheiro tão familiar do rei: âmbar e cedro.

A presença constante daquele aroma lhe transportou diretamente para Londres. Rosto pálido e barbeado. Óculos finos e delicados. Olhos vazios. Sorriso ganancioso. Uma suave onda de choque tocou seu corpo, despertando-a para o poder daquela lembrança. Era o Sr. Ward. O rei Revno tinha um aroma igual ao de seu pai.

Anelise pôs-se a refletir e percebeu, pela primeira vez, que ambos eram semelhantes para além do cheiro de âmbar e cedro: os dois a odiavam e maltratavam.

Durante as horas da madrugada que se esticavam devagar, Anelise sequer ousou se mexer ou sentar-se. Suas pernas exclamavam o cansaço que sentia, mas não ousava ceder ao conforto, não em uma zona perigosa.

O peito do rei, protegido por seu querido medalhão, inspirava e expirava o ar, dormindo como se não tivesse agredido Anelise com uma pesada taça reluzente, como se não a tivesse chamado de vermezinha havia tão pouco tempo. Como se não tivesse prometido esfolar Anelise viva caso derramasse água novamente em seus lençóis.

Como ele conseguia ser assim? Assassinou seus sobrinhos e sobrinhas, escravizou toda uma nação, ainda assim dormia serena e pesadamente. Alguém precisava fazer alguma coisa. Alguém precisava acabar com aquele império maligno.

O rei era realmente cruel e precisava ser detido. "Se você não nos ajudar, meu mundo será dizimado. Será o fim de Endemör" foram as palavras de Hércules, agora Anelise sabia que era a pura verdade.

A madrugada parecia durar a eternidade. Anelise fez preces a Deus para que os ponteiros de todos os relógios do mundo se apressassem e o rei acordasse, assim ela seria dispensada de seu turno, finalmente. A figura mal se mexia, a não ser pelo movimento de inspiração e expiração. A luz da lua iluminava o medalhão de Yggdru, aninhado ao peito de seu dono como um legítimo guardião, e um brilho prateado trazia claridade suficiente para Anelise memorizar cada traço do rosto daquele malévolo homem.

Encharcada e ferida, nunca se sentiu tão fraca. Contudo, sabia que se sua vida fosse um livro, aquele momento antecipava uma decisão que mudaria o curso de toda a narrativa. Em algum momento da própria história, as pessoas sentem que estão diante de uma situação que transfiguraria sua existência em algo que ela ainda não era. Foi assim que aconteceu naquela noite.

Em seu coração, Anelise disse "sim" pela primeira vez para a missão. "Sim" para contar uma história ao rei, "sim" para ser uma agente secreta dos rebeldes. Estava certa dessa decisão e não voltaria atrás.

Mesmo flutuando naquele mar de medo e incerteza, Anelise estava decidida a ser valente, de fato. Ela estava amedrontada diante do que estava vivenciando, e o pavor apertava-lhe o peito como garras tiranas bem semelhantes às do rei. Como você sabe, ela nunca foi dona de um gênio forte ou mesmo uma personalidade memorável, e estava aprendendo a usar da bravura que ainda morava em seu ser.

De repente, ventos quentes do leste entraram pelas duas grandes janelas. Aquecendo a tremulante garota, acariciaram seu rosto, que não demonstrava mais medo.

A jovem pensou em Hércules e em todos os rebeldes. Pensou em Birger e Dag. Pensou no menino do pêssego. Derrotaria o rei Revno. Tudo o que precisava fazer era contar uma história e distraí-lo até que os rebeldes o rendessem.

Tão de repente quanto a madrugada se estendera, Anelise viu as cores do céu em uma mutação suave. A manhã havia nascido e, com ela, a esperança retornara. Seu choro silencioso durou por toda a noite, mas a deliciosa alegria chegara junto com os primeiros raios da aurora.

Assim que abriu os olhos, o rei encontrou Anelise parada na mesma posição que a deixara no início de seu turno. Ela parecia um pouco cansada, todavia, estirou sua postura como um guarda-costas muito bem-preparado que não deixaria nada atingir seu protegido. Revno se admirou com a persistência da jovem: em sua mente, ela não deveria ter mais que dezoito anos. Já havia recrutado outros jovens para aquela posição, e se espantou ao perceber que Anelise fora a primeira que não se desmanchara em lágrimas e soluços ou demonstrara pavor profundo por, simplesmente, estar tão perto de sua presença tenebrosa. Isso irritou o rei Revno, pois ele achava particularmente divertido assustar rapazes e moças até que fossem substituídos.

Anelise estava surpresa consigo também. Em outra época, já teria desistido de tudo. No começo do ano, em sua aula de música, por exemplo, a contadora de histórias não havia estudado a lição de partitura, então o Sr. Robertson gritou, exclamando furiosamente que as notas e acordes jamais iriam esquecer de sua negligência. Anelise chorara durante todo o caminho até sua casa, lamentando o ocorrido com melancolia, olhando pesarosamente, de dentro do carro de seu pai, as ruas de uma Londres chuvosa.

Algo interessante separava a Anelise de Endemör da Anelise de Londres: nossa contadora de histórias havia planejado em seu coração e mente servir e se devotar ao rei, a fim de que o plano fosse excelentemente cumprido. Sim, ela o odiava tanto quanto você, porém, escolheu adotar uma postura distinta para honrar sua missão. Anelise não tinha muitas armas disponíveis naquela batalha, mas decidiu empenhar-se em suas próprias ações a fim de triunfar. Ao menos a primeira noite, enfim, havia sido vencida com sucesso.

— Está dispensada — foram as únicas palavras dirigidas a ela por aquela voz ríspida e sonolenta.

Estava possessa de más impressões acerca do rei, porém foi seu compromisso com a nação que levou Anelise a firmar sua decisão de ocupar-se excelentemente de seu novo cargo. O império das trevas não poderia durar por mais tempo, e ela se viu como uma das peças para derrotar Revno. Anelise não era forte por si mesma, contudo, se viu cheia de coragem.

— Não se esqueça — repetiu baixinho somente para si mesma conforme descia as escadas, distanciando-se do quarto real. Os ventos do leste, que lhe faziam companhia, apuraram seus ouvidos, esvoaçando as mechas de seus cabelos —, uma história é mais afiada que uma espada.

A HISTÓRIA DO REI

— Minha nossa, como está inchado, menina!

Dag fazia compressas na têmpora de Anelise usando pequenos pedaços congelados de peito de ganso. Seus cabelos ruivos estavam mais arrepiados que o normal, pois grande foi a surpresa quando viu sua querida Anelise ferida ao retornar do primeiro turno com o rei Revno.

Bufava e resmungava baixinho enquanto Birger tentava acalmá-la.

— Pelo menos não cortou, não concorda, Anelise? Poderia ter sido bem pior.

A menina assentiu, decidida a acalmar Dag. Em resposta, a cozinheira ruiva sacudiu a cabeça com uma negativa inconformada.

— Ele é muito mau, isso sim.

Anelise, ao acordar naquela manhã em seu novo quarto de empregada, se deparou com um pequeno bilhetinho que haviam deixado por debaixo da porta. Nele estavam escritas as coordenadas para chegar até a cozinha de suas amigas, Birger e Dag, onde ela poderia passar parte do dia até que seu turno com o rei Revno se iniciasse. Assim que o sino do palácio soasse três vezes ao anoitecer, às nove horas da noite do seu mundo, Anelise subiria diversos lances de escada, para se dirigir ao aposento do rei, onde permaneceria até o momento em que ele decidisse acordar.

Porém, não queria pensar nisso agora: seguiria com suas amigas até o soar dos sinos, e aquilo era muito mais do que desejava. Não era de sua vontade pensar no rei, pelo menos não agora. Em vez disso, concentrou-se no trabalho das cozinheiras que testavam pratos deliciosos para a festa que havia de acontecer em breve.

Anelise, Birger e Dag passaram o dia inteiro conversando. A garota se sentia tão bem como nunca e aprendeu muitas coisas, dentre elas, a fazer um ensopado de abóbora maravilhoso, além de ter visto um ganso vivo transformar-se numa carne macia e muito bem temperada. A atmosfera era agradável e mal sentia o tempo correr.

— Tudo bem... — comentou a cozinheira Birger ao dar de ombros. Seus cabelos loiros estavam trançados firmemente, sem nenhum fio fora de lugar. — Porém, penso que ele até foi comedido com a menina. Lembra do Bjorn? — Dag comprimiu os lábios e olhou para baixo, fazendo que sim com a cabeça enquanto cortava cenouras e partia folhas de rúcula roxa. — Ele foi arremessado de um daqueles janelões. Não me lembro agora do motivo — Birger murmurou, lançando pimenta em uma pequena frigideira torta, onde assava uma porção de legumes.

— Ele mencionou figos em uma canção.

Birger exclamou:

— Isso! O rei odeia figos!

Anelise ergueu as sobrancelhas e tentou resistir ao desejo de brincar com a ponta dos cabelos, como fazia com frequência quando estava nervosa.

— Pensei que o rei Revno odiasse amêndoas. — E contou que se lembrava claramente de Brynja, o minotauro, ter relatado a todos, certa vez, que Revno havia matado seu tio Edwin por odiar as amêndoas que ele vendia na aldeia.

Dag lançou as cenouras, cortadas em rodelas perfeitas, em um caldeirão borbulhante que cheirava muito bem.

— Ele odeia muitas coisas.

— Quase tudo — Birger acrescentou, espalhando em uma tábua um punhado de farinha branca. A cozinha abafada, agora à luz do dia, abria uma de suas portas para uma pequenina horta.

A Festa das Wistérias, a comemoração mais tradicional e antiga de Endemör, seria iniciada no dia seguinte e, por isso, todas as cozinheiras do palácio estavam preparando as porções do grande banquete. Elas também estavam recebendo ingredientes nobres, a maior parte importada de uma pequena cidade chamada Fulgor. Como havia muito a fazer, Anelise se voluntariou a limpar a louça fina e lustrar alguns talheres, porém, fez tudo isso enquanto pensava no rei e em seus atos de maldade.

— Querida, pode pegar mais cenouras para mim? — Dag pediu sem desviar sua atenção do caldeirão fumegante. Anelise assentiu e caminhou até a horta. Não era uma horta farta e colorida como as de Londres, mas era o alvo de orgulho de Birger e Dag e, agora, de Anelise também. Dividida em quatro fileiras curtas, era onde as cozinheiras cultivavam alguns vegetais e frutas para acrescentar aos pratos, e também havia um poço de pedra cheio de água, ideal para tirar a terra dos alimentos. A garota caminhou até o canteiro de cenouras, bem ao lado do pé de tomates, e pegou quatro delas. Aquela cozinha parecia ser o único lugar bom de verdade em todo o palácio de Forseti.

O rei e sua maldade pareciam sufocar todos os demais lugares de Endemör com suas unhas afiadas e seu coração de pedra. Anelise trabalhou durante boa parte daquele dia ao lado das cozinheiras, e, a cada ato de benevolência vindo destas, a garota se perguntava como poderia haver alguém tão cruel quanto o rei. Apenas ao entardecer Anelise encheu-se de valentia para questionar:

— Vocês sabem por que ele é assim? Tão cruel... — Não quis mirar a face de Birger e Dag, concentrando-se na tarefa de lavar mais cenouras no poço de pedra. Em seu interior, Anelise temia a resposta daquela pergunta, mas agora que havia decidido lutar, sentia que precisava saber mais sobre o rei.

— E-eu não sei se devemos falar sobre isso — Dag gaguejou de medo, como se o próprio rei pudesse ouvi-la. Birger observava a cena com seus olhos grandes e cristalinos.

— Eu só quero aprender mais sobre ele. Sabe, para que eu possa... derrotá-lo. — O peso dessa última palavra fez Anelise se espantar consigo mesma. Era uma garota londrina que pouco sabia sobre seu mundo e a maldade que lá havia. Era consciente de sua ingenuidade, entretanto, pensava, de alguma forma, que, mesmo não sendo uma heroína nata, conseguiria ajudar seu amigo Hércules e toda a Endemör.

Birger assentiu com a cabeça, pois pensava estar diante de um pedido muito digno, aceitando contar tudo a Anelise. Dag, em protesto, passou a cortar os rabanetes com certa agressividade, fingindo não prestar atenção no que estava para acontecer.

— O rei nasceu muito tempo atrás. Ninguém sabe ao certo sua idade.

O tom de voz baixo de Birger fez Anelise dosar sua própria respiração, tudo para que nada atrapalhasse aquele relato.

— Revno era o primogênito de um rei muito bondoso que não havia sido abençoado com filhos até aquele momento. Assim que nasceu, foi rejeitado pela mãe, que alegou ver no bebê a face do mal. A mãe morreu dias após o parto, e Revno cresceu, então, tendo todos os desejos atendidos por seu pai, que buscava compensá-lo da orfandade materna tão precoce.

"O príncipe nasceu com um poder, uma dádiva para batalhas presenteada pelos céus: ele não era ferido pelas espadas, lanças e dardos dos inimigos. Sua pele de aço repelia tudo o que era afiado e jamais era atingido durante as lutas. Aquela era uma dádiva inédita, e seu pai se assustava com a força do filho.

"Quando Revno atingiu idade de homem, o pai o presenteou com o medalhão dos grandes reis e magos dos tempos antigos, chamado Yggdru. Sua gema reluziria como o sol toda vez que a verdade era falada, porém, se escureceria quando mentiras fossem contadas. Revno foi treinado pelos melhores cavaleiros e lutadores de todas as nações, como é de se esperar, e crescia em estatura a cada dia: seu coração, contudo, seguia tão pequeno e tão frio quanto um floco de neve. Não custou muito até o pai perceber que o seu filho não tinha condições de o suceder no trono. Seu coração era endurecido, bem como sua pele e, por isso, o rei cedeu o trono ao seu sobrinho Aslaug, um forte cavaleiro de coração puro como as águas do rio Archi e frutífero como as vinhas do norte, pois tinha muitos filhos e filhas bondosos. Enfurecido, no cair da lua, num dia em que se comemoravam as primícias da colheita na Festa das Wistérias, momento em que toda a população se unia para prestar graças à colheita e ao florescimento constante das wistérias, Revno matou Aslaug a fio de espada; mesmo sendo um excelente guerreiro, Aslaug não resistiu ao ataque do próprio primo.

"Seus gritos foram sufocados pela festa que acontecia no palácio. Não contente, Revno desceu as escadas com sua pesada espada na mão e assassinou todos os filhos e filhas de seu primo que festejavam no salão, para eliminar a chance de seu pai ainda atribuir a coroa à casa de Aslaug. Por último, foi até o trono onde seu pai assistia à cena com o rosto sereno, ainda que seus olhos estivessem tempestuosos diante da barbaridade cometida.

"Com um sorriso histérico, o filho desafiou o pai: 'Vamos, pai! Me amaldiçoe diante do que fiz!' Os olhos de Revno, antes brilhantes como pedras preciosas, tornavam-se cada vez mais opacos conforme a loucura se apoderava daquele coração mau. O rei bondoso, com tristeza nos olhos, disse: 'Eu te abençoo, meu filho, com o seguinte dizer: haverá uma lâmina mais cortante do que qualquer outra, que ferirá seu coração. Toda a terra adormecerá até lá. Este palácio', disse o pai, apontando ao redor para toda aquela construção majestosa, 'será o reflexo idêntico de seu próprio coração. E então...', continuou o rei, com um suspiro melancólico, sentindo que suas palavras, uma bênção ao menino que ele criara com tanto amor, tomavam uma força além de seu controle diante de tamanha injustiça e maldade. 'Surgirá no horizonte...', murmurou ele antes de ter o peito transpassado pela espada de seu único filho. O peso de sua predição ecoou pelo reino, transformando-se em um encanto que selaria o destino de Endemör até o dia em que a lâmina surgisse.

"Logo após isso, Revno passou a servir a Fafner, o temido nome profano de nossas terras. A magia sombria fortaleceu seu coração, fazendo-o se tornar jovem e forte de maneira ainda mais sobrenatural."

Anelise respirou fundo, sem saber ao certo o que dizer. Forseti era mau, porque Revno também o era. Estava surpresa, para não dizer aterrorizada, com aquela história. Dag, após muito tempo em silêncio, complementou o relato de sua amiga:

— O rei Revno passou a ficar paranoico e não permitia mais que armas mágicas fossem importadas para o mercado de Endemör.

"Seu medo da tal lâmina mais cortante era tão gritante que ele deixou até de cortar o cabelo como voto. Enquanto estivesse vivo, navalha nenhuma seria passada em sua cabeça. O medalhão de Yggdru, o que reluz apenas diante da verdade, o livrou de muitas traições e conspirações, pois quando perguntava 'A quem você serve?', lançava luz em todos os mentirosos que cresciam sob suas asas e os expulsava deste mundo. Com o governo do rei Revno, Endemör foi apodrecendo. As águas se tornaram amargas, o sol esfriou e as flores lilases de wistérias murcharam quase que inteiramente."

Birger ofereceu uma tigela com uma sopa fumegante de cor alaranjada para a menina, e o aroma adocicado animou o humor da contadora de histórias.

— Parecia que a natureza se recusava a ser dirigida por seu cetro corrupto. Toda lâmina perigosa e letal, seja ela batizada com a flor de fogo ou banhada na Água da Lua, está guardada nas paredes do seu quarto. Aço ou espadas comuns não são capazes de ferir o rei — a cozinheira declarou ao estender uma colherinha a Anelise.

Dag retornara ao seu estado de silêncio. Enquanto Anelise mexia sua tigela de sopa com a colher pequena de madeira, viu a cozinheira acrescentar vegetais que pareciam pimentões a uma frigideira larga, o vapor crescendo para o teto e enchendo a cozinha com diversos aromas.

O rei, aparentemente, sempre fora mau. É fato que a história narrada por Birger e Dag atribuiu à sua missão mais perigo do que já havia. Enquanto comia seu jantar, pensava sobre o caráter e índole de Revno: como pôde matar o próprio pai? O primo? Os sobrinhos? Como pôde arruinar todo um reino e jamais ser derrotado ou punido? Como ela podia servir a alguém assim?

Revno era um obstáculo impossível de vencer. Com todo seu passado exposto para a jovem, o rei não parecia ter feito nada de bom e, mesmo assim, construíra um dos maiores impérios daquele mundo. Tinha toda Endemör abaixo de seus pés, não permitindo que nada escapasse a seus olhos de rapina.

De repente, mas não por acaso, uma sensação revisitou Anelise. Uma presença inusitada ocupou aquela cozinha e, de imediato, parecia que algo ou alguém também estava presente naquele lugar. Sentiu um olhar enrijecido em sua nuca, um que poderia até vir de sua imaginação, mas que não era bondoso.

— Está tudo bem? — Dag questionou ao ver Anelise desconfortável. Afastou-se momentaneamente do fogão a lenha para descobrir a razão da palidez e calafrios que tomaram conta da garota.

O céu despontava cores mais escuras, não ousando parecer alegre conforme se aproximava a hora de a garota se juntar a Revno. Agora que sabia a gravidade do temperamento do rei, havia perdido todo o interesse em permanecer ali por mais tempo, uma vez que grande foi seu desconforto. Anelise não havia sentido a hora passar e precisava se apressar. Engolindo o restante do seu jantar com rapidez, limpou-se com guardanapos de pano e se despediu das queridas amigas com um aceno ligeiro.

— Acho que vou me deitar um pouco. Me sinto cansada. — Cansada de ouvir relatos das iniquidades de Revno.

— Querida, ande, vá descansar! — Dag repetia com ênfase, espantando a garota com um pano de prato. — E cuide para não se atrasar!

Anelise caminhou com pesar até seu quarto, localizado próximo ao saguão dos empregados. Sua acomodação ficava no interior de uma torrezinha que, antes, era um depósito de vassouras. O cômodo era apertado, contudo, tinha sua beleza. Uma pequena cama forrada a aguardava e, vagorosamente, deitou-se, estirando ali todo seu corpo.

Ainda restavam poucas horas até seu turno se iniciar, e tudo o que desejava era descansar. Nutria esperanças de que, uma vez sossegada, teria mais serenidade e energia para servir ao rei durante o trabalho. Anelise não sentia prazer em odiar as pessoas, por isso, buscava dedicar tudo o que tinha para servir ao rei com o melhor que podia. Imaginava que, se uma grande heroína fosse mantida como serva do rei, seu coração repleto de virtudes a levaria a tratá-lo com dignidade e não cuspir em sua água quando ele não estivesse olhando.

Enrolando-se em um lençol fino, adormeceu num sono cansado e desprovido de sonhos.

A DEVOÇÃO

Poucas horas mais tarde, sua jornada recomeçou. Durante o caminho até os aposentos do rei, pôs-se a pensar na tal lâmina mais cortante e na história do rei Revno. Subia as escadas e refletia sobre a gravidade dos atos daquele monarca. Assassinar o próprio pai, degolar o primo, dizimar a vida de seus sobrinhos... tudo pelo poder.

Revno esmagaria a cabeça de Anelise se pudesse, incendiaria todo aquele reino se quisesse. O rei não era apenas louco, ele era mau. E você há de concordar que não existe combinação mais horrenda do que alguém que é mau e louco.

Subindo as escadarias com afinco, ela se perguntou se a lâmina Starn seria a tal eleita para aniquilar o rei. A probabilidade não era ruim, ela era letal e perigosa, mas seria letal e perigosa o suficiente para Revno? Letal e perigosa para matá-lo?

Chegou aos últimos degraus e seu peito começou a pesar. Agora estava diante do quarto do rei. Respirou fundo e sentiu sua têmpora ferida latejar, quase como se ela pudesse adivinhar que estava se reaproximando daquele que a feriu.

"Hoje vai ser melhor", pensou, simplesmente para se consolar. O sono havia sido revigorante, banhando seu corpo como um bálsamo. Sua energia fora renovada e seu humor melhorara consideravelmente. Estava pronta, preparada para auxiliar o rei em tudo o que ele requisitasse.

Ao abrir a porta, Anelise percebeu que as roupas de cama do rei haviam sido trocadas, mas ele não estava deitado; encontrou Revno parado de pé junto a um dos janelões, olhando para a paisagem sem vida de seu reino como se aquele fosse o mais belo cenário do mundo. A brisa intensa fazia balançar as cortinas densas e escuras e brincava com os cabelos longos do rei, sua coroa cravejada de joias pousando sobre a cabeça. Enquanto ele se demorava admirando a vista, Anelise checou se sua jarra de água estava cheia e as cerejas, frescas.

Podia odiá-lo com todo seu ser, contudo, ainda era sua serva. Seu tio Charles não gostava do seu superior, mas trabalhava como se estivesse prestando serviço ao mais doce gerente de banco em toda a Inglaterra. Quando Anelise questionou por qual razão tratava com respeito um homem tão odioso que xingava e menosprezava seus funcionários, o tio respondeu: "Isso, querida, chama-se honra." Tio Charles costumava acreditar que tudo o que fosse feito com honra, no fim, acabaria abençoando você de alguma forma. Ao contrário, aquilo que fosse feito com desamor e desonra, voltaria também para amaldiçoar você. Anelise não sabia se acreditava nisso, entretanto, resolveu tentar.

— Charlotte, venha ver. — O rei acenou com a mão, sem tirar por um segundo o olhar da janela. Anelise demorou alguns instantes para lembrar que era ela quem ele chamava.

Temerosa, ela se aproximou, contudo, não o suficiente para ficar perto demais do sujeito. O vento frio atingiu em cheio o rosto da garota, esvoaçando os cabelos dourados soltos. O rei Revno apontava, distante, para uma grande clareira.

— Ali foi a Batalha de Nord. Centenas de homens tentaram me encurralar, muito tempo atrás... — Sua voz áspera causava uma agonia pela qual Anelise fingia não ser afetada. Ouvi-lo falar era como presenciar o som rouco de uma faca cega, ou mesmo o rangido de uma porta que precisava de óleo. — Mas nenhuma espada pode me transpassar, nem na Batalha de Nord nem agora.

Então o rei mirou profundamente seus olhos. Anelise recuou com a gravidade daquela expressão, um frio descomunal tomando conta da palma de suas mãos. Revno inspirou fundo e, sem pressa, declarou:

— Eu tenho ouvidos em todo lugar, querida.

O coração de Anelise batia desesperado. Por que ele estava dizendo aquilo?

— As duas cozinheiras pagaram caro por terem mentido e inventado histórias ao meu respeito. Me chamam de assassino... — Ele esboçou um sorriso inocente enquanto, ao fundo, Anelise notou a maldade tomando conta de seu semblante. Um silêncio se alongou entre os dois. A garota não conseguia prever o que viria a seguir, e foi nesse momento que um riso medonho nasceu de Revno. — A essa hora, já devem estar carbonizadas nos calabouços de Forseti.

Diante da notícia, o coração de Anelise, tão grande e bondoso, ficou do tamanho de um grão de mostarda. Um grito escandaloso cresceu em seu peito, mas jamais chegou a passar pelos portões de sua garganta. Suas amigas, suas fiéis amigas, foram mortas por terem contado a verdade sobre o Rei Louco.

No exato momento em que o rei disse aquilo, a Sombra — aquela mesma que havia capturado Anelise na floresta — saiu de trás de uma das cortinas pesadas, com um ar de riso vitorioso, apesar de não ter boca, olhos ou mãos. Era ela a criatura que delatava ao rei todo e qualquer movimento que julgasse suspeito. Foi isso o que aconteceu.

A Sombra morava no palácio e via todos, apontando, com excelência, as ameaças. Anelise mal era capaz de assimilar e interpretar a dimensão daquela tragédia. Sombras como aquela vivem pois se alimentam diretamente da morte e da desgraça; não ganham nada com seu trabalho sujo, a não ser sua própria vida.

Tentava lutar contra as lágrimas, buscava manter sua expressão limpa e sem mácula como se não conhecesse Birger e Dag, contudo, parecia muito difícil superar aquilo. Precisava ser firme e não revelar a quem servia, pois, no momento em que o fizesse, seu fim era certo. Para Anelise, aquela era a rebelião mais infeliz da existência: não pagar o mal com o mal e assistir ao mal esmagando o bem.

O choro criou nós e mais nós em seus olhos; todavia, Anelise formava barreiras para que as lágrimas não desembocassem em seu rosto. Seu ser precisou segurar bem as comportas para que ela não transbordasse sofrimento diante do inimigo.

O rei continuava lá, imóvel como uma estátua de cera, como se desejasse assistir a Anelise se desmontar em uma crise. Na percepção de Revno, Anelise não era ainda uma conspiradora; Birger e Dag, contudo, não demonstraram fidelidade ao seu poder e majestade. Aquele era um teste de fidelidade e a reprovação resultaria na morte da moça.

A fala a seguir foi jogada no ar como um anzol que é lançado em águas profundas. Cada palavra foi dita sem pressa, como se todos os séculos e anos se passassem entre as pausas espaçadas:

— A quem você serve?

Anelise fitou o rei. Lembrou-se imediatamente de que suas amigas haviam contado que aquela era a pergunta que o rei fizera a tantos outros traidores ao longo dos tempos, pois o medalhão mágico de Yggdru denunciaria todo aquele que torcesse a verdade em mentira.

Não havia mais escapatória. O rei continuava sondando a menina com o olhar quando, sem pestanejar, a ouviu anunciar:

— Somente a Vossa Majestade.

O rei Revno estudou Anelise como um abutre esquadrinha uma carcaça saborosa. A tensão no corpo da garota tinha uma potência quase elétrica, ainda assim, não desviou o olhar do rei nem por um segundo. Ela foi sincera em cada palavra, pois, mesmo repudiando o rei, estava ali para servir a ele.

De repente, a gema do medalhão de Yggdru passou do translúcido esbranquiçado para um espetáculo de luz, brilhando fortemente e lançando fagulhas de luz tão alvas quanto a luz do sol em pleno verão.

Anelise estava falando a verdade.

Não satisfeito, o rei deu um ou dois passos na direção da garota e se inclinou até seu ouvido.

— No mais suave sinal de conspiração, amassarei seu crânio como uma ameixa fresca. — Seu hálito quente fez Anelise se encolher de aversão. — Compreendido?

O corpo de Anelise tremulava com o mínimo esforço de permanecer de pé após a ameaça. Tão próxima da enorme janela, sentiu os nós em seus dedos queimavam como brasa e o vento frio, vindo do oeste, alfinetava a pele suave de suas bochechas. A ferida em seu antebraço começara a pulsar. Cada fibra de seu corpo encontrava-se assustada. O calombo em sua têmpora parecia voltar a doer.

— Sim, meu rei. Minha devoção é sua.

A DECISÃO FATAL

O frio lá fora era intenso e o ambiente era, de fato, muito barulhento. Já havia esbarrado duas vezes em cidadãos que, atarefados, corriam para lá e para cá a todo momento. O chão de pedra úmido também estava escorregadio, e era uma tarefa difícil se firmar em pé.

Carregando em sua maleta de couro diversos convites e sua adaga, que ela julgava ser necessária a qualquer momento, Anelise foi instruída a oferecer o bilhete de entrada a todo cidadão de Endemör, sem distinção. Os rebeldes, contudo, já haviam instruído os aldeões a receberem o convite, mas, por segurança, não irem à festa. As vestes cinzentas de Anelise, aquelas que mostravam que ela pertencia a Forseti, eram o maior empecilho para que os cidadãos comuns estabelecessem maiores interações: todos odiavam o rei, e aquele sentimento era estendido aos seus empregados. Até aqueles que o temiam profundamente o bajulavam por puro medo.

— Esteja na praça principal, aqui na Fonte de Klor, o sino será tocado três vezes. Te vejo ao meio-dia — foi a ordem de Hermer, o fauno. Seu rosto avermelhado e desprovido de pelos encarou o de Anelise. Ele abriu a boca e fechou diversas vezes, como se estivesse tentando dizer algo, porém, com um aceno de cabeça, apressou a menina para sua tarefa.

As ruas estreitas e úmidas exibiam casas cinzentas de pedra de todos os tamanhos. Olhando com carinho, pareciam com as casas de Bibury, uma pequena aldeia do distrito de Cotswold, na Inglaterra, que Anelise visitara alguns anos antes, na temporada de outono. Assim como em Bibury, a vila de Endemör tinha um conjunto de casas rústicas com o teto coberto de palha e musgo. Pequenas chaminés rechonchudas e meio tortas coroavam o topo de uma casa ou outra, algumas fumaçando com intensas lufadas brancas rumo ao céu.

Anelise pensou que, assim que seu último amanhecer em Endemör chegasse, iria direto para seu quarto, onde poderia lamentar livremente pelas amigas que se foram.

Não foi isso que aconteceu.

Caminhando na vila, viu uma pequena feira com mercadorias: cevada, aveia, centeio, trigo e grãos. Não eram graúdos como os que Anelise encontrava no interior da Inglaterra, ainda assim, esses alimentos sustentavam o povo de Endemör. O lugar era repleto de muito trabalho e o ar tinha aquele cheiro frenético de produtividade. Em cada esquina, havia algum lavrador, fazendeiro, carpinteiro ou mesmo uma lavadeira. Muitos deles eram como você e eu, mas outros habitantes não eram tão diferentes das criaturas mágicas sobre as quais Anelise lia nos livros de contos de fadas. Não podia negar que era deslumbrante ver tantos seres dotados de tantos traços graciosos. Ela havia visto um ferreiro do mesmo tipo de Kergo, forjando em fogo uma dobradiça toda esculpida em curvas suntuosas. Quando passou por uma pequena ponte construída sobre um córrego cheio de lodo e cogumelos, Anelise se deparou com um ser peculiar: com três caldas cheias de espinhos e um par de dentes protuberantes, a moça paralisou ao avistar aquele felino tão único. O bicho sequer parecia notar sua presença; seguiu caminhando sob a ponte, desfilando monumentalmente. Seu pelo, dourado como o cabelo de Anelise, parecia macio à vista. Quanta beleza e quanto pavor podem caber em uma só figura?

Essa ainda não foi a última coisa surpreendente que ela presenciou. Anelise, curiosa, não resistiu ao ímpeto de questionar a um grupo se eram pequenos duendes em um formato diferente, porém, eles se ofenderam e saíram resmungando em direção a uma pequena rua, alguns passos à frente da garota.

Eram Busks, amigos das florestas e das copas das árvores. Estes seres não eram simpáticos, especialmente em dias onde o vento estava frio. A aparência destes era como a de um arbusto pequeno e muito folhoso, a não ser pelos pequenos galhos que se pareciam com chifres e os olhos amarelados que os diferia de todas as outras criaturas.

— Sinto muito... Não queria ter ultrajado seu povo.

O grupo de Busks já tinha dado as costas, andando em direção à extremidade da vila. Apenas um deles ficou sorrindo para Anelise com aqueles olhões brilhantes e o nariz arrebitado. Sua feição buscou denunciar a Anelise algum segredo, mas tudo o que disse foi:

— Perdoe meu povo. O ar está frio hoje. Isso nos deixa de mau humor.

— Entendo — Anelise concordou com um meio sorriso, um tanto desconfiada —, receba um convite para a Festa das Wistérias. — O Busk curvou sua cabeça e deu um sorriso que parecia esconder alguns bons segredos. Anelise chegou a pensar se ele estava ciente do planejamento dos rebeldes, até que, enfim, o pequeno ser, ao olhar para ambos os lados da pequena rua, sussurrou num tom solene:

— Surgirá no horizonte uma canção dos montes! — Piscou o olhinho. O coração de Anelise pulsou de alegria pela primeira vez em algum tempo. Mesmo quando parecia que as forças cruéis estavam vencendo, um bom sinal parecia confirmar que algo estava, de fato, surgindo no horizonte. Ao citar a *Canção do Horizonte*, o Busk saiu em disparada atrás dos outros.

O exemplo do pequeno indivíduo valente foi como beber um chocolate quente em um dia de rigoroso inverno. Absorta e admirada com a coragem daquela criatura esverdeada, Anelise refletiu por alguns instantes o perigo eminente e a possível vitória igualmente deliciosa que parecia ter sido prometida ao remanescente fiel. Muitas forças malignas imperavam naquele mundo, no entanto, era inspirador e, portanto, encorajador ver que até a menor das criaturas estava disposta a lutar. O comportamento daquele Busk encheu Anelise de coragem e, a partir daí, ela recomeçou sua caminhada, na bolsa ainda restando alguns poucos convites para a festança.

— Convite para a Festa das Wistérias — Anelise anunciou, ainda inspirada com a postura do Busk, ao estender uma unidade para um mercador magrelo de rosto pálido. Ele pegou o convite sem agradecer. Isso acontecia muito, os cidadãos aceitavam, mas Anelise sentia que não veria muitos deles naquela noite.

O reinado de Revno havia forjado pessoas de coração tão endurecido quanto o rei. Esses concordavam com todas as medidas que Revno tomava para controlar e oprimir o povo, simplesmente porque desejavam não sofrer os castigos amargos que vinham de seu gênio tão impetuoso e malicioso.

Quando Anelise estendia o convite para os que idolatravam o rei, esses respondiam:

— Grato! Estarei pontualmente no salão do rei!

Apesar do sorriso entusiasmado, alguns não pareciam felizes em ir à festa do rei.

Anelise também não estava feliz. Aquela dose quente de coragem parecia estar esfriando. Perder Birger e Dag feriu profundamente o coração da garota. Era a primeira vez que ela lidava com a morte daquela forma.

Já havia perdido uma tia uma vez. Seu nome era Wendy Ward, e Anelise só a havia visto uma ou duas vezes na vida. Era uma mulher de gênio muito forte que morava em uma casa de dois andares no distrito de Piccadilly. Ela usava óculos redondos e usava o mesmo penteado de sempre: um coque firme escovado para trás. Todo Natal, enviava em um envelope pálido uma quantia para que Anelise comprasse brinquedos e doces.

Ela não aprovava a carreira de Anelise como escritora, bem como muitos outros de sua família por parte de pai. No jantar de Natal, Wendy Ward disse à menina que as escritoras não eram bem-vistas na sociedade e que aquilo dificultaria muito o seu futuro, especialmente quando tivesse idade para se casar.

— Mas eu não desejo me casar! — Anelise argumentou, acalorada, ao repousar uma colher cheia de purê de batatas em seu prato. Tia Wendy sentiu-se tão horrorizada que se ergueu da mesa e abandonou o banquete.

A garota ouviu falar que tia Wendy guardava, no andar superior, uma espada do seu falecido marido, veterano de guerra. Anelise sempre quis ver essa tal espada, entretanto, nunca pôde. Ela pensava com frequência que uma arma a mais em sua maleta seria de grande valia.

Tia Wendy faleceu após uma forte gripe. A espada sumiu na mudança e Anelise não sentia muita falta de sua tia, afinal, mal a conhecia. Uma carruagem da família Ward puxou o cortejo rumo à pequena capela que a tia Wendy costumava visitar na Semana Santa. O ar era frio e uivava nos ouvidos da pequena Anelise, esvoaçando suas vestes pretas e levando o seu *cloche* novinho em folha para longe. Um tradicional velório foi organizado por toda a família Ward: o caixão preto como a noite foi regado a lágrimas e a flores copos-de-leite. Foi assim que a Morte se apresentou a Anelise pela primeira vez, fazendo-se presente naquela capela fria e acenando sua mão magra por meio dos ventos uivantes.

A Morte soou diferente quando abateu Birger e Dag. Anelise não somente conviveu com elas como se afeiçoou às cozinheiras que salvaram sua vida. Cuidaram dela tão maternalmente que, em tão pouco tempo, marcaram o coração da menina com toda sorte de bons sentimentos.

Birger e Dag, apesar de tudo, agora já estavam reduzidas a pó. Sem carruagem, sem cortejo, sem caixões, capela ou copos-de-leite. Nem suas lágrimas Anelise pôde oferecer, pois havia muito trabalho a ser feito na aldeia.

No fundo do peito, a menina escondia um profundo e crescente sentimento de indignação. Anelise zelava por uma índole muito boa. Jamais havia trapaceado em *croquet*, apesar de todos serem desonestos em jogos de grama. Nunca havia sido malcriada com o pai, mesmo que, em sua mente, ele merecesse.

Em seu interior, escondendo da vista de todos, Anelise odiava o rei. A cada segundo das duas madrugadas que havia passado em claro, velando o sono de Revno, só era sustentada por crer que tudo em breve terminaria, tamanho era o desamor que sentia por ele. Afinal de contas, havia assassinado suas amigas, sem mais nem menos. Não tinha dúvidas de que haviam sofrido tantas torturas a ponto de receberem a morte como alívio. Revno governava e punia perversamente todos os habitantes daquele lugar.

Se não fosse uma garota tão polida, talvez... pudesse matá-lo. A ideia a assustou, não se engane. Mal havia completado seus dezessete anos de idade e tinha certeza de que não conhecia muito da vida, mas pensava se não poderia ela mesmo pôr um fim em tudo aquilo.

Ela tinha uma adaga Starn em sua maleta, a mais letal e cortante de todas. Já havia percebido que o rei era inteligente e corpulento; por outro lado, ela se considerava mais ágil e precisa. Trata-se da corredora mais rápida entre os de sua idade do Reino Unido e uma perfeita escaladora de pinheiros, pois vencera uma corrida mesmo contra Richard Pevensie, o mais astuto atleta de seu bairro. Revno sequer perceberia quando a Starn deslizasse em seu pescoço, banhando o resto do corpo em sangue.

"Não", pensou Anelise, rejeitando decididamente esse pensamento. "Se Birger e Dag estivessem aqui, iriam lamentar muito este meu desejo", refletiu com desgosto diante da sua própria audácia.

Matar o Rei Louco... Pensando melhor, poderia ser até um ato de nobreza. Poderia ser uma heroína, uma salvadora. Havia lido histórias suficientes para saber que, muitas vezes, matar não era pecado, e sim um ato de defesa feito para beneficiar toda uma nação. Alguém precisava pôr um fim no reinado perverso de Revno, e Anelise estava pensando se esse alguém não era ela mesma. Nunca fora uma criança briguenta e jamais havia frequentado as aulas de esgrima do professor Harder, todavia, confiaria que a adrenalina a concederia as habilidades necessárias para desempenhar a artimanha.

Por que esperar os rebeldes se podia fazer o escarcéu sozinha? Por que cruzar os braços se carregava consigo a lâmina que colocaria fim à vida do rei?

O sino do palácio deu três badaladas, e ela tinha de voltar para o palácio. Já estava caminhando no corredor principal, aquele que dá entrada para o pátio onde há a Fonte de Klor, e enquanto andava, sentia sua cabeça fervendo com tantos pensamentos.

Exatamente quando Anelise passou pela sala do trono, ela o viu.

Guardado por uma legião de guardas, selado por proteção dos soldados mais bem treinados da região, Revno estava acomodado em seu trono com um raro sorriso, muito amplo e relaxado por sinal. Ele estava vestido com uma fina túnica, e a coroa pesada adornava seus cabelos negros. Em sua mão havia um cetro e na outra, uma boa dose de vinho.

Birger e Dag estavam mortas, mas o rei encontrava-se vivo, bêbado e mais cínico do que nunca.

— Pronta para retornar ao trabalho? — questionou Hermer, o fauno, ao se aproximar de Anelise, numa tentativa de alertá-la de que ela deveria arrumar o quarto do rei.

— Pronta.

Pronta para matar o rei.

AS HISTÓRIAS QUE TECEMOS

Na cidade subterrânea de Bóthildr, os rebeldes se preparavam para o ataque do dia seguinte. Cerca de dez mil lutadores e guerreiros empunhavam Starn, a lâmina capaz de matar o rei em segundos, perfurando sua pele de aço. Sua tonalidade mudava na luz, assumindo novas cores a cada centelha de segundo.

Fenrir, o jovem de olhos de lince, liderava uma boa parte dos guerreiros e os ensinava. Dedicou-se particularmente a um rapazola que mal era capacitado para erguer um machado. Havia gastado horas e mais horas tentando conduzir o jovem a uma boa performance para não ser assassinado nos primeiros minutos no campo. Primeiro ele precisou aprender a segurar — e não se lamentar pelo peso — do machado. Depois, passou à parte mais difícil: a prática geral.

— Acha que estou melhorando? — o rapaz perguntou a Fenrir, abundantes gotas de suor surgindo em sua testa após o treino intenso de pontaria.

— Claro — Fenrir assegurou, passando o braço largo pelos ombros magricelos do rapaz, oferecendo a ele a esperança que havia perdido após tantos fracassos em treinamento.

Com eletricidade, Fenrir buscava agitar seus companheiros. Jamais se esqueceu da vez em que seus pais foram apanhados e mortos pelo cruel Revno. Cresceu forte como um guerreiro, mas sua armadura escondia um coração assustado, ainda que bondoso.

— Vamos honrar o sangue dos que se foram! — exclamava a pleno pulmões, batendo de punho cerrado em seu próprio peito para energizar seus companheiros de batalha. — Hoje será o dia em que tomaremos o trono de Revno, o Louco! Para honrar os nossos pais, restabeleceremos um reino de paz. A canção dos montes prevalecerá!

Os guerreiros depositavam cada pedacinho de sua fé naquele dia. Após tanto tempo se escondendo, comendo vegetais pálidos que cresciam com a pouca luz que chegava àquela caverna, combatendo o rei e jamais voltando vitoriosos, não queriam mais aquela realidade: estavam prontos para o banquete. Estavam preparados para ver o rei ser deposto.

Ao anoitecer, a Festa das Wistérias aconteceria. Naquele momento, já estariam escondidos nos túneis que desembocavam no palácio, prontos para o ataque.

O ânimo era geral. Houve muito preparo, treinamento e, além de tudo, cada um portava a lâmina mais afiada de todos os reinos para o rei. Essa era a graça de pegar o palácio de surpresa: o exército do rei não estaria pronto para o ataque. Além disso, a Starn despedaçaria os homens de Revno em segundos, guardando o obstáculo mais latente — o próprio Rei Louco — para o final do ataque.

Hércules, todavia, não parecia estar muito animado.

— Ande, amigo! — Ase falou com carinho ao passar por ele com mais e mais suprimentos para a partida dos exércitos. — O que há contigo?

Não era difícil saber o que estava acontecendo com a gárgula. Preocupado até a morte com Anelise, não conseguia se concentrar em mais nada. Desde que se afastou da garota na floresta e a assistiu sendo levada embora, guardou uma culpa crescente em seu peito. Não conseguiu comer, dormir nem mesmo tocar a harpa.

— Estou preocupado com minha senhora — murmurou, angustiado, o peso da separação lhe caindo sobre os ombros. Havia encontrado o caderno cor de cereja de sua senhora caído no chão da floresta e, agora, o guardava com sua própria vida, com a esperança de devolver a ela seu precioso tesouro.

— Eu não consegui salvá-la. O rei a pegou quando eu estava indo ao riacho.

Ase se compadeceu profundamente com a inquietação de seu companheiro de guerra. Pegou sua mão e, mirando os olhos esverdeados e entristecidos, sussurrou ao sentar-se ao seu lado:

— Eu aprendi que as histórias que tecemos não são de nossa autoria, Hércules. Não seríamos tão bons escritores assim. Se ela está no castelo, é porque precisa estar. — A gárgula piscou os olhinhos, assimilando a fala de sua amiga. — A vida... — Ase buscava as melhores palavras para expressar aquele seu pensamento tão particular que, até então, nunca havia compartilhado com ninguém. — ...é escrita por algo além de nós. Cabe a nós apreciarmos os versos ou nos sentarmos e resmungar. — Ela ofereceu o sorriso mais doce de todos, contudo, nada superou a cena a seguir. Ase retirou o capuz e revelou totalmente sua face.

Uma grande cicatriz cruzava seu belo rosto. Seu nariz era torto e maltratado pela marca, e ela não se intimidou ao mostrar sua fisionomia, antes tão oculta, para a gárgula.

— Quem fez isso com você? — a gárgula questionou, buscando não parecer assustada. No fundo, ele sabia que apenas o maligno poderia ser o autor de tal feito.

— Ganhei esse presente quando fugi do palácio, muito tempo atrás.

Anos antes, Ase despencou em uma pequena horta ao saltar de uma janela, rumo à liberdade. Foi espancada, e um dos guardas acertou precisamente seu rosto. Ela cambaleou e quase não enxergava o caminho a sua frente, mas conseguiu se desvencilhar e correr até a floresta, quando esbarrou em um dos rebeldes que colhia cogumelos para a refeição noturna. Vendo o estado da jovem, a acolheu e cuidou de suas feridas. Aquele era Gérdo. Na noite em que fora apresentada como integrante dos Sigrid, Gérdo, que passou a cuidar dela como um pai, anunciou: "Essa é a sua família agora. Juntos, lutaremos até o fim, ainda que as trevas recaiam sobre qualquer um de nós. E se isso acontecer, lembre de não se deixar contaminar pela escuridão. Faço isso por você." O minotauro mirou aqueles olhos grandes e amendoados de Ase, ofertando seus próprios olhos brilhantes como estrelas para confortá-la. "Por Endemör."

— Eu sinto muito… — Hércules murmurou, e foi sincero em cada palavra. Muitas vezes, entrar numa disputa era aceitar ser banhado de sangue a qualquer instante ou pior: assistir aos que amamos tendo sua vida esvaída de seus corpos. A vida é um grande campo de batalha cujas exigências são estas: lutar com honra e morrer com coragem.

— Não sinta, não mais. — Ase agora mirava seus olhos e segurou suas garras com firmeza. O calor aqueceu o temeroso Hércules, que agora olhava atentamente para a mulher. — Eu não retiraria essa parte da minha história. Se nada daquilo tivesse acontecido, eu não teria encontrado vocês. — Com um sorriso doce, acrescentou ao passar para trás da orelha algumas mechas de cabelo. — Anelise vai ficar bem, garanto.

Ao fundo, os guerreiros cantavam canções antigas de seus pais. O som de vários instrumentos preenchia o ar. A doçura das flautas e as notas do saltério aqueciam as emoções dos rebeldes. O sentimento de guerra e justiça era crescente no coração do povo sedento por vitória. Igualando-se à altura da música, reinava o ruído das lâminas sendo afiadas e flechas e arcos sendo testados. Aquela era uma sinfonia, o som que precedia uma batalha decisiva.

— Espero que sim — foi tudo o que Hércules conseguiu responder de volta.

A CURVA DA MEMÓRIA

A brisa suave do fim da tarde acalmava os nervos do rei. Sentado no jardim das wistérias, ele admirava seu reino antes de a festa começar. A paisagem não era agradável ou tentadora, mas ele gostava do tom cinzento que pairava em seu reino. Ao seu redor, cresciam tímidas wistérias, pálidas, murchas e sem perfume.

Trajava suas vestes especiais costuradas com fios de ouro e, envolvo em seu pescoço, o tradicional medalhão de Yggdru. Sobre seus ombros, vestia a capa feita da pele do Urso Cinzento, a criatura mais perigosa das nações gêmeas. Ele mesmo o derrotou com os punhos de aço, destruindo o animal com socos bárbaros. Depois, devorou a parte mais macia dele, enquanto seu pescoço era ensopado de sangue.

Revno, apesar de velho, era mais forte que os jovens da aldeia. Ainda conseguia render ótimas lutas, só que seu coração estava cansado, batendo com menos vigor do que no começo de sua jornada e essa era uma das coisas que ele não desejava admitir para ninguém.

Não tinha amigos nem nada parecido com isso, pois muitas foram as traições que sofreu desde que começou a governar

Endemör. Talvez você se pergunte se ele nunca se apaixonou durante sua longa existência. Sim, o rei havia amado tantas mulheres e se desentendido com tantas outras que, a cada casamento celebrando uma nova união, as catacumbas ficavam mais lotadas com os corpos das outras que mentiram, desobedeceram ou o desagradaram em alguma medida. Isso fazia muito tempo, porque hoje ele era incapaz de amar alguém, se é que um dia ele conseguiu de fato. Contudo, estava permitindo ceder um pouco de sua confiança a Anelise, cujo nome acreditava ser Charlotte.

"Aquela menina", pensava enquanto o sol fraco mergulhava lentamente no horizonte com um tom escarlate descomunal, "poderia ter fugido enquanto eu dormia. Ela ficou." Não era ela a primeira cuidadora que tinha. Todas fugiram ou tentaram sufocá-lo durante o sono ou jogaram veneno em sua água quando ele não estava olhando. Anelise, ao contrário de todas as possibilidades, se comportava diferente. O rei já a havia visto afofando os seus travesseiros e perfumando as suas roupas de cama com ervas aromáticas. Havia observado, enquanto fingia que dormia, a jovem menina segurar sua postura de guarda-costas com devoção e fidelidade, jamais relaxando os ombros ou se aproveitando do sono profundo de seu monarca para atentar contra ele.

Ela buscava ser boa, apesar do rei. Era este exato ponto que Revno não era capaz de assimilar.

Estava começando a considerar se não havia errado em jogar a taça em seu rosto, entretanto, logo espantou esse pensamento como quem tira uma mosca do ensopado de carneiro.

Aquele era um dia importante. Muito tempo atrás, naquele mesmo dia, Revno assassinou a fio de espada toda sua família para conquistar a coroa que agora repousava tranquila em seus cabelos negros, ainda que manchada de sangue inocente.

Seria errado dizer que ele não ficava reflexivo numa data como aquela. Ainda assim, Revno já tinha um coração familiarizado com o que é mau, de forma que ele não mais se espantava diante de suas próprias atrocidades. Muitas pessoas olham para seu passado e enxergam seus erros como assombrações medonhas que penam em sua mente. Se isso fosse verdadeiro, Revno andaria de mãos dadas com todos os seus fantasmas, beijando a bochecha destes antes de dormir e cumprimentando-os alegremente ao acordar. Não se engane. Ele só era capaz de agir desse modo pois não ousava mirar a face de seus espectros, desviando o seu olhar para longe toda vez que sentia que tais memórias (ou os fantasmas) pretendiam firmar contato.

De pernas cruzadas, ele deixou que o vento brincasse com suas vestes, esvoaçando serenamente a capa, e, então, tocou o medalhão. Inspirou fundo. Algo, talvez a curva da memória, o puxou para o tempo originário de um dos fantasmas que Revno costumava evitar. Pela primeira vez em tempos, o rei parecia ter sido forçadamente conduzido a uma lembrança remota. Ele estava prestes a abrir a porta do passado da qual tanto se esquivou, aquela que evocava a imagem de seu pai.

Revno tentou resistir. Agarrou-se ao banco, como se apegar-se a algo material e tangível pudesse interromper as tentativas de a mente caminhar rumo às memórias penosas. Bem, não funcionou: agora ele estava cara a cara com uma lembrança mais real do que o livro que você lê.

Seu pai, tempos atrás, estava sentado no mesmo lugar que ele agora ocupava, admirando a vista de uma Endemör viva no jardim inferior de wistérias. O som dos pássaros enchia os ouvidos de alegria, que, por sua vez, se misturava com a sinfonia de uma natureza acordada, desperta, viva. Aquele terraço era o coração pulsante do palácio e o antigo rei estimava o tempo vivido ali. Ao amanhecer, ele arrastava seus pés cansados até lá, durante a tarde, apreciava ler tendo a brisa esvoaçando seu rosto. Mesmo o anoitecer, com sua face iluminada por tochas fracas, exprimia muita beleza no coaxar dos sapos, no pio reconfortante das corujas e na dança dos ramos de wistérias ao soprar do vento.

Revno havia vindo se queixar de uma atitude de seu primo mais velho, que o empurrara com força para ganhar vantagem na brincadeira da corrida até o pé da campina.

— Aslaug não é mais o meu primo. Ele é mau.

Com paciência, o pai o observou em silêncio, desconfiando que aquela não era a versão real do acontecido.

Não era a primeira vez que Revno, agindo de forma desobediente, dirigia culpa aos outros e nenhuma a si mesmo. Como isso preocupava aquele pai! Seus olhos, azulados como o céu pálido de inverno, estudavam seu único filho. Angustiado com o gênio impiedoso que a criança provava ter nos últimos meses, o rei endureceu seu maxilar forte. Será que havia algo de errado no modo como criara Revno? Concedia ao garoto tudo o que ele desejava, fosse grande ou pequeno, caro ou barato... Apesar de seus esforços, a cada segundo, o garoto tornava-se mais cínico, petulante e irredutível.

Sua intenção o dizia que toda aquela questão com Aslaug era culpa inteiramente de Revno, só que as lágrimas do garoto — insistentes — agora caíam sem parar.

Não era hora para pensar nisso e, movido pelo desejo de auxiliar seu filho, sentou-se um pouco mais perto para ouvir suas queixas. Quem sabe aquela não era a hora perfeita de ensinar uma verdade inegável? O grande rei havia aprendido algo sobre nossos acertos e erros, muito tempo atrás, quando sua ama de leite o repreendera por ter chupado todas as uvas escondido antes da hora da ceia da tarde. Estava na hora, e ela de fato havia chegado, de tocar nesse mesmo assunto com seu filho que merecia repreensão.

— Há dentro de *todos* nós, meu filho, uma semente má. Ela é aguada por nossos impulsos, vontades e maus desejos. Dessa forma, ela cresce e nós nos tornamos maus.

— Eu não tenho essa semente má — Revno assegurou ao cruzar os braços e desviar o olhar do rosto de seu bom pai, mirando os ramos de wistéria que cresciam ao seu lado, enroscando suas flores arroxeadas no banco de pedra em que estava sentado. A princípio, Revno detestava que o pai o corrigisse com todo aquele discurso de ser alguém melhor. Depois, quando as velas se apagavam e ele se recolhia em seu quarto escuro e solitário, era Revno, e mais ninguém, que torcia para ser capaz de agradar o seu pai no dia seguinte.

Parecia que, dentro de seu coração, dois lobos famintos brigavam: um desejava honrar seu pai e todas as pessoas, o outro desejava matá-lo. Matar todos, sinceramente. É verdade, Revno queria matar seu pai e pensava nisso sempre que sentia uma raiva maior do que seu peito era capaz de conter.

O assunto da semente má provou-se ainda mais verdadeiro quando o pai relembrou ao filho a vez em que ele mentiu sobre ter tomado o suco de abóbora que pertencia a Aslaug no dia do solstício de inverno. Constrangido, Revno se encolheu no banco de pedra, os cabelos negros recaindo sobre os olhos, e se lembrou, por conta própria, de como quebrou a estátua de Einar, o líder guerreiro de seus antepassados, mesmo jurando até a morte que não fora ele.

O pequeno Revno escondia, em seu interior, muito mais do que erros e pequenos deslizes que crianças levadas podem cometer. Contudo, ele ainda não sabia que guardava dentro de si, sob uma camada grossa de poeira, toda a sorte de maus desejos. Quanto mais o tempo passava, mais seu impetuoso caráter ganhava resistência e força.

Não demoraria tanto para que ele começasse a agir de maneira muito perigosa. Em pouco tempo, ele se tornaria tão mau quanto qualquer um pode, de fato, ser.

— O senhor tem essa semente também? — Seu pai, com aquele sorriso tão caloroso, encarou a face do seu pequeno menino antes de responder. Para Revno, seu pai era a pessoa mais bondosa que já poderia ter existido em Endemör, pois ele estava sempre estragando os prazeres maquiavélicos do seu filho e o disciplinando com fervor.

— Sim, eu tenho.

— Como o senhor consegue ser bom, então?

— É como o trabalho de um carpinteiro: jogar fora a madeira podre para não ruir toda a construção. — Seus olhos, já marcados pelo tempo, sorriam afetuosamente, bem como seu coração. Para Revno, aquele era um verdadeiro homem bom. Todos diziam isso: "O rei? Ah, ele é um homem muito bom!" E aquele que discordasse de tal sentença invejava a notável virtude e força do caráter do monarca. — Você consegue entender?

Para derrotar a semente má, era preciso lutar.

— Sim, papai. Entendi.

Eles eram homens muito diferentes um do outro, desde sempre. Revno era soturno, fechado como uma porta emperrada, astuto como uma raposa; seu pai era fluído como as águas cantantes, alegre como janelas abertas em dias de verão, inocente como uma pomba.

Um gosto amargo se espalhou na boca do rei Revno. Prestes a morrer, o pai lançara uma bênção que, para o rei, parecia muito mais uma maldição: certo dia, seu coração seria transpassado por uma lâmina, a mais cortante de todas.

Revno envelhecera cercado de medo, aterrorizado com o mais tímido brilho de qualquer espada. O passar dos tempos fez com que os sentidos de Revno se tornassem quase irrepreensíveis: ele estava atento, o tempo todo, a qualquer espada, faca ou adaga que simplesmente surgisse de relance em seu campo de visão. A benção de seu pai, enquanto o líder estivesse vivo, jamais seria concretizada. Ele pessoalmente se asseguraria disso.

— Eu não consigo deter a semente má — o pequeno Revno confessou ao refletir todos os atos rebeldes que já havia cometido. Envergonhado, direcionou os olhos para a ferida no joelho, uma tentativa falha de esconder as lágrimas que já molhavam suas bochechas bronzeadas.

— Bom — o pai ponderou, erguendo com o dedo indicador o rosto do seu único filho —, é porque está tentando lutar com sua própria força. Ela não é o bastante.

— E o que mais seria? — Revno guinchou, a voz desesperada de desgosto.

Elevando o olhar para os montes, o pai pareceu avistar algo que Revno não conseguia ver. Seus olhos focaram além do horizonte e, com o queixo erguido, cantarolou em um tom baixo e grave o que parecia ser uma oração familiar, com estrofes e refrões que a ação do tempo não pode enferrujar. A presença de seu pai oscilou, quase como se ele estivesse enxergando algo precioso demais para se desviar. Revno, por outro lado, nada ouvia, tampouco avistava coisa alguma nos montes distantes.

De repente, seu pai voltou a encará-lo.

— Meu filho — chamou com uma voz terna. Seus olhos antigos e cheios de brandura miraram a face assustada de Revno —, só a lâmina mais cortante consegue arrancar a semente do nosso coração.

Revno, muitos anos depois daquela conversa da semente, inspirou profundamente, recobrando o fôlego. Evitava pensar em seu pai; a coroa se tornou definitivamente mais pesada após ter sido tomada de maneira tão abrupta, como se ela não quisesse servir ao autor que a tirara brutalmente de seu verdadeiro dono. Não sabia dizer se havia arrependimento diante do que fez, entretanto, ali, naquele lugar onde seu pai tantas vezes o aconselhou e corrigiu, o maior homem de Endemör se sentiu diminuto. Por trás do olhar distante e endurecido, se escondiam múltiplos sentimentos aninhados uns aos outros, aqueles que o rei não estava disposto a enfrentar. Ele se sentia tão bem consigo mesmo que não se permitia refletir acerca de seus atos, temendo que esse mero exercício destruísse a visão que tinha de sua reputação. Muitos o chamavam de louco, enquanto ele julgava seu caráter como idôneo. Outros o viam como um assassino, como aquelas cozinheiras obstinadas que pagaram o preço por tal opinião. Ele, naturalmente, discordava delas.

Além do medalhão encantado, havia outra coisa que mantinha Revno vivo: seu coração não bombeava apenas sangue, mas também magia.

Mas, e se enfrentasse o que o assustava? E se erguesse o tapete para vislumbrar toda a sujeira que escondera por debaixo durante o tempo que passou? O que poderia acontecer?

Por mais que relutasse, não se sentia apto a resistir a um sentimento crescente que surgiu tempos atrás. Chacoalhou a cabeça levemente, dispersando aqueles pensamentos como uma fumaça que se desfaz no vento. Em um salto, o Rei Louco se pôs de pé e deu as costas para a paisagem do jardim e o sol quase inteiramente adormecido no horizonte. Assim que o fez, notou o olhar de pena de um sentinela, lançado em sua direção.

Aquela história da semente má ou mesmo da lâmina mais cortante não importava. Ele era Revno, o primogênito da nação e único rei: não admitia sentimentos como pena ou mesmo compaixão. Não iria considerar também dar meia-volta agora, logo após solidificar seu temível nome de maneira tão vigorosa. "Eu sou quem quero ser", era o que repetia nas noites de insônia. Ele era quem queria ser, ilimitadamente soberano e profundamente terrível.

Revno era poderoso, forjado em glória e forte como um leão. Jamais havia sido ferido ou derrotado em qualquer embate. Sua coroa honrosa brilhava por uma razão e não toleraria desrespeito vindo de qualquer homem, especialmente um tão inferior quanto aquele sentinela.

Irritado até a morte, lançou um duro olhar para o indivíduo que zelava por sua segurança em seu jardim particular.

— O que está olhando? — E lhe desferiu um tapa violento antes de entrar no palácio.

OS TÚNEIS

Os rebeldes já estavam se espalhando pelos túneis subterrâneos que desembocavam no castelo. Silenciosamente como presas que se escondem do caçador, os Sigrid peregrinavam, armados e fortes, para o golpe final de sua resistência.

Suas faces decididas e corajosas eram iluminadas pela chama de tochas e estavam na metade do caminho quando o som das canções passou a ecoar.

Fenrir liderou a terça parte do exército em direção ao túnel do oeste. Ele desembocava em um cano próximo ao palácio e, por meio desse caminho, todos seguiriam até a superfície dentro de algumas horas. Ase seguiu, destemida como uma leoa, pelo túnel da direção noroeste acompanhada de Hércules, e Thyia, a loba, prosseguiu com a outra parte do exército pela direção sul.

— A festa já começou! — Thyia avisou com aflição seus companheiros. O som distante das pisadas e passos de dança dos lordes e princesas de todos os reinos enchia os túneis com ecos aterrorizantes, como se tudo fosse desabar e soterrá-los.

— Estamos com tempo de sobra e o nosso exército é preparado. Até o dragão Ingeborg está à espreita, escondido sob a vegetação densa no pântano junto ao meu irmão Brynja! — Gérdo a consolou com ânimo, forçando um sorriso e escondendo sua preocupação para não amedrontar a amiga. — Espero que a senhora do Hércules já esteja enrolando o rei de alguma forma.

A loba estremeceu.

— Se ele perceber que invadimos o palácio no dia de sua festa... vai nos destruir com as próprias mãos.

Gérdo cerrou os lábios, pois sabia que Thyia estava falando a verdade. O propósito de distrair o rei era para que os rebeldes pudessem executar seu plano sem que Revno se desse conta. Uma vez despertada, a ira do rei era implacável e desenfreada. Havia boatos que Revno tinha sangue bruxo e, uma vez que sua irritação fosse acionada, não havia quem pudesse detê-lo. Não havia segunda chance: se o plano falhasse, nenhum rebelde escaparia com vida de Forseti.

O minotauro desejou, do fundo do coração, que Anelise fosse a melhor contadora de histórias de todos os mundos. Ele era um guerreiro ímpar, o melhor de sua descendência. Já havia travado muitas disputas, mas aquela era a mais importante de todas. Ao perceber que o comentário de Thyia trouxe pesar aos rebeldes que estavam com ele, o minotauro buscou resgatar em sua memória aquilo que valia a pena ser lembrado.

— Não temos as mãos dos maus. Há algo maior a nosso favor.

E era verdade: cada um sentia, a seu modo, que algo os acompanhava. Algo mais puro do que a vingança, mais doce do que a justiça, mais caloroso do que o sol da primavera. Ao se depararem com tal declaração, um conjunto de uivos, palmas e gritos de guerra se somou aos sons da festa dos andares superiores. Um pouco de alegria caía bem àquele momento, e o júbilo se espalhou pelos túneis secretos. Aquela não seria mais uma briga qualquer. Os bons ventos estavam a seu favor.

Uma suave certeza de que tudo correria bem se espalhou no ar com um aroma delicado. Talvez você já tenha partilhado do mesmo sentimento após passar uma noite em pranto. De repente, raiava sob suas cabeças um sol forte e mais brilhante do que nunca, um que concedia confiança e paz.

Dessa forma, os Sigrid entenderam que não estavam sozinhos, e isso mudou tudo.

A FESTA
DAS WISTÉRIAS

O salão estava cheio de toda sorte de criaturas. Era a primeira vez que Anelise via de perto a grandiosidade daquele cômodo: firmado por doze grandes colunas, havia bandeiras belíssimas estampadas de wistérias em cada uma delas. Bordadas a fio de ouro, era de um exímio trabalho das aranhas gigantes de Ivor, criaturas com habilidades primorosas de costura e trabalho artesanal que serviam ao castelo desde sua fundação. Elas reluziam como o sol e embelezavam todo o ambiente, incluindo a mesa do banquete, e lançando pontos radiantes de luz até nas danças do salão. Não apenas as bandeiras haviam sido feitas por aranhas, mas também as torres e os calabouços. Ao saber que parte daquele palácio havia sido construído a partir de suas teias tão rígidas quanto fios de aço, Anelise passou a simpatizar ainda mais com as aranhas. Antes criaturas fascinantes, agora, para a autora, se tratavam de excelentes engenheiras. O espaço amplo e os tetos altos do aposento equiparavam-se a dimensão do reinado de Revno, bem como os demais detalhes luxuosos, pomposos e magnificentes que poderiam ser percebidos nos musicistas prestigiados, nos poetas renomados que proclamavam suas rimas e, finalmente, na decoração regada a joias e tapeçarias finas.

Em um camarote alto e coberto por cortinas translúcidas como um tabernáculo, distante de tudo e de todos, o rei já estava à espera de Anelise. Sentado em seu trono estruturado em ouro e pedras preciosas de Dagar, suas longas unhas batucavam friamente a superfície lateral do assento.

Mais cedo, naquele mesmo dia, Anelise havia recebido as suas vestes.

— Vai servir? — a camareira questionou secamente, olhando para o novo vestido de Anelise. Todos os servos de Forseti trajariam vestes especiais para a festa mais tarde, quem sabe numa tentativa forçada de transmitir uma classe que as corriqueiras roupas cinzentas não eram capazes de conferir.

Anelise recebeu um vestido de gola alta cujo material era semelhante a escama de dragão. Mangas longas cobriam seus dedos, formando luvas sofisticadas, delineando suas mãos com precisão. O tecido não era confortável, porque sentia-se esmagada, contudo, o que era verdadeiramente confortável naquele mundo? O que promovia doçura verdadeira debaixo daquele sol tristonho que a espiava sombriamente pela janelinha?

Ao mirar um espelho empoeirado e minúsculo em cima da cômoda de seu quarto, olhou para seu reflexo pela primeira vez desde que chegara em Endemör.

Sua têmpora, arroxeada e escura de quando o rei lançou a taça em sua cabeça, era só uma das marcas que seu rosto exibia. Não lembrava exatamente em que momento havia ferido o lábio inferior, e, no fim das contas, ele também estava cicatrizando. Sua magreza era notável pela falta de carne das suas bochechas, e seu estado só não era mais grave graças ao auxílio das cozinheiras naqueles primeiros dias. Em seus olhos, havia uma tristeza que já morava ali antes, mas só agora havia desabrochado.

Eram as marcas. As marcas da tensão, da tristeza, da morte de Birger e Dag. A marca do seu "sim" para uma missão tão difícil.

Seus lábios, antes rosados, agora tinham um aspecto maltratado. Seu nariz continuava delicado e fino, assemelhando-a às fadas dos livros ilustrados, contudo, os olhos amendoados atestavam o medo que havia em seu coração. A inocência ainda estava lá, porém via-se encolhida no canto de seu coração.

A cor escura e escamada do tecido contrastava com sua pele pálida. Seus cabelos ondulados como cascatas douradas estavam amarrados no topo da cabeça, a não ser por uma mecha rebelde que insistia em cair de sua amarração.

Contemplou mais uma vez a pequena janela que havia em seu quarto miúdo. O sol poente, apático, melancólico e avermelhado já havia deixado seus últimos rastros no céu, um silêncio fatal reinando em Endemör.

Pendurou em seu ombro sua típica maleta de couro cor de café. Em seu interior, escondida em sua toca como um camundongo, jazia a lâmina Starn, um tinteiro e o saco cor de abóbora que as cozinheiras haviam dado a ela. Já havia comido toda a carne seca, sobrando apenas as nozes e castanhas para matar a fome, o suficiente para o resto daquele dia.

Naquele mesmo momento, sabia que os rebeldes deveriam estar nos túneis, se aproximando do castelo. Aquele era o dia. O dia em que tudo aquilo terminaria, de um jeito ou de outro.

A camareira fechou a porta e Anelise sentou-se em sua cama. Ela tocou a aspereza do lençol e a dureza do seu leito, desejando estar em casa, pela milésima vez. Não sabia se o plano de matar Revno com as próprias mãos seria uma boa ideia. Para ser sincera, Anelise se sentia desqualificada para tanta ação de uma vez só: em uma só noite, ela havia de ver novamente seus amigos e contar uma história envolvente para o rei, mas não era num contexto cordial, porque o pano de fundo seria uma sangrenta e cruel batalha. "Porém", dizia em seu coração, "eu preciso estar preparada para tudo."

Seu pensamento se dirigiu novamente a Birger e Dag. A memória maltratou a alma de Anelise, que chorou amargamente, imaginando tudo o que aquelas tão doces mulheres haviam passado. As lágrimas grossas abundaram em suas bochechas, marcando seu doce rosto com trilhas molhadas. Anelise nunca teve uma visão muito avantajada de si mesma, só que, ali, ela se sentiu menor do que nunca, mais incapaz do que um fósforo riscado.

A dor açoitava a alma da garota, que, vez após vez, chorava ainda mais. Seu coração batia aceleradamente e, a cada pulsada, ele doía mais um pouco. A dor era pelo sofrimento de Birger e Dag. Seu pesar também se estendia aos aldeões que viviam tão miseravelmente sob a mão de ferro de Revno. Acrescente a essa lista o profundo pavor do futuro incerto que Anelise sentia. A imprecisão do porvir torturava sua alma como alfinetes violentos que perfuram a pele e arranca-lhe o sangue à força.

Chorou pelas amigas, por Hércules, pelo menino do pêssego.

Chorou pelo povo de Endemör e pelos que se foram tentando derrotar o rei.

Chorou por si mesma.

Ela estava tão envolvida com seu lamento que não notou que já estava anoitecendo. Quase ao mesmo tempo, o sino do palácio soou três vezes ao entardecer, pontualmente às seis horas, e despertou Anelise com um salto.

Agora, ela estava lá, posta ao lado do rei. Ao notar seu rosto inchado, Revno nada disse. A menina enxugou as lágrimas o melhor que pôde quando saiu em disparada rumo ao salão real, onde Revno estaria esperando, porém, ainda era possível observar que ela tinha chorado.

— A festa está agradável, majestade — Anelise comentou por cordialidade, e assim acreditava. Nunca havia visto uma festa tão bem ordenada como aquela, mesmo frequentando boas cerimônias britânicas. As mesas largas e repletas de alimentos eram o lembrete de um reino farto de recursos, ao mesmo tempo que saudavam silenciosamente as mãos de Birger e Dag que temperaram parte daqueles pratos. Tendo isso em mente, Anelise, um tanto saudosa, acrescentou: — E a comida parece apetitosa.

O rei, distante, não parecia ter ouvido a menina. Seu olhar focava em algo além da festa, sempre era assim. Estava particularmente bem vestido e enfeitado naquela noite: os cabelos penteados em uma longa trança exibiam o rosto de marfim, e o nariz curvo de sempre coroava seu rosto com perfeição. Também havia muito a temer naquela face, não se engane. O fato de ele parecer menos feio era ainda mais assustador.

Anelise passou a arfar de nervosismo. Os rebeldes já haviam chegado? Estavam perto de invadir? Fenrir estava vindo? Hércules também? Todos estavam a salvo? Não havia como saber.

Em outros tempos, a menina estaria se perguntando o que os personagens de suas histórias favoritas fariam em seu lugar. Naquela noite, todavia, Anelise não sabia o que dizer. Quando vestiu aquele traje de gala e se viu no espelho, compreendeu que era Anelise — e mais ninguém — que estava lá. Quando cruzou as portas do salão, este que parecia mais uma versão divinal do Olimpo anoitecido, sentiu sob a pele os riscos e perigos da missão. Ela chegou a pensar se alguma vez viria a sentir aqueles personagens perto de seu ser novamente.

Anelise estava cada vez mais só.

O rei, por outro lado, parecia mais distante do que Anelise era capaz de expressar. Aquele olhar sem brilho parecia vasculhar todos os cantos daquele salão, como se estivesse em busca de algo.

A face de Revno parecia calma, impassível eu diria, mas seu interior era tempestuoso. Seu coração, tão endurecido, parecia afundar mais em direção ao poço profundo das águas turvas do desespero.

— Leve-me ao jardim inferior. Esse barulho está infernal — o rei resmungou, levantando-se abruptamente e abrindo as cortinas finas como teias de aranha de seu camarote, rumo ao jardim que ele visitara mais cedo.

À medida que abria caminho no meio do povo, era saudado com vivas e reverências. Não agradeceu por nenhuma delas, a não ser sorrindo discreta e maliciosamente por toda aquela atenção. Sua altura projetava sombras severas, e a barra de sua túnica varria o chão por onde ele passava, deixando um rastro de soberania e imponência. Anelise o seguia como se sua vida dependesse daquilo, e quanto mais reverências os convidados concediam àquela figura tão preponderante, menor e mais fraca a garota se sentia. A hora estava chegando, ela sabia que sim. Anelise era capaz de experimentar o mais profundo nível de terror, aquele que precede as grandes tragédias ou mesmo as definitivas viradas jubilosas de uma história. O que viria a seguir? Ela não sabia.

Um dos soldados abriu a porta lateral que oferecia a passagem para o recanto. O jardim das wistérias era a varanda do salão de festas, de modo que era possível observar, a curta distância, tudo o que se passava no baile. Sua única decoração eram os ramos mortos de wistérias, garantindo ao espaço um aspecto tão adormecido quanto um cemitério, tão quieto quanto um túmulo nunca visitado e forrado por folhagens secas.

Revno era escoltado por guardas que selavam seu acesso com fidelidade. Assim que o conduziram a seu banco favorito, aquele próximo do guarda-corpo de pedra que circulava a beirada do espaço, os sentinelas se distanciaram ao ouvir sua ordem:

— Deixem-me.

Ela estava só novamente com o rei. Para ser sincera, ele passou tanto tempo calado, voltado para si mesmo, que Anelise chegou a pensar que ele havia se esquecido que ela estava ali, posicionada com fervor como um vigia experiente.

Anelise sentiu o vento frio tocando seu rosto e olhou para o rei com o canto dos olhos.

A expressão, antes tão distante, parece ter mudado assim que ele pôs os pés naquela área. A face de Revno parecia levemente angustiada, não mais impassível como eu disse. A tempestuosidade de seu ser estava prestes a transbordar.

Distante de tudo, afastados da festa, Anelise sentiu um impulso violento em seu corpo: aquela era a ocasião perfeita para matar o rei.

Forçou-se a recusar esse pensamento. Não poderia fazer aquilo, de forma alguma. Se forçou a pensar em outra coisa. Como estava Hércules? Ele ficaria feliz se ela degolasse o rei. Não, Anelise, pense em outra coisa. Ase... Como será que ela reagiria caso tudo corresse bem? E o que pensaria se Anelise assassinasse o rei com as próprias mãos? "Basta", pensou ela rapidamente. Não podia se desviar de seu plano, só que ela almejava fazer isso a cada instante.

Lá estava ela, seu coração e sua mente em constante batalha, todas as partes de sua alma em profunda dúvida. Cometer ou não uma barbaridade para defender aquela nação? Ela teria coragem o suficiente para desferir o golpe? Anelise via-se pronta para torcer a adaga até vê-lo parar de respirar, mesmo que fossem as suas mãos aquelas que seriam mergulhadas em seu sangue denso e sujo?

Era nisso que ela pensava quando, de repente, o rei perguntou, com sua voz envelhecida e sombria, puxando-a para longe de seus devaneios:

— Criança, você e os outros entregaram todos os convites?

O olhar do rei dirigia-se friamente ao salão. Ele tinha criado expectativas de que encontraria os camponeses, estes facilmente distinguíveis com suas vestes simples em um mar de figuras como os membros da realeza que, seja por amor ou temor, compareceram à festividade. Até alguém ignorante era capaz de apontar que a majoritária parte do público era, de longe, formada pelos ricos e preeminentes nomes de reinos distantes e impérios esplêndidos. Não havia nenhum lavrador, nenhum fazendeiro, nenhum carpinteiro, nenhuma lavadeira. Aparentemente, haviam rejeitado os convites.

Anelise sabia que uma equipe de servos estava responsável pela entrega e cada um havia desempenhado sua função muito bem. No trajeto para o palácio, caminhando em silêncio, Hermer checou os números e confirmou que todos os aldeões receberam os convites. O motivo da ausência do povo da cidade era conhecido pela garota, contudo, não pelo rei. Anelise, de supetão, respondeu prontamente:

— Sim, majestade.

Suas sobrancelhas se juntaram e ele engelhou o nariz. Continuou mirando o salão a distância, ao dar as costas para a vista do amplo reino, quando murmurou:

— Os aldeões não vieram.

O que era aquele tom choroso? Tristeza? Decepção? Sim, havia alguma nota de emoção na voz do rei, o que deixou Anelise perplexa, uma vez que Revno parecia ter o coração insensível e indiferente às mais leves manifestações de sentimentos. O que o movia a se entristecer por aquilo?

Anelise quase sentiu pena dele, até se lembrar do que havia feito com Birger e Dag. O rei seguia distraído, uma vítima perfeita em um momento de vulnerabilidade. Ali, naquele local escuro e afastado, Revno estava envolvido numa trama de pensamentos tão complexa quanto uma detalhada teia de aranha. Seu coração afundava um pouco mais em direção ao poço do desespero e, quando isso acontecia, ele mal era capaz de se mover.

— Mas muitos lordes compareceram. E muitos ainda estão a caminho — Anelise argumentou enquanto furtivamente deslizava a mão para dentro de sua maleta, em busca da adaga Starn. A intensa distração de Revno, esta que o atordoava e o lesava como uma grave febre delirante, resultou num só pensamento para a garota: a chance de vingar-se era aquela. Agora, quem era o mais forte? Anelise, a caçadora perspicaz, e Revno, a presa perigosa, só que aparentemente lenta e relapsa.

Em busca da adaga, seus dedos magros encostaram primeiro em seu tinteiro. Seu tinteiro pareceu um lembrete, quase um protesto: ela havia prometido a Dag e Birger que não mudaria o plano. E o plano era contar uma história ao rei, não matá-lo.

Não sabia dizer se era magia ou outra coisa, mas, assim que encostou naquele objeto que transcrevia, de sua imaginação, todas as histórias para o papel, lembrou-se do motivo que a levara ali.

Ainda que pudesse, não era seu papel matar o rei, pois Dag lhe pediu: "Não se esqueça: às vezes, uma história é mais afiada que uma espada. É essencial que você distraia o rei para que os Sigrid possam derrotá-lo."

Com clareza, Anelise lembrou que havia prometido que não mudaria o plano, não importava o que acontecesse. Promessas não foram feitas para serem quebradas.

Não havia chegado ali, num momento como aquele, para matar o rei. Não havia sido chamada até Endemör e avançado tanto em sua trajetória para desobedecer no momento mais importante. Em um livro da seção estrangeira da biblioteca, havia lido que a obediência é mais que uma virtude: ela é a iniciativa para a entrada de todas as demais virtudes. Obedecer é um ato de amor, um que possui valor inestimável.

Obediência.

Anelise não precisava ser nada além do que lhe haviam pedido, e decidiu que obedeceria ao plano de contar uma história ao rei a fim de distraí-lo. Uma história. Ela era excelente em histórias! E talentosa em improvisar.

Um furor empolgante cresceu no rosto de Anelise e ideias diversas borbulharam em sua mente.

Enquanto observava o rei em toda sua majestade, crescia dentro de si uma multidão de ideias. O plano original era essencial para que tudo funcionasse perfeitamente bem. Sua mente de escritora começou a ferver em fogo baixo, algumas histórias surgindo em sua mente com toda sorte de tramas.

Qual história contaria ao rei?

O COMEÇO DO FIM

Já fazia um bom tempo que os rebeldes caminhavam no túnel. Os pés cautelosos não evitaram o chapinhado das poças de água. Hércules viu uma luz no fim do caminho e exclamou a Ase:

— Veja, estamos quase lá!

Com empolgação tremenda, os rebeldes chegaram ao palácio, após muito tempo de caminhada. Um caminho pedregoso e íngreme conduziu o grupo ao interior do castelo. Com esforço e gozo, eles foram, de dois em dois, esgueirando-se no escuro do lado de fora do túnel de esgoto.

A lua projetava uma luz prateada e quebradiça, lançando iluminação em formas escuras. Hércules estava achando que o ambiente era relativamente quieto e seguro, como Gérdo informara. Com seus olhos esverdeados e faro aguçado, ele veio durante todo o trajeto tentando descobrir possíveis perigos e ameaças à frente. Qualquer presença que não fosse daqueles que pertenciam ao grupo logo seria detectada e exposta.

Ele seguia com seu trabalho de farejador, um *sniff-sniff* sem fim ao longo do percurso para fora do túnel, quando, de repente, todos os pelos de seu corpo se eriçaram e seu silêncio deu lugar a um grito de profundo pavor.

A uma pequena distância dele, havia uma pessoa imóvel. Os rebeldes cessaram sua peregrinação, cada um com sua melhor arma na mão. Quem estava ali na escuridão?

— Venha para trás de mim, Hércules — Ase rapidamente ordenou enquanto sacou as duas espadas cruzadas que estavam atadas em sua bainha dupla de couro. A lâmina clara como a neve reluziu ao encontrar-se com um filete de luz tímido que escapava de uma janelinha.

Trêmulo e com as faces pálidas, Hércules ergueu o dedinho em direção ao sujeito que seguia ali, na escuridão, estático.

— Não é uma pessoa — passos ecoaram contra o piso de pedra. Ingvar, o guerreiro mais forte da casa de Östen, o domador dos cavalos da cidade de Dagar, aproximou-se da pessoa imóvel com uma tocha luminosa. — Veja, é apenas uma estátua.

Ase logo entendeu tudo. Minutos depois, todos compreenderam onde estavam.

Reconheceram que estavam nas criptas subterrâneas, onde os ancestrais do Rei Louco estavam enterrados, muitos andares abaixo de onde a festa acontecia.

O silêncio mortal só era quebrado por pequenas gotas de água que caíam nos túmulos aqui e ali. Lentamente, a caminhada foi retomada, regada a muita reflexão.

Um silêncio solene se estendeu, pois sabiam que ali estava enterrado o último rei bondoso daquela nação, o pai de Revno. Em um recanto esquecido e repleto de teias de aranha, jazia sua tumba. Assim como nas demais, havia uma grande escultura que revelava as feições jovens daquele rei: um sorriso pacífico e olhos que, um dia, haviam sido azulados como o céu pálido de inverno. Em sua mão, havia um ramo de wistéria esculpido em pedra, um lembrete dos frutos que aquele reino, um dia, gerou.

Ele era reto em seus caminhos, e quando falhava — pois todos os bons homens erram — jamais cometia a mesma falta. Nenhum daqueles rebeldes vira de perto o reinado daquele homem excelente, porém, ao ouvirem seus feitos e as histórias que relatavam sua justiça, sentiam saudades de quem sequer conheciam. Querendo ou não, encontrar a tumba do rei Sten ateou fogo no coração da maior parte dos rebeldes. Trazer à memória aquilo que ele havia feito e quem ele havia sido incendiou o âmago dos lutadores, trazendo de volta a coragem, o ânimo e o vigor.

Aquele que havia assassinado o generoso rei Sten seria punido.

Arrancar a cabeça de Revno seria uma homenagem póstuma, homenagem que todos, em uníssono, gostariam de concretizar.

Num mesmo compasso, os guerreiros seguiram em frente com suas leves passadas, todos muito bem instruídos acerca de cada parte do plano de guerra.

Ase, com um sorriso terno, olhou de relance para o amigo Hércules.

— Estou ansiosa para ver como será o final da história — disse, e Hércules devolveu um sorriso nervoso, ainda que sincero.

Não conseguiria relaxar enquanto não visse Anelise bem e viva. Ela era sua mais profunda responsabilidade, diante da promessa de que voltaria para casa em segurança acima de qualquer hipótese.

Os guerreiros Sigrid, ainda que sedentos pela luta, caminharam lenta e silenciosamente para afastar qualquer desconfiança por parte dos guardas reais. O ritmo lento, estabelecido para protegê-los de possíveis perigos, foi o conselho mais reforçado por Fenrir. Nem sempre andar com pressa é o mesmo que progredir rumo ao alvo.

— Forseti — um dos rebeldes pronunciou a palavra com tremor, os olhos esbugalhados como se tivesse presenciado um crime terrível. Seu nome era Hakon, um dos centauros mais fortes dentre os Sigrid. Seu pai era o conselheiro do rei, que havia traído a toda sua casa para se manter no serviço real. Com tamanha devoção, o pai de Hakon se submetera aos desejos de Revno, e a família jamais superou aquela traição. — Este lugar é cruel.

— Não para sempre — Ase garantiu com firmeza. O nome de uma coisa revela muito de sua função. Durante todos aqueles anos, o império de Revno foi firmado em ódio, vingança e punição. Porque os rebeldes acreditavam que aquele reinado não duraria para sempre, eles lutavam. — Ainda hoje, veremos Forseti, o palácio da vingança, ganhar um novo nome.

A SEMENTE MÁ

O espaço da sacada era amplo. Ali haviam algumas árvores sem vida, bancos de pedra e canteiros de wistérias adormecidas. Sentado em um dos assentos, de costas para a festa, o rei Revno mantinha a postura de alguém muito distante. Sua face, inexpressiva até aquele momento, parecia com a de alguém que estava entorpecido, mesmo que uma linda e barulhenta festa estivesse acontecendo diante de si.

Assim que os bajuladores se deram conta de que o rei, a grande pessoa a qual eles queriam agradar, se ausentou da festa para contemplar o jardim, este começou a ser visitado por muitas pessoas que desejavam cumprimentá-lo.

Todo rei gosta de elogios, não se engane. A grande questão que atemorizava os visitantes era esta: como dirigir doces palavras ao mais poderoso homem da terra, uma vez que, se contasse uma mentira, o castigo seria a morte?

Creio que aquele era um grande medo de todos que se aproximavam de Revno. Infelizmente, era um risco que os convidados deviam correr.

— A noite está muito agradável, majestade — algum lorde, cujo o nome não me lembro agora, anunciou para Revno.

O rei, por outro lado, seguia segurando uma taça de vinho na mão esquerda, enquanto parecia desinteressado até mesmo pelos elogios que tanto prezava. Sim, ele sabia que a noite estava agradável, mas era capaz de sentir a falsidade no timbre usado pelo lorde.

— Mesmo, lorde Finn? — questionou Revno com um tom apático e ainda venenoso. O lorde Finn portava uma barba farta e loira, contudo, nem ela poderia esconder a apreensão que era estar ali diante do Rei Louco.

— Sim, majestade — o lorde Finn confirmou sem pestanejar, a voz levemente trêmula. O medalhão de Yggdru, ao contrário do que acontecera com Anelise naquele outro momento, escureceu-se como a noite. Anelise piscou e Revno, tão rápido quanto um relâmpago que cruza o céu, jogou o vinho no rosto do homem. A face enrubesceu com o líquido escuro, tingindo a barba loira de vermelho.

— Eu detesto mentirosos — Revno exclamou. Seu rosto ganhou uma expressão de quem sentia repulsa por aquele homem, ao mesmo tempo em que se permitiu tocar a gema do seu medalhão mágico, acariciando-o com delicadeza, como se o objeto fosse um animalzinho assustado que foi insultado.

Sem comando algum, os guardas tomaram lorde Finn pelos braços e, sob gritos e pedidos de perdão, o retiraram do jardim das wistérias para longe da vista do rei.

O rei deu as costas para o lorde e direcionou seu rosto para o horizonte a frente mais uma vez. Ao longo daquela tarde, ele refez o caminho até os montes distantes muitas vezes, como se estivesse procurando algo há muito perdido.

— Mais vinho — Revno ordenou sem dirigir o olhar a Anelise, que, aterrorizada, vira toda a cena se desenrolar.

— Claro, majestade.

Anelise caminhou até o salão e pegou a jarra de vinho da mesa de banquete. Enquanto enchia a taça pesada do rei, sentiu seu rosto enrubescer com o tempo que corria cada vez mais depressa. Ainda não havia contado sua história e precisava honrar essa promessa por Birger, por Dag, por Hércules e por Endemör.

"Pense, pense, pense." Forçou sua mente na medida em que seus passos a levavam de volta a sacada das wistérias. Como poderia contar uma história tão boa a ponto de distrair o rei durante um ataque? Como usar seu dom novamente, após o incidente no teatro?

— Aqui, meu rei.

O rei olhou diretamente para Anelise pela primeira vez naquela noite. Seus olhos opacos inspecionaram o rosto da garota que, perplexa, mal se mexia ao notar aquele olhar enevoado que era dirigido a ela. Para nossa contadora de histórias, o rei Revno era um homem insatisfeito, pois ele tinha cara de quem sempre estava em busca de algo, algo que ainda não sabia bem o quê. Aquele olhar, mesmo turvo, parecia ter fome de algo.

— Você acha que é possível derrotar uma semente maligna, criança? — o rei questionou repentinamente, ao guardar o medalhão por debaixo da camisa de linho fino. Ao bebericar do vinho e molhar um pouco de sua voz rouca, tornou a questionar. — Pensa ser possível vencer as tentações da alma?

Anelise havia ouvido, no enterro de sua tia Wendy, algo que poderia ajudá-la a responder ao rei. Diante do caixão negro regado a flores de copos-de-leite, o pastor de sua família, Thomas Brown, pregara com uma passagem cuja referência Anelise não lembrava agora. Era uma tarde com muita ventania, de forma que a voz baixinha do pastor Brown quase não era ouvida, a não ser por uma frase que marcara a memória de Anelise. Entre os assoados de nariz e as lamentações da família, o pastor Brown anunciou que ninguém estava imune aos erros e imperfeições que assombram a humanidade. Não existem soldados perfeitos; existem aqueles que buscam a "tentativa da melhoria", dizia o pastor. Só algo maior poderia arrancar o que havia de mau nos corações. Não era a própria força de um lutador que o fazia ganhar a batalha: era algo além e, portanto, mais forte do que ele mesmo.

— Não com a nossa própria força, majestade — ela anunciou, após ponderar aquela memória tão remota. Não sabia se sua resposta satisfaria Revno, mas algo interessante aconteceu: por debaixo da camisa de linho fino, o medalhão mágico brilhara como uma manhã ensolarada de domingo; contudo, Revno não notou. O medalhão decidiu que a jovem falou a verdade e isso trouxe conforto a seu coração assustado. Espiou pelo canto do olho o modo como o rei recebeu aquela explicação. Bom, você já deve imaginar que o rosto daquele sujeito era muito difícil de se ler, então a moça não tirou nenhuma conclusão. Ao mesmo tempo, Anelise também tomou a liberdade de perguntar a razão pela qual o rei questionava sobre as más inclinações do coração. Uma quietude inédita ocupou aquele terraço.

Anelise temeu que sua contestação tenha ferido ou irritado Revno, mas não era isso que estava acontecendo.

— Minha semente má já deve ter se tornado um grande carvalho a essa altura... — o rei murmurou em um tom tão profundamente triste que Anelise não teve coragem de rebater ou iniciar uma conversa a respeito daquilo.

Revno curvou a cabeça em direção ao chão, de maneira discreta. Interiormente, vivia uma discreta lamúria silente que só ele conhecia; do lado de fora, Anelise retorcia os dedos, nervosa, quando o rei estalou a língua e reclamou, mudando totalmente o foco da conversa para outro tema:

— Os aldeões não chegaram ainda — observou numa voz arrastada e impassível. — Sabe algo sobre isso?

Anelise empalideceu. O que diria? Se ela dissesse "não, não sei nada sobre a ausência dos aldeões", indubitavelmente a gema do medalhão se converteria numa escuridão profunda. Além disso, Anelise não podia dizer "sim, eu sei por qual razão os habitantes não chegaram à festa", pois isso revelaria que a todo tempo ela era um peão dos Sigrid. Como responderia de forma que o medalhão confirmasse a verdade?

Olhou para frente e engoliu em seco. Precisava pensar rapidamente em como responder àquele questionamento... Até que, tão rápido quanto o amanhecer após uma noite longa, uma ideia surgiu. Sua criatividade alcançava as estrelas mesmo quando ela estava mergulhada em sua cama. Sua imaginação tocava os céus, ainda que ela estivesse com os pés muito firmes no chão. Ela cresceu assim, ou melhor, nasceu com essa característica.

Quando brincava com as demais crianças de sua idade, era comum que Anelise fosse taxada como aluada ou outros adjetivos que costumam ferir pessoas sensíveis como ela. Certa vez, Anelise tentou esconder suas lágrimas no caminho de volta para casa, e então, sua avó Charlotte, após entender por conta própria o que havia acontecido, afirmou, pressionando levemente a pequena mão de Anelise: "Não se preocupe, querida", começou, com sua voz sempre alta e estridente, "aqueles que vivem com a cabeça nesse mundo daqui", apontou com a bengala o trânsito de Londres, com sua fumaça insistente, seus dias nublados, suas corrupções, "nunca conseguem admirar o que existe acima das nuvens."

Acima das nuvens, além das estrelas, havia um lugar para Anelise e sua imaginação.

A contadora de histórias já sabia o que fazer e, confiante, endireitou a postura antes de dizer:

— Sei o motivo que explica a falta dos aldeões, mas não estou certa de que posso contar à Vossa Majestade — até então, era tudo verdade. Anelise sabia o motivo da ausência dos convidados da cidade, contudo, não podia contar.

A face do rei foi tingida de curiosidade e ele lhe dirigiu um olhar levemente endurecido que fez o coração de Anelise gelar de pavor. Será que, de alguma forma, ele sabia que Anelise tinha um plano?

O medalhão, no interior da camisa de Revno, brilhou como o sol.

Bem, aos olhos do artefato mágico, Anelise também estava falando a verdade.

— Ordeno que se explique, Charlotte.

Anelise sentia que havia acabado de encontrar a maneira perfeita de contar uma história para o rei. Precisou se esforçar para externar com maestria a história que sua mente, de maneira acelerada, estava construindo, bloco por bloco, tijolo por tijolo, até alcançar as nuvens e além. É isso que as histórias fazem, não é? Elas alcançam os lugares que nossas mãos humanas não conseguem tatear e respiram ares que nosso peito não é capaz de conter.

Muitas histórias são tão plausíveis que parecem fatos. Anelise sabia disso. Ciente de que uma mera fábula não atingiria o efeito desejado, uma ideia brilhante surgiu na mente da jovem. Ela precisava se esforçar para soar convincente. A história teria de soar como a *própria* verdade, se é que você me entende.

Lembrou-se das disciplinas de teatro que frequentara por anos em Londres, na escola Grenades Bleues, próximo ao centro da cidade. As aulas favoritas de Anelise haviam sido ministradas por Ms. Haund, uma atriz de teatro muito doce e talentosa. Ela incentivara, inclusive, que Anelise investisse mais em aulas de atuação, pois achava que a menina tinha muito potencial nos palcos.

Buscou os ensinamentos de Ms. Haund no fundo da memória. "Não finja ser o personagem", ela dizia com o dedo indicador erguido no ar, "*seja* o personagem". Por vezes, a melhor forma de se contar a verdade é por meio de uma história.

— Eu estava entregando os convites na aldeia hoje quando ouvi um boato.

O rei pousou a taça numa mureta do jardim e apurou os ouvidos. Paranoico como era, imaginou mil e uma possibilidades, dentre elas, uma que se tratava de algum boato sobre a lâmina mais cortante que poria fim à sua vida.

— Qual boato? — o rei questionou, transparecendo impaciência. Seus dentes se trincaram de raiva e suas narinas se dilataram levemente. Ele havia mordido a isca jogada por Anelise, só não sabia quão perigoso era lançar-se à conversa bem arquitetada da contadora de histórias.

Ela não podia mentir, sabia que não. Caso o fizesse, o medalhão do rei se escureceria e seria o seu fim.

O som da festa enchia o salão, os lordes e as princesas dançavam com alegria. Enquanto o rei olhava atentamente para cada movimento de Anelise, a mente da autora — acima de qualquer suspeita de Revno — maquinava uma trama capaz de entretê-lo. Se desdobrava, à luz do luar, um jogo mental silencioso entre um velho monarca e uma jovem corajosa.

Quem triunfaria no fim?

AVANTE

Fenrir liderava com ardor o seu grupo de rebeldes, ordenando que as espadas estivessem sempre a postos e as lanças constantemente dispostas e bem-amoladas. "A mente de um soldado", dizia Fenrir durante o treinamento, "deveria estar sempre focada na batalha." Ele quase sempre fazia isso, com exceção dos momentos em que parava para pensar sobre Anelise. Como ela estava, agora que pertencia ao rei? Em breve ele iria descobrir.

As paredes escuras de Forseti cresciam ameaçadoramente de todos os lados. Em certas áreas do palácio, era impossível vislumbrar o teto, e muitos corredores pareciam não ter fim. Muitos julgavam o palácio como meramente malvado, mas só quem havia visitado o lugar o via como ele realmente era: um monstro vivo. Quem caminhava por suas passagens, câmaras e saguões experimentava o que era ser digerido por um estômago faminto. Passar muito tempo naquela propriedade, muitas vezes, era uma sentença de morte, já que Forseti parecia tornar-se ainda mais forte quando se alimentava do que havia de melhor nas pessoas que lá viviam.

— Sigrid — Fenrir chamou os rebeldes em um tom de liderança —, não saiam da rota. Este castelo é vivo e engana até o mais experiente dos lutadores.

E sábias seriam suas palavras se já não tivesse acontecido o pior. Só quem visitou Forseti alguma vez consegue descrever a sensação de estar naquela construção. Alguns guerreiros ouviam a voz e reconheciam as sombras de seus entes queridos que já se foram e, angustiados, se afastavam da trilha e não mais eram vistos. Os rebeldes haviam sido insistentemente treinados a manter suas mentes vivazes e atentas, jamais saindo do caminho combinado. Era amarga a sensação de perder amigos rebeldes, que simplesmente sumiam, sem deixar rastros.

Durante a trajetória, encontraram uma série de guardas, mas a lâmina Starn dizimou suas vidas de forma rápida, impedindo-os até mesmo de gritar por ajuda. Se as lâminas usadas por aqueles guerreiros fossem comuns como as que encontramos em cada esquina do nosso mundo, eles jamais escolheriam o corredor principal como rota para a sala de baile. Ainda estariam escondidos, andando e se esgueirando, porém não foi isso que aconteceu. A questão é que eles continham consigo aquela que era a mais cortante, feita pelas mãos dos céus e vinda das próprias estrelas.

Não havia escapatória.

Aqueles servos de Revno, os que empunhavam escudos para defender a honra de um rei que jamais os protegeria de nada, eram envolvidos por uma perversidade sem precedentes e toda a inclinação dos pensamentos do seu coração era sempre e somente para o mal. Como os crimes não foram castigados logo, o coração daqueles homens se encharcava de planos para fazer o mal. Agora, eles não teriam mais tempo para se arrepender das atrocidades cometidas em vida.

Era tarde.

O sangue inundava o chão.

O cheiro metálico era nauseante e cruento, uma forte lembrança da causa que puxara aqueles guerreiros até aquele lugar.

O ruído das espadas, uma sinfonia de aço afinada e igualmente horrenda, consumia o ar, acima do som todos os alaúdes, harpas e instrumentos musicais do salão de baile.

Um a um, Fenrir e seus Sigrid derrubaram os soldados do rei, se aproximando cada vez mais do salão de festas, onde se concentrava a maior parte dos guardas e o próprio rei. A partir de outros túneis do palácio, Fenrir confiava que muitos outros guardas do mal também estavam sendo derrubados pelo punho corajoso dos vencedores da justiça, aqueles que possuíam sede de ver um novo amanhecer, pintado com belos tons de esperança.

Cada apunhalada e cada golpe os aproximava de um futuro resplandecente. Todos juntos, visando um novo e bom amanhecer, ainda que, para isso, tivessem de lutar ferozmente.

Fenrir, apesar dos olhos selvagens que intimidam qualquer um, tinha um coração nobre. Ele era um homem que levantava outros homens, tomava os fracos pela mão e fortalecia todo aquele que precisava de apoio.

Quando Fenrir havia passado por fraquezas, ter um ombro para aninhar seu choro foi fundamental. Quando ele vivera apenas dias sem cor, os rebeldes ensinaram que, um dia, até a cor havia de retornar. Agora, tudo voltaria a ser bom, não pela força do próprio braço: essa talvez fosse a parte mais gloriosa de toda aquela história.

Com vivacidade, incentivava os guerreiros e emprestava os seus ombros para os cansados, como um dia havia vivenciado, e, carregando os que haviam se ferido, também sustentava os que não caminhavam mais com as próprias pernas.

— Junto com o sol — Fenrir anunciava com um sorriso nos lábios —, nascerá a nossa vitória. Avante!

O HOMEM LOUCO

— Ande, criança — o Rei Louco a apressou, não controlando mais sua agressividade e batendo o punho cerrado num muro de pedra. Diante do modesto soco, a parte atingida do muro se desfez, as pedras correndo pelo chão como se fossem maçãs rolando para longe da árvore. Anelise, apesar do susto, conteve um risinho de satisfação. Sim, estava funcionando! Ela conseguiu cativar a concentração de Revno.

A cabeça pensante e criativa de Anelise, enfim, achara uma boa história para entreter o rei e que transmitia a verdade a respeito dele mesmo:

— Bom, dizem que há um louco solto por aí. — A cada palavra, Anelise regulava sua oratória. O tom de voz devia soar perfeitamente eloquente. Ms. Haund costumava dizer que todo ator ou pregador de púlpito devia ser capaz de demonstrar que acreditava em cada palavra anunciada, ainda que, em seu coração, houvesse sombras de dúvida.

Revno não descolou o olhar do rosto juvenil de Anelise, que, por sua vez, buscava parecer tranquila e persuasiva. O medalhão reluziu fracamente como o sol, guardado sobre as camadas do linho da roupa do rei, chamando a atenção dele.

Ela estava mesmo falando a verdade. O medalhão nunca se engana, sabia bem disso.

— Prossiga — Revno ordenou ao lançar um olhar flamejante e nada simpático para Anelise.

Tomando fôlego e buscando parecer sempre muito verdadeira em cada fala, Anelise desejava ofertar sua melhor atuação para narrar a história ao rei. Ao fundo, a festa prosseguia: as doces flautas enchiam o ar com jovialidade, e muitas risadas eram levadas pelo vento até os ouvidos da garota. Nada daquilo a distraía, não se engane: a missão era o que mais almejava honrar.

O rei, sentado no banco, cruzara as pernas à espera de uma explicação, enquanto Anelise permanecia de pé, ao seu lado.

— Havia numa cidade dois homens, um rico e outro pobre. O rico tinha muitas plantações de trigo, centeio e cevada, mas o pobre só tinha uma pequena plantação de trigo. — Anelise assumiu a melhor de suas táticas para transmitir ao rei o que viria a seguir. Vigiando as palavras e atenta ao seu próprio coração para não acionar o medalhão, a garota prosseguiu. — Hoje pela manhã, os lordes e princesas chegaram de viagem e buscaram o que comer. O homem rico, furtivamente, tomou toda a pequena plantação do homem pobre para dar aos lordes e as princesas, deixando-o sem nada. O homem pobre tentou reagir, mas o louco assassinou seus filhos e depois matou-o também. Os aldeões estão amedrontados com o acontecido e se esconderam em suas casas para não serem apanhados pelo homem louco. Por esse motivo, nenhum deles veio à festa.

— E por que o homem pobre não se defendeu? — questionou o rei, interessado pela primeira vez em qualquer coisa que Anelise falara. Em seus olhos havia curiosidade, a mesma feição que tantas vezes havia observado nos espectadores do Teatro Ward.

— Porque o homem rico é louco e está armado com muitas armas perigosas. Algumas possuíam o brilho perolado, outras exibiam uma bela cor de fogo e algumas poucas exalavam uma suave fumaça lilás, quase como se estivessem fumaçando com seu veneno.

O medalhão mágico brilhou, dessa vez, um pouco mais. Anelise estava falando a verdade.

O coração fraco do rei congelou de medo. Uma arma perigosa e letal estava em seu povoado. Isso significava que sua vida poderia estar em perigo, afinal, somente a lâmina mais cortante poderia transpassar seu coração. De repente, a postura do rei mudou: ele se tornou menor e mais encurvado, temeroso em seu interior. Seu coração inclinou-se ainda mais em direção ao poço do desespero, este que estava faminto por devorá-lo por inteiro. E se o homem louco estivesse com aquela lâmina? Seria o seu fim. E se ele estivesse ali, naquele baile? Não depositava sua fé em mais nada, por isso não dirigiu uma prece a ninguém. Se ainda restava um resquício de crença e devoção naquele coração, ele dirigiu aos céus. Não podia e não queria morrer, mesmo que uma minúscula parte de seu ser cresse que ele merecia a mais dolorosa morte de todas.

Tal pensamento de pura lucidez logo se dissipou como o fôlego das nuvens. Sua pequenez não durou mais que alguns segundos.

Não podia revelar a Anelise a verdadeira raiz de seu medo, contudo, não escondeu sua ira. Endireitou sua postura e retomou a imensa altura de sempre, os dentes trincados de aborrecimento e cólera. Seu momento de fraqueza deu lugar a um comportamento completamente distinto, uma vez que seu receio deu espaço à intensa fúria.

O furor de Revno se acendeu sobremaneira contra aquele homem louco, pois era um absurdo que este se sentisse confortável o bastante para agir daquele modo, a ponto de assustar o líder mais importante daquele reino. Quem era aquele ignorante e desobediente verme que causou toda aquela baderna e impediu os aldeões de frequentarem aquele baile? Quem ousava desafiar seus domínios, quem era este que ria do poder de Revno, o temível?

O monarca parecia estar em uma verdadeira crise, enquanto Anelise assistia a tudo sem demonstrar qualquer reação.

Foi nesse momento que um estrondo ensurdecedor preencheu o ar, quase como o ruído de um trovão que parte os céus. Até as nuvens pareceram se chacoalhar diante do som. O impacto — qualquer que tenha sido ele — fez todo o corpo de Anelise tremer, ora de medo, ora de adrenalina. O rugido poderia ser o sinal de que os rebeldes obtiveram sucesso em sua empreitada.

Foi quando viu a sombra do dragão, Ingeborg, sobrevoando o palácio rapidamente, dirigindo-se para a direção sul da propriedade. Um sorriso esperançoso e fino nasceu no canto dos lábios de Anelise. A justiça estava prestes a nascer em Endemör.

O rei, por outro lado, estava tão voltado para si mesmo que nada notou. Em sua face, via-se um semblante de transtorno, como se algo estivesse fora do lugar.

A verdade é que Revno ainda estava intimamente envolto em seus sentimentos ardilosos contra o suposto homem louco.

Revoltado com a insolência daquele sujeito, o rei despedaçou um canteiro inteiro de wistérias com as mãos, dando lugar a um rugido de indignação. Aquele foi o apontamento que levou Anelise a lembrar-se de que a guerra ainda não fora vencida: ela ainda tinha um papel importante a desempenhar, um que não poderia perder de vista em hipótese alguma.

Quando tornou seu rosto para a garota, veias grossas e pulsantes saltavam do pescoço de Revno, e seus olhos flamejantes e petrificados miraram os de Anelise. A pleno pulmões, vociferou com as mãos cheias de terra e wistérias, graças ao canteiro destruído:

— Juro por minha vida que digno de morte é o homem que fez isso! Porque não se compadeceu do homem pobre e bom e de seus filhos, merece a pior das torturas! — Contrariado, ergueu-se do banco, e estava tão profundamente envolvido com a história que não notou quando os rebeldes invadiram o salão, lutando de igual para igual com seus homens.

Agarrando os pulsos de Anelise e sujando-os com a terra do canteiro destruído, clamou por medo de sua própria vida, ainda fingindo ter um grande senso de justiça:

— Diga-me, quem é esse homem?

Fadiel.

A nossa jovem autora lembrou-se, tão saudosamente, da morte que a primeira contadora de histórias teve de enfrentar. Ela foi a mulher que empunhou sua bravura como uma espada afiada, mesmo que, ao fazer isso, ela fosse ferida pela mesma lâmina, cercada por sua própria história. Era a hora de decidir se ela era ou não como a inesquecível Fadiel.

Ao menos uma coisa elas tinham em comum: Anelise estava cercada pela própria história que criara.

Cerrou os lábios, insegura. O que responderia agora?

— Diga-me, eu exijo — implorou Revno, chacoalhando levemente os pulsos de Anelise. — Quem é o homem? — O rei não estava preocupado em levar juízo para o criminoso, mas interessado em se proteger da lâmina mais cortante.

A menina, sem acreditar em sua própria audácia, balbuciou:

— Tu és o homem.

Então, o medalhão de Yggdru reluziu tão poderosamente que tudo se iluminou ao redor.

A BATALHA

O salão, antes repleto de músicas e risos, se transformou em uma orquestra de batalha. Os rebeldes se atiraram diretamente contra os sádicos guardas de Forseti que, mesmo impressionados, usaram de todos os artifícios possíveis para proteger o rei.

Hércules empunhava sua espada com furor ao lado de Ase, um dando cobertura ao outro com muito empenho. O barulho da batalha faria qualquer prédio de Londres estremecer até ruir e se transformar em pó: gritos de dor e desespero se misturavam com o aço e os cortes secos das lâminas na carne.

Respirações tumultuadas.

Gritos que nunca terminaram de sair das gargantas.

Olhos que jamais tornaram a piscar novamente.

Fenrir, o guerreiro dos olhos de lince, lutava como um leão defendendo os filhotes, desferindo golpes contra os soldados de Revno. Sua força física sempre fora um de seus maiores atributos, e ele lutava como os antigos heróis poderosos de Endemör. Já havia sido golpeado na boca e o sangue espesso escorria por seu queixo, mas aquilo não o deteve, nem mesmo por um segundo.

O chão pálido de pedra já havia recebido suas primeiras manchas de sangue e algumas vítimas. Batalhas são brigas feias que acontecem em todos os mundos, e aqueles de coração bondoso lutam e cortam a carne dos inimigos com desprazer.

Todo o castelo parece ter sido infestado com as forças inimigas. Na área externa ao castelo, próximo ao pântano, Ingeborg lutava ao lado de Brynja e outros guerreiros dos rebeldes, numa incursão contra outro grupo de guardas de Forseti. Ingeborg queimava seus oponentes, que, rendidos pelas chamas intensas do dragão, fugiam para, acima de tudo, preservarem suas vidas. Aquela era uma maneira de cercar o rei e demonstrar, por meio do fogo e do aço das espadas, que não havia mais saída. Ele estava rendido.

— Eles têm um dragão! — exclamou Hermer, o fauno, apavorado ao encontrar os corpos carbonizados daqueles que não correram a tempo. O cheiro intragável de carne queimada já lhe fora uma pista de que havia algo de errado. Mil possibilidades passaram pela mente de Hermer, tais como ervas venenosas que chamuscavam a pele ou mesmo uma bomba inflamável. Nem por mil diabos, ele acertaria o autor daquele feito: um dragão, tão tangível quanto eu e você, que agora ameaçava qualquer força externa de apoiar o líder maior daquele castelo.

Na zona de guerra do interior do palácio, os soldados de Revno também portavam armas especiais, dentre elas a temível espada de Âmbar, aquela que fumegava enxofre e liberava venenos a cada corte. Os rebeldes, contavam com a lâmina de Starn, além de reforçarem sua defesa por meio dos escudos construídos pelos minotauros.

Dentre os guerreiros mais celebrados de Forseti, havia um que se destacava: Rudior. Medindo dois metros e tendo braços tão fortes quanto troncos de árvores, ele estava sendo um problema para os Sigrid, pois esmagava qualquer um sem o menor esforço.

Fenrir estava auxiliando Lorn, um homem mais velho e ferido, quando foi pressionado contra a parede por aquele homem de força descomunal. Seus pés foram retirados do chão e o ar fugiu de seus pulmões conforme Rudior o apertava mais e mais pelo pescoço. Na agitação daquela captura tão covarde, sua espada Starn havia caído com um baque no chão.

Fenrir não sabia mais como contê-lo.

Até tentou chamar atenção de seus colegas de guerra, contudo, cada um estava concentrado em seus próprios embates.

— Isso... — Rudior, com os olhos esbugalhados, sorria diante da contorção de Fenrir. Uma sensação de pressão se apoderou do peito do jovem guerreiro e sua cabeça parecia girar. O grande homem, por outro lado, deu um sorriso torto de satisfação. — Pelas minhas contas, você será o quinto rebelde da noite que terei o prazer de esmagar a cabecinha.

Fenrir deu pontapés na barriga do seu algoz, mas nem parecia surtir efeito. Tentou mordê-lo: nada aconteceu.

Ar. Fenrir precisava urgentemente de ar.

Não recebeu uma brisa sequer, nem mesmo uma gentil lufada de vento para lhe ajudar.

Rudior e seu hálito cheio de álcool parecia ser a última coisa a qual Fenrir iria presenciar, pois tudo ao seu redor estava escurecendo, quase como se um véu de morte ternamente o beijasse com seu tecido frio.

Era isso: aquele seria o fim de Fenrir, olhos de lince.

Até que uma virada jubilosa aconteceu naquela história, uma que nem a pena do escritor mais talentoso que você conhece poderia produzir.

O rapazola, aquele mesmo que era incapaz de erguer sua arma, acertou um machado centralmente na nuca de Rudior. Mesmo sendo bem treinado, o poderoso lutador estava tão concentrado em apanhar Fenrir que não percebeu quando o rapaz, chegando por trás, agilmente dizimou sua vida.

Com um estalo, o robusto guerreiro imbatível foi derrotado, seu corpo se chocando contra o chão de pedra com um baque surdo.

Fenrir, livre, esfregou o peito como quem convida o ar a retornar às veias sedentas. A garganta de Fenrir queimava como brasa após o sufocamento e demorou alguns momentos até que ele se localizasse. Estava vivo! Graças a Deus, estava vivo.

O jovem, meio sem jeito, andou vacilante até seu "mestre" Fenrir, o machado ensanguentado agora de volta a sua mão direita. Abaixou-se e, dessa vez, foi ele quem passou o braço magro pelos ombros fortes do guerreiro, oferecendo a ele a esperança que havia perdido após tantos minutos em plena agonia.

— Está tudo bem — assegurou o garoto com um sorriso otimista, apesar do olhar que transmitia medo. Fenrir assentiu levemente com a cabeça, oferecendo ainda um aperto de mão pela grande dívida que agora tinha com o jovem.

Em todos os mundos, as batalhas são brigas feias que reforçam que há um lado certo pelo qual vale a pena lutar. Era isso o que confortava os rebeldes diante do medo da morte e da dor: a causa pela qual brandiam a espada os levava a persistir e resistir com bravura, sem curvar a cabeça diante dos inimigos e meneando seus golpes com dignidade. Acima de todo o barulho ensurdecedor da batalha, a justiça clamava ainda mais alto do que as espadas e os gritos.

Thyia e Gunhild golpeavam com fúria seus oponentes, sabendo que seu trabalho não era em vão. Eles já eram veteranos de batalha, isso é bem verdade. Apesar disso, sua força e concentração eram como alavancas: incansavelmente erguiam suas armas contra qualquer um que estivesse a favor de Revno.

Noma, o hipogrifo, e Saga, a águia, sobrevoavam a área e lançavam bolas de fogo na direção dos hostis opositores no pátio do palácio. Uma delas já estava com a asa perfurada por uma flecha, no entanto, isso não a deteve de seguir cumprindo o seu papel no conflito.

Num largo corredor, próximo à sala do trono, Ase lutava bravamente com o centauro Kergo, que desferia coices furiosos em sua direção, pronto para matá-la. Anos antes, Kergo, que já era o conselheiro do rei, fora o responsável por direcionar Ase ao antigo posto que ocupava no palácio; eles até tiveram uma amizade carinhosa, contudo, ele tentava golpeá-la como se jamais a tivesse visto.

Essa é uma das coisas mais doloridas em uma ocasião como aquela: ser levado a lutar contra quem você amou um dia, por quem você zelou.

— Não me reconhece, conselheiro? — Ase provocou ao mirá-lo bem nos olhos. Como resposta, o centauro a apanhou pelo braço, torcendo o membro até Ase gritar de dor.

— Não fale disso para mim — Kergo ameaçou-a, erguendo no ar sua espada pesada, enquanto mantinha Ase presa pelo braço; ela se debatia na tentativa de livrar-se do algoz. — Já faz muito tempo. Eu não conheço você — repreendeu-a com rigidez, a torção espalhando uma dor aguda por todo o corpo da guerreira.

As articulações do braço de Ase pareciam prejudicadas pela pressão feita por Kergo, que não reduzia a força direcionada à jovem um instante sequer. Ase tentou atingi-lo com um soco com a mão que estava livre, contudo, Kergo deteve o golpe no ar, segurando-a também pelo outro braço. Ela estava sem saída. A dor agora era recebida em dose dupla.

Kergo tinha uma potência descomunal, uma sede de vingança jamais vista antes.

Ase desfalecia em dor, perguntando-se como Kergo escolheria matá-la. Seria com a faca que carregava na cintura? Ou com a espada que agora descansava na bainha? Ou será que ele iria exercer o castigo mais criativo dos seus tempos de jovem centauro, quando ele era responsável pela tortura dos traidores?

Tudo parecia perdido. Foi esse o momento em que Gérdo, o minotauro, surgiu para salvá-la como uma mamãe ursa que sai em defesa de suas crias. Com uma bárbara coronhada, afastou Kergo de sua filha, envolvendo-a em um abraço rápido após aqueles minutos de dor latejante.

— Querida — Gérdo chamou, os olhos brilhando como constelações —, venha comigo!

Ase encontrava-se atordoada. Ela realmente estava pensando que Kergo seria capaz de matá-la dessa vez. Seu peito subia e descia, após tanta afobação, e ela precisou massagear um pouco os braços para diminuir o desconforto causado pelas mãos brutais do centauro. Apesar disso, assim que viu a imagem reconfortante de Gérdo, Ase abriu um caloroso sorriso. Aquela era a figura mais próxima de um pai que a mulher tivera em toda a sua vida, e ter sido salva — pela segunda vez — por ele despertou em seu coração uma genuína felicidade. Desde que foi encontrada por ele, Ase considerava-o um herói. Um daqueles de armadura brilhante e tudo! Era uma criatura justa que nunca negava auxílio a ninguém.

— Você salvou minha vida... novamente — ela disse, ainda recobrando o fôlego perdido durante o mal-estar com o centauro.

— Como eu poderia não ajudar a minha quase-filha? — Naqueles olhos brilhantes, cabiam mil e uma palavras, e ela conseguia ler cada uma delas. Tanta coisa viveram juntos! Ase sabia que sua dívida com Gérdo era cada vez maior.

— Muito obrigada... — foi o que ela começou a dizer, quando Gérdo foi transpassado pela espada do centauro Kergo.

O sangue quente atingiu em cheio o rosto de Ase, confirmando que aquele golpe não era fruto de sua imaginação: tudo era, infelizmente, a verdade.

Ele recuou num grunhido, dando passos para trás. Seus joelhos cederam e, com um estrondo, caiu no chão.

Um grito bestial de pavor, um que eu jamais esqueci, escapou dos lábios de Ase.

Gérdo, *seu pai*, havia sido assassinado em plena batalha. Seu sangue azulado banhava o salão do rei e o brilho estrelado de seus olhos havia morrido. Agora, eles estavam escuros como um céu adormecido, sem constelações, sem vida... para sempre. Como poderia acontecer algo tão mau com alguém que sempre foi tão bom?

Não escrevemos as nossas próprias histórias, isso era uma crença constante de Ase. Não seríamos tão bons escritores assim.

De toda maneira, quem era o responsável por aquela tragédia? Quem escrevera aquilo?

Caído morto no chão, a garra do minotauro ainda estava fechada sobre a Starn, a espada que ele mesmo forjou para si. O sangue, a vida, o fôlego já haviam abandonado seu corpo inteiramente.

A jovem cerrou os dentes, contorcida em ódio e desejo de vingança.

Tomada pela fúria, Ase procurou por Kergo em meio à multidão. Ela parecia uma ovelha perdida, a não ser por seus olhos agitados, semelhantes aos de um predador que estava caçando o maldito centauro. Queria se vingar dele, descontar em seu corpo a maldade feita contra Gérdo.

Tornou a olhar o pobre Gérdo morto no chão, o reforço necessário para apertar ainda mais seu coração ferido. Não tinha mais forças para continuar fazendo aquilo. Nem mesmo o calor daquela batalha foi capaz de encobrir o buraco que Ase encontrava dentro de si. Aquela imagem de Gérdo caído marejou os olhos de Ase, e o impulso de apanhar Kergo se dissolveu. O que faria sentido dali para frente?

Queria sentir tudo o que tinha direito após uma partida tão repentina de seu mestre, mas não podia. Ela não tinha sossego, apesar de seu luto, pois mais e mais cobras de Revno a rodeavam, desejando dizimar sua vida com suas armas mortais.

— Continue, Ase! — ordenou Fenrir ao ver que sua amiga perdia a potência dos golpes, olhando constantemente para o corpo de Gérdo estirado. O barulho ferino da batalha martelava a mente de Ase, que, com o coração disparado no peito, não sabia o que fazer naquele momento.

Não era fácil simplesmente continuar a brandir a Starn.

Lágrimas grossas começaram a percorrer o rosto dela, fazendo caminhos molhados em suas bochechas pálidas. Ase preferia que a espada tivesse transpassado seu corpo, se isso livrasse Gérdo daquela morte. Um soluço choroso escapou, e ela nada fez para detê-lo.

Anos antes, quando ainda era uma escrava fugitiva de Forseti, ela trombou com Gérdo na floresta. Não se sabe se foi magia ou outra coisa tão forte quanto, mas Ase não se lembrava de muito quando foi encontrada, nem mesmo daquilo que mais importava: seu nome.

Ase estava lá, vagando na floresta, sem se lembrar de sua vida antes de chegar em Forseti. Seus pés estavam feridos, e ela se sentia faminta após caminhar por tantas horas. Ele a carregou nas costas até Bóthildr, como apenas os bons pais fariam, onde lhe deu comida, novas vestes e um novo nome, um de que ela se lembraria para sempre. No idioma antigo, o nome Ase significava "coração corajoso", e era isso que Gérdo mais desejava que sua protegida tivesse.

Ase era uma moça muito otimista e corajosa, como anuncia seu próprio nome, mas, ao presenciar o assassinato de Gérdo, havia perdido sua força. Sua vontade era de carregá-lo para longe daquele lugar, arrastá-lo para a floresta e abraçá-lo até o amanhecer. Entregaria preces aos céus e cavaria uma cova digna, um lugar de descanso para seu amado e leal pai.

Seus membros pareciam enfraquecidos. Seu coração batia cada vez com menos convicção de que seria capaz de lutar até o fim.

Distraída com os pensamentos enlutados, ela levou um golpe de adaga no ombro, mas nem a queimação da ferida recém-aberta foi capaz de alertá-la para resistir um pouco mais.

Fenrir, que a conhecia muito bem, exclamou com sua voz audível por cima das vozes da batalha:

— Ase, não pare! Esta é nossa última chance!

Ase foi conduzida, de repente, pela curva da memória que a dirigiu a tempos antigos, quando Gérdo, após uma temporada de treino de força, chamou-a para dar o veredito. Ela havia se esforçado tanto que ansiava pela opinião de seu mestre. Seu cabelo loiro, grudado na nuca após tantas horas de embate e suor, era o prêmio da jovem. Ela o exibia como quem diz: "Veja! Eu sou uma lutadora!"

E o minotauro sabia que ela era, de fato, uma verdadeira lutadora.

Abrindo um sorriso contido, um Gérdo muito mais jovem parabenizou sua aprendiz dedicada com um toque em seu ombro:

— Você tem crescido em graça e estatura, Ase. Que sua espada esteja sempre amolada... e que seu coração siga sendo regado pela *Canção do Horizonte*.

Esperança. A *Canção do Horizonte* trazia esperança. Surgiria no horizonte uma canção dos montes: ela queria fazer parte do que estava acontecendo de bom naquele mundo. Aquilo que havia feito dela uma guerreira, e aquela motivação era o norteador de sua jornada até ali.

Seu devaneio foi interrompido por mais um grito rouco de Fenrir:

— Ase! Precisamos de você!

Fenrir estava certo. Acima de Gérdo estava a redenção daquele povo. Ela sentia muito a perda do minotauro, entretanto, não era egoísta o suficiente para baixar sua espada e caminhar para longe da cena.

Era preciso seguir em frente.

Não era tão fácil encontrar razão naquela sentença, mas sabia que era a mais pura verdade. Não podia mais negligenciar suas habilidades naquele massacre.

Ajoelhando-se no chão, suspirou fundo ao beijar o topo da cabeça de Gérdo. Por alguns momentos, parecia que a batalha, os gritos, a sinfonia de aço, tudo tinha se calado para ver o adeus de uma filha e seu pai.

Ase gostaria de lhe dirigir algumas palavras, contudo, nada tinha a dizer. No entanto, se eu pudesse dizer o que estava em seu coração, seria algo semelhante a um lamento sem fim à vista.

Acariciou, com a ponta dos dedos, o rosto do rebelde que salvara sua vida. Gérdo, o justo, o mais justo ser que Ase havia conhecido, agora ganhou o descanso merecido após tanto tempo.

Ase desejou ter perdido mais tempo abraçando seu pai, apoiando suas excursões ao mundo da superfície na busca por cogumelos e ouvindo mais de suas histórias engraçadas ao redor da fogueira. Apesar do arrependimento, ela se lembrou de todo o tempo que passaram juntos, e nenhum segundo foi desperdiçado. Do início ao fim, Ase tinha memórias suficientes às quais podia se agarrar.

Apesar da dor, Ase usou as boas recordações como o combustível decisivo para seguir em frente. Dali em diante, não contaria mais com a presença protetora de seu pai, Gérdo, mas se lembraria dele sempre que pisasse os pés numa floresta, estivesse à procura de cogumelos ou visse uma estrela fascinante no céu noturno.

Recobrando o fôlego e enterrando as lágrimas momentaneamente no fundo do seu ser, Ase ergueu-se como uma fênix ainda suja de cinzas e passou a desferir golpes e mais golpes em seus adversários, para honrar a memória de Gérdo. Ainda que sua ferida ardesse como brasa, algumas dores devem ser ignoradas para que se possa se manter na luta. E de luta Ase entendia muito bem; ela estava indomável, e avançou corajosamente no largo corredor, perto da sala do trono.

Ela dedicou um golpe por todos que não sairiam vivos daquela fortaleza medonha. Mais um por aqueles de coração bondoso que haviam morrido na resistência ao Revno. Outro por cada um que batalhara para uma Endemör livre, mas não a veria ser liberta.

Uma memória antiga ganhou força em seu coração. Estava encolhida na cidade das ruínas, quando Gérdo afirmou:

— Essa é sua família agora. Juntos, lutaremos até o fim, ainda que as trevas recaiam sobre cada um de nós. E se isso acontecer, lembre-se de não se deixar contaminar pela escuridão. Faço isso por você.

Ainda que as trevas tentassem deter a luta, Ase brandiria sua espada até o fim. Mesmo que o manto da escuridão cobrisse sua vida com tristeza e dor, ela não desistiria de manejar sua arma.

Por Gérdo.

Por Endemör.

A LÂMINA MAIS CORTANTE

Enquanto a batalha acontecia, uma série de coisas se sucedeu no jardim.

— Eu? — o Rei Louco questionou, profundamente perplexo com aquela insinuação. Anelise notou que uma sombra de histeria se apoderava de seu olhar como uma nuvem carregada de chuva que crescia cada vez mais. E agora? Anelise estava cercada. Palavras, uma vez ditas, não podem ser recolhidas uma a uma. Ela havia afirmado, com todas as palavras, que o rei Revno era o verdadeiro louco que assustava os aldeões e aterrorizava a nação. Agora não havia mais volta. Anelise tinha de encarar o que quer que viesse em seguida.

— Sim, majestade — tomada por uma força que não vinha dela, mas de algo maior, Anelise continuou a falar, a luz alva do medalhão iluminando seu rosto —, você assassinou seu primo, seus sobrinhos e seu pai, à semelhança do homem louco.

Um som gutural começou a surgir, vindo diretamente do peito do rei. Ele passou a tampar os ouvidos, buscando sufocar a voz da menina. Conforme Anelise proferia aquelas palavras tão perigosas, ela sentiu algo extraordinário acontecer. Assim como acontece nas grandes histórias, o cultivo da heroína —

pois Anelise era, de fato, uma — deu bons resultados. Você deve se lembrar que, em algum momento, as grandes porções de medo podem resultar em bons frutos de coragem. Aquilo estava acontecendo naquele exato instante.

As sementes de medo tornaram-se belas flores de valentia, após tantas lágrimas que regaram o canteiro especial em seu coração. A coragem havia florescido naquele coração, quase inteiramente temeroso.

Ousada e confiante, Anelise prosseguiu, as palavras fluindo de sua boca como se ela as conhecesse desde sempre:

— Assim como os feitos do homem louco, o seu reinado deixou rastros de injustiça que jamais foram punidos.

Todo o interior da jovem escritora estremecia de adrenalina, e ela estava ansiosa para saber o que aconteceria a partir daquele momento. Já havia visto muitos atos insanos do rei e não conseguia imaginar o que ele faria com ela nos próximos segundos. O medo não dominava mais seu coração, porém, a curiosidade diante da reação do monarca lhe consumia quase que inteiramente.

Revno tinha uma força descomunal e uma altura monstruosa. Se decidisse partir Anelise em vários pedaços, assim o faria sem grande dificuldade.

Além disso, Revno era poderoso. Com um simples aceno, poderia ordenar que seus guardas obedientes a lançassem para longe ou lhe dessem o mesmo fim atribuído a Birger e Dag.

Os olhos antigos do rei miraram a garota. Por trás daquelas íris sem brilho algum, milhares de segredos se escondiam, um a um, esperando sua sentença. No fundo daquela alma atormentada, havia um ser implorando para ser liberto, as correntes não podendo mais conter sua agitação.

Anelise não desviou o olhar e endureceu-se como um escudo forte diante do seu destino incerto. Ela havia ultrapassado todos os limites, sabia bem disso, e não esperava mais sair de Endemör com vida.

Ninguém embarca em grandes aventuras esperando voltar para casa do mesmo modo. O que Anelise não imaginava era que ela vivia o sério risco de não retornar mais para seu lar.

Nunca mais ver seu tio amado, tampouco sua avó Charlotte.

Nunca mais reencontrar sua amiga Poppy.

Nunca mais contar histórias.

Todo "sim" que é proferido envolve mais consequências do que uma mente pode especular. Aquele era o fardo de Anelise, e ela o aceitou de muita boa vontade. Como poderia ser diferente? Aquela terra precisava dela, mais do que era capaz de compreender.

Anelise achava que ia morrer, no entanto, não admitiria isso, para não soar pessimista. Havia se preparado, pouco a pouco, para ouvir a sentença que colocaria um fim em sua vida. Como qualquer outra menina de sua idade, pisara em Endemör temendo quebrar algum osso ou ferir-se gravemente, contudo, ali e naquele momento, Anelise percebeu que existia algo maior que sua própria existência, algo pelo que valia a pena viver e morrer.

Era luxo demais, diante de uma guerra tão sangrenta no salão, torcer para sobreviver. Anelise em nada considerava sua vida preciosa para si mesma, só queria completar sua missão com dignidade para salvar o povo de Endemör.

De repente, conseguia ver seu futuro com mais nitidez, enxergando a mudança que aquela história traria para o reino. Aquela jovem londrina que só se preocupava com o sucesso de sua peça e com uma vida melhor, de súbito, sumiu. Ela não sabia o que aconteceria em seguida e, pela primeira vez, não temeu o futuro, recebendo-o com um doce sorriso nos lábios.

"Não há nada mais libertador", pensou Anelise serenamente ao ter as mechas de seu cabelo esvoaçadas por correntes de ar, "que receber a morte como se fosse uma velha amiga."

O que será que sua amiga, Poppy Jones, pensaria ao vê-la naquela situação? Talvez tivesse orgulho de quem Anelise havia se tornado. Enfrentar um rei tão sanguinário não era tarefa fácil.

As palavras de Anelise foram disparadas de seu coração como lâminas cortantes, como flechas afiadas, cada uma delas apontadas para Revno. E agora, ali estava ele, um tom escarlate tomando conta de seu rosto e um olhar esbugalhado que transmitia mil sensações distintas.

Ele deu dois passos para frente.

Anelise estava preparada para um tapa.

Contrariando todas as expectativas da jovem, Revno, extremamente afetado, sentou-se com um baque no chão, sua cabeça colidindo com um canteiro cinzento de wistérias.

Do seu peito, um líquido de cor púrpura começou a vazar, quase como se uma lâmina — a mais cortante — tivesse transpassado seu coração. Sentado no chão, arfava enquanto a lustrosa substância banhava seu peito e, no mesmo momento, regava o medalhão mágico até imergi-lo por inteiro.

O que estava acontecendo? Aquela cena desafiava a lógica. Revno parecia ter sido ferido verdadeiramente, ainda que Anelise não fosse a autora daquele ferimento.

Revno sentia-se cada vez mais atormentado por uma dor cuja origem Anelise não reconhecia. E, mesmo sendo Revno uma figura controversa, a nossa jovem autora não pôde ignorar os gritos e gemidos expressos por ele.

— O que você fez? — ele a acusou com uma voz fraca antes de cuspir mais daquele líquido arroxeado. Horrorizada, a menina recuou, a boca aberta de tanta surpresa. Sufocando e tossindo, o rei batia no peito, tentando expelir o que quer que o estivesse matando. Anelise estava assistindo Revno lutar por sua vida com determinação.

O que Anelise fez? Ela não sabia!

As veias arroxeadas protuberantes agora marcavam sua pele como raios eletrizantes. A vividez estava, aos poucos, abandonando o rei. As correntes de seu coração estavam afrouxando. A mão vacilante de Revno tateava o ar, como se algo que só ele visse estivesse oferecendo auxílio. Seus olhos pareciam vagar rapidamente no espaço, como se buscasse encontrar algo que não estava no alcance de sua visão.

Ninguém o ajudou. Não era possível ajudá-lo.

Após um tempo de combate, tentando sobreviver a qualquer custo, parecia mesmo que Revno não iria suportar.

Seus olhos, antes agitados, pararam de se mexer. Uma lágrima deslizou pela lateral de sua bochecha, perdendo-se na extensão de seu rosto. Sua pele empalidecia aos poucos, como se toda cor estivesse sendo expulsa de seu corpo. Todo seu fôlego parecia estar batendo em retirada.

O rei fechou os olhos, reclinando a cabeça sobre os ramos mortos de wistéria. Parecia que ele tentava dormir, se não fosse pelo conjunto de características que assumiam a sua face.

Sua pele se acinzentou inteiramente e Anelise se ajoelhou perto dele, tocando em seu peito imóvel. Os dedos da jovem ficaram marcados com o líquido arroxeado; apesar disso, ela não hesitou em pegar a mão de Revno e envolvê-la com toda força que havia em si, na esperança de sentir qualquer pulso que fosse. Os dedos do monarca, gelados e rígidos, eram um péssimo presságio.

Anelise, exasperada, clamou por socorro, mas ninguém veio em seu auxílio. O conjunto de evidências era incontestável. Anelise temeu que a vida o havia abandonado.

Nunca havia visto ninguém morrer diante de si, contudo, sabia como a morte se comportava quando capturava uma nova vítima. Ela, esse ser indomável e sedento, beijava quem queria e o levava consigo, deixando para trás apenas uma carcaça esbranquiçada e podre.

Naquele terraço, sob o som de espadas e lâminas, Revno parecia ser apenas uma carcaça. Nada mais. Aquela situação a levou a questionar, mais uma vez: o que tinha ocorrido ali? Qual era a explicação?

Anelise gritou novamente, implorando por alguém que pudesse acudi-la.

— Socorro! — Sua voz estava tomada por uma angústia profunda.

Não pense que Anelise sentia pena do rei, pois era consciente de sua maldade. No entanto, como toda boa escritora, ela achava — bem lá no fundo — que seu final seria feliz. Nutriu a esperança de que alguma virada repentina, alguma curva milagrosa se concretizaria na vida de Revno e o faria mudar de rumo para se tornar um líder bondoso. Um homem bom.

O corpo do rei, acinzentado, preservava a boca levemente entreaberta, mas esta já não era mais o portal de sua respiração, e seu coração parara de bater. Aterrorizada, Anelise quase não notou quando o sol da manhã começou a despontar no horizonte.

— Eu lamento tanto — Anelise murmurou com os olhos ardendo em lágrimas. Seus lábios formaram uma linha tristonha e ela suspirou, deprimida. Ele era cruel, sem dúvidas, mas, no fundo, a jovem ainda tinha esperança.

Entristecida, escondeu o rosto com as mãos. Chorou e chorou pelo fim do rei Revno, muito mais do que chorara por sua tia Wendy. Foi tomada por uma profunda e sincera piedade que a envolveu de tal maneira que os soluços de seu lamento encheram o triste jardim de dor.

Suas lágrimas só comunicavam uma mensagem: não era para ser assim. A morte, o sofrimento, o sangue derramado, a contagem de corpos... Não era assim que as coisas deviam acontecer.

A única coisa que Anelise havia feito fora contar uma história. Ela era uma moça inteligente, você sabe bem. Justamente por suas palavras terem sido as únicas armas usadas contra o rei, um peso imenso tomou conta dela: havia sido a sua história. Era a única explicação, correto? Ela entendeu — ou presumiu que entendeu — que a culpa era dela.

Arrependida, a jovem olhou para o céu, que vestia a cor do amanhecer, e perguntou o que faria naquele momento.

Inexplicavelmente, enquanto o tímido sol subia e se espreguiçava, ela observou que o céu estava sendo tingido por tons lilases primaveris e também em pinceladas cor-de-rosa. Seria aquela uma resposta? Um conselho? Um breve sopro de ar fresco após uma noite sem fim de escuridão?

Ao mesmo tempo que aquilo acontecia, a mão do rei, ainda pousada junto da de Anelise, exalou um calor de verão que fez a garota olhar mais atentamente para o monarca.

Um tom tão rosado quanto as nuvens do novo céu de Endemör havia se apoderado das faces de Revno. Tão breve quanto o amanhecer, o rei tornou a abrir os seus olhos. Não foi como quem abre os olhos após tirar um breve cochilo. Revno despertou como se tivesse dormido por mil anos inteiros. Todo o aspecto apático e distante que o dominava foi substituído por uma nova feição. A antiga nuvem carregada e cinzenta que carregava seu olhar ficou para trás.

— Criança — ele sussurrou ao reconhecer sua serva. Com assombro, Anelise percebeu que os olhos do rei não eram mais opacos: o sol nascente revelou que um novo brilho morava naquele olhar, preenchido pelo céu limpo e ensolarado. Aquelas mudanças o tornaram alguém totalmente distinto, e mirá-lo naquele modo era como ver uma nova pessoa.

Pela primeira vez, o rei sorriu com o coração. Sua voz não era mais envelhecida como o som de mil correntes sendo arrastadas; havia se transformado num timbre doce como as harpas. Ele não parecia nem saudoso, nem surpreso, nem raivoso. Carregava o semblante de quem havia escapado da maldição e recebido, após um longo período, a bênção lançada por seu bondoso pai.

— Charlotte, sua história feriu meu coração. A todo tempo, me protegi das espadas, com medo de que elas viessem a me matar. A sua história foi quem me matou!

Anelise estava tão surpresa e ofegante quanto o rei. Como uma história poderia matar alguém?

O sol brilhante e esplendoroso havia raiado, iluminando todo o jardim de dor, transformando-o em algo mais belo.

— Não foi a história.

— Foi... — O rei fechou os olhos como se estivesse ouvindo uma voz além de tudo o que podia ser visto, uma voz que Anelise ainda não podia reconhecer. — A verdade — concordou o rei, deslumbrado ao se dar conta do que lhe acontecera. — A verdade me feriu.

Instantaneamente, Anelise foi levada por sua memória à noite de estreia de sua peça, quando o personagem Stuart proclamou para o teatro:

— Nada é mais afiado que a verdade!

Anelise assentiu calmamente, encantada com aquela milagrosa transformação que acometera o rei. Morava no rosto de Revno uma serenidade inédita, diferente de tudo o que Anelise havia visto antes.

A verdade que morava naquela história contada pela jovem escritora dirigiu o olhar do rei para a gravidade de seu próprio crime. Quando se revoltou contra o homem louco, se revoltou contra si mesmo. Ao jurar o homem louco de morte, foi sobre seu próprio destino que recaiu a promessa, sendo selada pelas mãos da própria verdade.

Ao proclamar a plenos pulmões "Juro por minha vida que digno de morte é o homem que fez isso!", o próprio Revno teve de morrer, pois era digno de morte, e nasceu novamente, como todas as outras coisas de Endemör.

Os ramos mortos de wistéria despontaram suas primeiras cores suavemente: primeiro o lilás das pétalas e, logo em seguida, o vibrante verde do caule e das folhas. A fragrância doce das pétalas encheu o ar, que há muito tempo só oferecia cheiro de morte.

O rei, encantado, viu a cor ser devolvida aos ramos do jardim e à sua própria vida com a rapidez de fogos de artifício, espalhando tons tão novos que Anelise, após passar tanto tempo naquele mundo acinzentado e sombrio, foi agraciada com um espetáculo da natureza.

Com esforço, Revno se pôs de pé e vislumbrou o novo reino diante de si. Da varanda, viu que tudo o que era cinzento e seco começou a florir generosa e fartamente. As nuvens suaves e finas como creme de leite espumante pincelavam um delicado céu lilás, coroando toda a paisagem com maestria. Algo grandioso aconteceu! E toda a terra parecia participar da grande beleza daquele novo tempo.

Nesse instante, cortando atalhos na batalha, Hércules e Fenrir surgem na entrada do jardim. Fenrir, audacioso, sacou sua espada Starn:

— Vamos pegá-lo agora! — O rei Revno estava tão próximo de Anelise que a expressão do guerreiro se endureceu inteiramente. Ela estava ferida? O malvado rei deveria ser punido. — Afaste-se dela! — Seu tom feroz não escondia que ele estava sedento por vingança, clamando por derramamento de sangue. Anelise estava ali, um pouco mais magra e com um hematoma arroxeado em sua têmpora. Fenrir a via do mesmo jeito, mas agora, ela parecia um pouco diferente. Ela parecia ser tão inocente quanto uma princesa, tão delicada quanto uma wistéria.

— Pare! Não está vendo? — Hércules guinchou, puxando Fenrir pela camisa com suas garras. Com o tom mais solene que podia encontrar, a gárgula continuou. — A *Canção do Horizonte*... está se cumprindo, Fenrir. Olhe! — Hércules apontou para o céu, tingido de um roxo profundo. — O encanto que envolveu este reino, lançado quando o rei abençoou seu filho em meio à escuridão, está finalmente se rompendo. A lâmina mais cortante feriu o coração que deveria ferir e, com isso, o poder de Revno começa a ruir.

Fenrir, ainda relutante, sentiu o ar mudar ao seu redor. De algum modo, todos os envolvidos na batalha entenderam que algo essencial havia acontecido. A maldade que aprisionava Endemör havia sido destruída e, com ela, a vontade de lutar desapareceu como fumaça no vento.

O rugido das espadas cessou. As lâminas foram abaixadas, as lanças, arremessadas ao chão. Então, a batalha se encerrou para que todos pudessem assistir ao renascimento de Endemör.

As folhas da floresta tornaram a crescer. Se você tivesse o poder de silenciar as batidas de seu próprio coração, seria capaz de ouvir as raízes, tornando a respirar, dançarem cada vez mais profundas na terra e as folhas abraçarem o sol em seu ápice. Os rios se tornaram abundantes e as águas, antes amargas, voltaram a ser doces. O dragão Ingeborg, ao fundo, rodopiava no céu com seus voos rasantes, sobrevoando seu novo lar.

Cada guerreiro pôde testemunhar a grande transformação que se estendia em todos os acres daquela nação, tão intensa e avassaladora quanto uma onda faminta, a restabelecer a ordem em Endemör. Ao chegarem no terraço das wistérias, os grupos de rebeldes sequer pensaram em prender o rei. Não poderiam, estavam admirados demais para fazer algo além de contemplar as maravilhas que eram cada vez mais nítidas em Endemör. Aquela paisagem sem fim, antes tão mórbida e sofrida, agora emanava um verde intenso das árvores e um azul delicado dos lagos e rios, desde o palácio até o horizonte distante.

Revno caminhou, emotivo e ainda cambaleante, para o lado mais extremo daquele terraço, o ponto exato de onde ele teria uma visão privilegiada de todo o renovo. Depois de tanto tempo vivendo e se alimentando da escuridão, provar da abundante luz era como receber um beijo do sol após um inverno angustiante.

Revno e Endemör haviam despertado juntos, para sempre.

Anelise, distante e tímida, assistia ao entusiasmo de Revno, que via a beleza do que era, momentos antes, ruína e secura.

Forseti, o palco de tantas crueldades, não deixou de acompanhar a transformação: suas paredes cinzentas como a madrugada e escuras como a turmalina assumiram uma tonalidade alva como a neve, suas torres se tornando tão claras quanto a espuma do mar.

Muitos julgavam o palácio como meramente malvado, mas só quem havia visitado o lugar o via como ele realmente era: um monstro vivo. Agora, isso não se cumpria mais: o monstro havia sido derrotado e o que era mau foi restaurado. Em outros tempos, Forseti parecia tornar-se ainda mais forte quando se alimentava do que havia de melhor nas pessoas que lá viviam, mas, desde aquele dia, o palácio jamais tornou a devorar ninguém.

Endemör, que passou a dormir pesadamente após a benção do antigo rei, sendo coberta por ervas daninhas e plantas com espinhos tremendamente mortais, finalmente havia acordado em todos os sentidos possíveis. Depois de um longo tempo em que foi forçada a se deitar em um leito inquieto de pesadelos provocados por seu rei, a bela nação, a mais nova e vívida daquele mundo, voltara a bombear sangue em seu coração, levando vida a todos que lá estavam, desde o menor dos bebês até o mais velho dos anciãos. Ela jamais voltaria a dormir de novo, ao menos não daquele jeito.

Não era mais tempo de ervas e espinhos. Chegou o momento das flores e das pétalas de wistéria, agora era o momento de alegria. Forseti, antes conhecido como o palácio mais sombrio desde as Colinas dos Três Alpes, agora seguia despontando luz para todos os cantos do reino.

Os ventos não tinham mais o cheiro característico de podridão e morte: em cada sopro de brisa havia vida, e vida abundante.

Mesmo durante o período de escuridão, aqueles que lá viviam temiam nunca mais se acostumar novamente com a luz. Ao contrário do que tinham pensado, a luminosidade cintilante daquele novo tempo foi abraçada com olhos marejados e suspiros de contentamento.

Caminhando lentamente, Anelise se pôs ao lado do rei, olhando de soslaio para aquela figura, para só depois admirar tudo de novo que estava acontecendo naquela terra.

Não havia vivido em Endemör mais do que alguns dias, contudo, alegrava-se com aquele renascimento como se tivesse nascido ali.

O ar fresco fez Revno respirar sem amarras pela primeira vez em muito tempo; ele estava se deliciando com essa nova e esplendorosa realidade, quando sussurrou:

— Minha honra está manchada. — Anelise desviou o olhar da nova Endemör e o encarou, curiosa. Ele seguia com os olhos no horizonte, como se tivesse esperado a vida inteira para vê-lo com sua silhueta bela e colorida. — Eu não devo mais governar. — Sem cerimônia, o rei Revno retirou a coroa de sua cabeça e pousou em uma mureta coberta de wistérias.

— O que vai acontecer agora? — a jovem questionou com a voz vacilante.

— Devo pagar por aquilo que fiz. — Anelise abriu a boca para protestar, mas o rei se adiantou. — Os meus verdadeiros grilhões foram destruídos, criança. Nenhuma cela de prisão pode roubar o que eu ganhei hoje.

Anelise não perguntou como aquilo iria acontecer. Naquele momento, sequer conseguia imaginar como tudo se daria.

Com o queixo erguido, Revno olhou para os montes e cantarolou em um tom baixo o que parecia ser uma oração familiar que somente ele conhecia, com estrofes e refrões que a ação do tempo não pôde enferrujar.

A bela harmonia fez Revno desatar a chorar; contudo, ele não deixou de cantarolar. Sua voz, partida em milhões de pedaços, dirigia-se ao céu também, um lamento e um canto de felicidade ao mesmo tempo. Em sua mente, ele revivia tudo o que havia feito, todos os crimes, cada injustiça, mas não sentia a culpa por eles. Estava consumado, estava feito. A *Canção do Horizonte* reverteu seu pesar em algo mais belo, algo que duraria por um longo período, mesmo quando sua memória fosse esquecida. Após tanto tempo em sofrimento, agora era hora de cantar. As árvores, robustas em folhas e ramos, pareciam se esgueirar nas pontas dos pés para cantar junto de Revno. Os pardais, as andorinhas e as corujas juntavam seus pios com furor, e as águas correntes das cachoeiras formavam um coral de águas cantantes. Durante seus dias de extremo tormento, quando a maldade de seu próprio ser consumia suas vísceras, ele clamava nos porões de seu interior: "Até quando terei inquietações no íntimo e tristeza no coração dia após dia?"

Quando o olhar de Revno se distanciava do presente e parecia vagar, distraído, ele percorria suas memórias, aquelas nas quais seu pai tanto o alertava para não agir conforme seus próprios desejos. E então ele repassava tudo de mau que havia cometido. A lista de seus delitos era enorme: ele jamais seria capaz de redimir-se sozinho e, por causa disso, parou de desejar redenção.

De noite e de dia, sem nenhum momento de trégua, sua própria injustiça mordiscava sua carne como ratos de dentes afiados. E o ciclo se repetia.

Seu olhar se tornava cada vez mais opaco à medida que ele percorria suas lembranças, seus problemas, seus desafetos que rememoravam o velho sofrimento que carregava no seu peito. Havia tanto sangue seco em suas mãos, tantas mortes injustas que foram decretadas por sua voz envelhecida. Tanto amor negado a quem merecia ser cuidado. Tanta frieza dispensada por suas palavras.

Arrependimento. Pesar. Culpa. Essas três constantes amarravam seu olhar sempre para dentro de si, não permitindo que ele enxergasse saída alguma daquele poço profundo do desespero. E então, vinha a raiva. Domado por tantos sentimentos horrendos e sem previsão de dizimá-los, Revno desferia sua ira em qualquer um que fosse tonto o bastante para ficar perto dele, ainda que isso, depois, se convertesse em mais arrependimento, pesar e culpa.

Ao encontrar aquele emaranhado de coisas tão marcantes em seu próprio interior, ele voltava-se contra si mesmo e contra todos que o rodeavam: Até quando? Até quando viverei desse modo?

Nunca mais. Nunca mais Revno seria atormentado por sua própria malignidade. Ele estava livre. Tinha ciência de seus crimes e aquilo reconfortou seu coração. Assim permaneceu, entoando a canção para além dos montes, vez após vez.

— Muito tempo atrás — o rei enunciou a Anelise, como se estivesse conversando com uma velha amiga —, meu pai disse que haveria uma lâmina mais cortante do que qualquer outra, e que ela feriria meu coração. — Manteve solenemente seu olhar para os montes, não querendo perder um segundo sequer admirando outra coisa. Ele estava controlando os lábios trêmulos quando continuou. — Agora vejo o que surge no horizonte... Está mais claro que nunca.

O que o rei viu surgir no horizonte, ninguém sabe. Os frutos daquele dia, porém, duraram mais tempo do que posso lhe contar.

Anelise se compadeceu profundamente por Revno, que por vontade própria renunciou a seus direitos reais por estar consciente de seus delitos. Ao contrário do que Anelise pensava, Revno parecia mais feliz do que nunca. Seu rosto, revigorado e vívido, testemunhava um novo despertar, um que duraria para sempre.

Enquanto a jovem Anelise conversava com Revno, aquele sujeito de quem a maioria dos guerreiros se lembrava apenas por sua maldade sem precedentes, uma admiração percorreu aquela multidão: o rei não era mais o mesmo e Anelise era mais corajosa do que todos apostaram.

— Veja só, Fenrir — Ase disse, cutucando o amigo com o cotovelo. Ela estava ainda coberta de sangue azul, mas parecia mais em paz do que você entenderia. — Ela é mesmo a nossa Fadiel.

Fenrir estava profundamente impressionado, para não dizer incrédulo. Ele sempre ouviu falar dos atos abomináveis de Revno, mas, naquele dia, via-o diferente do que era, conversando educadamente com Anelise... aquela jovem tão frágil e vulnerável. Havia muito espanto e júbilo, pois nunca se viu uma transformação como a que a nação viveu naquela dia.

Anelise não apenas contou uma história ao rei. Ela mudou toda a história daquela nação. Era uma situação impossível e incrivelmente real, na mesma medida.

Inspirado e inteiramente maravilhado com aquele grande episódio, Fenrir, o guerreiro dos olhos de lince, virou sua face para Ase quando disse:

— Ela não é a nossa Fadiel. Ela é simplesmente... nossa Anelise.

MEU NOME
É ANELISE

—Reunião de Assembleia! — anunciou o pomposo javali, bufando por suas narinas enquanto seus cascos produziam um sapateado selvagem no chão de pedra do palácio. Todo o conselho dos Sigrid estava reunido na antiga sala de banquetes do rei, aquela tecida pelas aranhas, para discutir o futuro do reino e de Revno.

Dois dias após toda a batalha, estendeu-se no céu uma manhã de ventos quentes e sol vibrante. Aquela seria a ocasião mais importante para dirigir o futuro daquela nação. A transformação de Endemör e a atitude de Revno mudaram todo o cenário, que ficara estático por um longo período. Havia muito a ser decidido, e os membros daquela Assembleia já haviam discuto por toda a madrugada os assuntos mais importantes.

Rapidamente, Hércules chamou todos os seus para se reunirem ao redor da mesa do banquete do rei, posicionando sobre ela a coroa deposta. Para Anelise, era muito estranho ver aquela coroa sem Revno, mas tentou não demonstrar isso.

Após momentos intensos de discussão e debates — dos quais Anelise não teve o privilégio de participar pois não era um membro fixo —, os conselheiros da Assembleia montaram um rápido tratado para registrar tudo o que fora acordado. Em seu coração, Anelise já sabia qual seria a sentença atribuída ao rei: estava lá para ouvir, honrosamente, como planejavam tratá-lo a partir daquele momento.

Gunhild, o javali, amava cerimônias e reuniões, mas, naquele dia em especial, estava acompanhado por uma seriedade inédita.

Sua voz rouca e envelhecida anunciou:

— Nesta bela manhã, vamos iniciar saudando a memória de nosso Gérdo. — Um silêncio dolorido encheu o ambiente de pesar. — Ele foi nosso conselheiro por muitos anos, e seguir sem seu olhar atento nos será um desafio. — Gunhild pretendia falar muito mais, pois havia pensado na morte do seu amigo desde que o enterrara na floresta com Ase, só que foi interrompido por seus próprios soluços.

Anelise permitiu-se chorar também. Nem todas as lágrimas são más, você sabe bem.

Murmúrios dos membros da Assembleia indicavam que todos lamentavam muito pelo ocorrido. O pobre javali viu-se tão desconcertado que pediu uns instantes para se reestruturar, passando a palavra diretamente para Fenrir.

— Neste momento, vamos oficializar a sentença. — Apesar de entristecidos, todos estavam atentos às palavras que seriam proferidas. O luto poderia esperar um pouco mais, até Endemör estar segura em escolhas políticas importantes.

— Após muito debate, a Assembleia decidiu que o rei Revno será preso nos calabouços das criptas, onde pagará pelos muitos anos que governou Endemör baseado em injustiças — neste momento, ele olhava compadecidamente para Anelise. Inspirou fundo e, então, continuou. — Quanto a repartição das terras frutíferas, nós...

— Com licença — Anelise interrompeu com a voz firme antes que Fenrir prosseguisse a anunciar as decisões —, eu gostaria de me despedir do rei. Agora.

Anelise sentia que o momento de voltar para Londres estava cada vez mais próximo. Primeiramente, essa vontade chegou como um simples sintoma do dever, aquele que te leva a cumprir uma atividade da qual você não gosta. Depois, a saudade de seu tio e de sua avó, Charlotte, falaram mais alto em seu coração, além, é claro, do desejo de mostrar a seu pai que ela estava bem, uma vez que presumia que ele sentira sua falta quando encontrou sua cama vazia pela manhã.

Ela precisava ir para casa. E, como nas grandes histórias, compreendia que ir para Londres talvez significasse nunca mais ver aquelas pessoas de novo. Se isto era bem verdade como ela julgava ser, a primeira pessoa da qual ela queria se despedir era do rei.

Os rebeldes se entreolharam, esperando a resposta de Fenrir.

Fenrir, por outro lado, engoliu em seco.

Desde que conhecera Anelise, suprimia em seu coração um desejo de protegê-la das coisas que ela ainda não conhecia. Em sua mente, Anelise havia crescido tanto... Mas não havia nada de errado em tentar defendê-la de possíveis maldades. Ela não poderia mais ser chamada de ingênua ou covarde, só que ainda era alguém que Fenrir desejava defender, ainda que ela não pedisse por aquilo.

Não se engane. Fenrir estava ciente das mudanças que Revno havia sofrido. Apenas ponderava se era uma boa ideia, àquela altura, permitir que Anelise visitasse o rei.

— Não vejo por que não — Ase, sentada do outro lado da mesa a encorajou, oferecendo um sorriso reconfortante em apoio à escolha de Anelise. — A maldição está quebrada. Ele não é mais um perigo.

— Se este for o caso, eu gostaria de lhe acompanhar, Anelise. Também pedirei uma escolta — Fenrir disse sem pensar duas vezes. Anelise ergueu uma das sobrancelhas, numa tentativa de questionar a motivação para tudo aquilo. Para Anelise, Revno era um homem novo, mas, aparentemente, Fenrir não pensava do mesmo jeito. Entendendo e interpretando aquele sinal, Fenrir explicou. — Apenas por precaução.

Naquele mesmo instante, Gunhild reapareceu, caminhando de volta para a reunião e assumindo a ata por pedido especial de Fenrir.

Então saíram os dois: a contadora de histórias e o guerreiro com olhos de lince, juntos até a cela subterrânea de Revno. Nos primeiros lances da escadaria, apenas o silêncio imperava.

Ela parecia tão concentrada em se despedir do rei que não parecia sequer notar a presença de Fenrir. Lá estava ela, com um novo ar de contentamento e bravura que antes não fazia parte de sua conduta. Como uma pequena quantidade de dias pode mudar alguém!

Quando passaram por um corredor iluminado por tochas, Fenrir encheu-se de coragem para dizer:

— Você mudou muito.

Anelise olhou para ele como se notasse, pela primeira vez, que ele estava ali, caminhando a seu lado. Primeiro houve surpresa, contudo, aquela face tão suave abriu um sorriso doce que Fenrir não pôde ignorar.

— Mudei? Como? — Anelise questionou, aqueles olhos grandes e amendoados parecendo estudar o jovem guerreiro. Fenrir suprimiu um suspiro, fazendo-o permanecer apenas no canto da boca, inquieto para escapar.

— Você parece ter crescido aqui. Antes era uma menina, apenas. — E então, ele despejou inúmeras palavras ante a moça. Ele estava certo, no fim, uma vez que Anelise parecia ter ganhado postura, voz e vontades de alguém mais velho durante os dias em que estavam separados, cada um imerso em sua própria missão.

— Fenrir, está dizendo que sou agora uma mulher? — Anelise questionou, o tom sugestivo e brincalhão sendo completamente diferente do que Fenrir lembrava a seu respeito.

Fenrir enrubesceu de timidez. Não era exatamente aquilo que ele queria dizer, entretanto, não discordava que Anelise agora parecia-se mais com uma mulher do que com qualquer outra coisa.

— B-bem... — Anelise fingiu que não notou a gagueira repentina do rapaz. — Você está diferente de quando te conheci na gruta. Está mais corajosa.

Anelise pensou sobre aquela frase e aceitou-a como verdade. Dias antes, ela temia o rei mais do que a aparição do próprio Diabo, e lá estava ela, descendo lances e lances de escadas para encontrá-lo mais uma vez.

— Espero não perder esse jeito novo quando voltar a Londres. Sabe, vou precisar dele — ela acrescentou dando uma risada sonora e tão afável quanto ela mesma.

— Você vai voltar? — Fenrir perguntou em um tom mais alto do que o pretendido, fazendo Anelise piscar, suas sobrancelhas se unindo lentamente em uma expressão nítida de confusão.

— Bem... sim. Por qual razão eu haveria de ficar aqui?

Fenrir se calou, pois não sabia como responder àquela pergunta. Foi neste mesmo momento que chegaram no corredor onde havia apenas um encarcerado: o rei.

Anelise não havia planejado nada para falar com o rei. Poderia ser boa com palavras, mas estava sem qualquer *script* ou discurso pronto.

Caminhando entre as grades, ela apurou seus ouvidos para qualquer som. Discretamente, Fenrir a seguia com passos leves, uma adaga firme na mão esquerda. Atrás do jovem, havia ainda uma boa guarda de escolta que estava prestando apoio àquele momento.

Anelise sentia um frio na barriga quando o viu. Ao chegar diante da cela do rei, Anelise encontrou-o sentado no chão, o rosto recostado na parede e o olhar focado numa pequena janela.

Os guardas continuavam a alguns passos de distância de Anelise, enquanto ela pousou seus dedos nas grades frias que a separavam de Revno.

O espaço minúsculo possuía um forte odor de mofo e comida estragada, nem um pouco parecido com o antigo e espaçoso quarto repleto de cerejas e taças pesadas que pertencia a Revno. Alguns dias atrás, aquela situação tiraria o rei de sua postura, fazendo-o praguejar e arremessar objetos em qualquer um que cruzasse seu caminho, mas agora nada daquilo importava mais.

Nem mesmo aquela cela, tão ironicamente distinta dos caprichos vividos por Revno ao longo de sua vida, pareciam tirar seu olhar do único pedacinho de horizonte que ainda podia ser visto daquela pequena janela.

— Majestade... — Anelise chamou cautelosamente, sua respiração acelerada denunciando como ela se sentia por estar ali.

— Sou eternamente grato, Charlotte — o rei anunciou sem virar a face para vê-la.

Em cada palavra, havia uma extrema reverência nunca ouvida antes. Sua voz não carregava ressentimento ou raiva. Em vez disso, Revno estava em paz, uma paz que poucos de vocês já provaram na vida, pois se trata daquele tipo que não pode ser ameaçado pelas circunstâncias desfavoráveis. Revno sentia-se precisamente assim: sua situação poderia até ser desaventurada, porém, em seu interior, havia uma paz além do entendimento.

— Meu nome é Anelise — a garota corrigiu com certa timidez, um sorriso fraco estampando seu rosto enquanto lágrimas claras tentavam fugir de seus olhos corajosos.

Sim, apesar de ter vestido o nome de Charlotte, Anelise nunca foi tão ela mesma quanto naquela aventura. Não é maravilhoso como momentos difíceis podem te aproximar de quem você verdadeiramente é? É quase como reconhecer a si mesmo em um espelho que esteve sempre sujo, só que agora reluz limpidamente. Anelise, depois de tantos e tantos anos perdida dentro de si mesma, havia encontrado quem era, ao visualizar suas próprias feições na lâmina mais cortante.

Apesar de seus livros favoritos permitirem que diversas personagens viessem à tona nas mais distintas situações, compreendeu que, em Endemör e em qualquer outro lugar no mundo, era Anelise — e mais ninguém — que vivera aquela tremenda aventura. Mais do que isso, ela sabia que não poderia ter escrito aquela história sozinha nem em seus dias mais criativos.

Enfim, Revno desviou sua atenção do horizonte e estudou a jovem que estava em frente às grades de sua cela. Seu olhar a reconheceu de imediato como a verdadeira Anelise, aquela que ela nunca havia deixado de ser.

Um sorriso bondoso, misturado à surpresa, se apoderou de Revno:

— Ah! Anelise... — Seu olhar agora mirava a jovem. Ao ficar em pé, com certa dificuldade, testou aquele nome em sua boca, quase como quem prova um vinho pela primeira vez. Seus olhos, brilhantes e nada opacos, miraram aquela contadora de histórias pela última vez. — Tu tens um caráter de realeza e o coração de uma guerreira. Que os bons ventos te acompanhem! — uma fina maré de lágrimas banhou os olhos do rei. Não eram lágrimas de tristeza ou felicidade: seu choro era movido por uma alegria além dos montes daquele mundo, uma que desafiava as muralhas daquela terra. O choro banhava o rosto do rei, molhando seu sorriso sincero. — Que os ventos retribuam o presente que você me deu.

A semente má não existia mais.

A VOLTA PARA CASA

Caminhar pelas florestas cheias de fartura, com todo tipo de flores, plantas e folhagens, era uma experiência totalmente nova para todos os que conheciam Endemör em seu tempo sombrio.

Os pássaros gorjeavam aqui e ali, oferecendo doces sons para aqueles que faziam sua trilha pela floresta rumo ao Portal da Lágrima. O som dos passos contra as folhas vivas produzia uma deliciosa sinfonia primaveril, nada semelhante àquele odor pútrido que Anelise sentiu assim que chegara àquela terra.

A cada curva do trajeto, exuberantes wistérias cresciam rumo ao céu, cada flor carregando o melhor néctar da natureza. Anelise estava inteiramente encantada, tão absorta naqueles detalhes encantados que não tinha pressa para ir para casa.

Mas a hora havia chegado.

Talvez você esteja se perguntando: a história acaba mesmo aqui? O que aconteceu depois?

Depois de ter sido atingido pela lâmina mais cortante, Revno havia se entregado para cumprir a pena de seus crimes, contudo, até o fim dos seus dias, seria conhecido como o homem mais arrependido que o reino já havia visto. A boa notícia era que ele recebera o perdão para sua porção de arrependimento, vivendo sua sentença em tenra paz.

Fenrir, os olhos de lince, recebeu a coroa para governar Endemör com justiça e bondade e homenageou Anelise com todas as honrarias nacionais. Todos os habitantes estavam satisfeitos com o rumo que o reino estava tomando e cada decisão tomada por parte da Assembleia foi alegremente celebrada.

Depois que Gérdo morreu, foi erguida uma estátua em sua homenagem, para que ninguém se esquecesse do minotauro mais justo que já existira. E, assim, pouco a pouco, os tempos de intenso medo e profunda angústia iam ficando para trás, sendo levados embora como as águas fortes de um rio que expulsam as folhas secas de sua correnteza.

Anelise, no caminho de volta para sua casa, viu as águas refrescantes que corriam livres pelos córregos, cachoeiras e lagos e um belíssimo arco-íris que coroava o céu.

Ao perguntar sobre Ingeborg, pois julgava-se corajosa o bastante para tocá-lo, descobriu que o dragão havia partido, porque amava brincar no limpo céu e não voltou mais para a sua toca, livre de todas as amarras, afinal.

Anelise havia passado por ótimos momentos ao lado dos seus novos amigos. Eles eram tão verdadeiros quanto seus sonhos mais vívidos e, de certa forma, marcariam a vida da jovem escritora por muitos e muitos anos.

A procissão que a conduzia de volta ao Portal da Lágrima era composta pelos de sempre: Fenrir, Ase, Hércules e todos os demais membros da Assembleia dos Sigrid. Eles entoavam cantos, um deles que dizia:

— Que o calor do Sol te alcance outra vez... que os doces ventos te envolvam em bons caminhos... que a chuva regue o seu canto...

Que canção maravilhosa!

Cada verso, estrofe e nota tinham a capacidade de acariciar o coração de Anelise como um abraço quente e apertado. Ela se sentia reconfortada por aquela harmonia, ainda que sentisse vontade de aproveitar mais da companhia de seus amigos. "Que os doces ventos te envolvam em bons caminhos." Anelise pensou em como aquele trecho trazia o consolo exato para alguém que se vai em favor daqueles que ainda a esperavam.

Muitos esperavam Anelise em Londres. Ela não poderia deixar sua avó Charlotte morrendo de preocupação, perguntando-se onde será que sua neta havia se metido. Ela não conseguia ignorar a dor que seu tio Charles deveria estar sentindo, fazendo buscas para encontrar seu paradeiro.

Quando estava pensando nessas coisas, algo aconteceu.

Uma porção de libélulas sobrevoou Anelise, que, felicíssima, exclamou:

— Veja, são libélulas!

Como resposta, as libélulas passaram a segui-la para todos os lugares daquela floresta e Anelise amou cada minuto daquele momento. Anelise estava tão envolvida que não viu o tempo passar. Ela escalou árvores, apostou corridas com Fenrir e Ase e, quando venceu os dois, ganhou uma linda guirlanda feita de flores selvagens.

— Eu a batizo como Anelise, a dama das corridas — brincou Fenrir, tocando ambos os ombros da jovem ofegante com a ponta de um galho cheio de folhas verdejantes, rememorando aqueles velhos e antigos rituais de coroação. Hércules aplaudia sua senhora dama-das-corridas com extrema satisfação e orgulho.

Os Sigrid faziam pequenas — na verdade, longas — paradas para dar mergulhos em seus lagos cristalinos e também para provar dos frutos que havia muito não nasciam: ameixas suculentas, pêssegos macios e maçãs tão doces que até lembravam o algodão-doce que Anelise comera certa vez no Queen Mary's Gardens, em Londres.

Londres. Não podia mais se distrair! Tinha de voltar para casa agora.

Há quanto tempo Anelise não pensava profundamente em seu verdadeiro lar, naquelas ruas úmidas de pedra, naquele nevoeiro gelado que inundava as ruas de manhã bem cedo e no leite fresco que era entregue por Berry, o filho dos Pearson. Por alguns minutos, o coração de Anelise sentia transbordar tanto pertencimento que até se esquecera de que precisava, com urgência, voltar para casa. Talvez seu pai não estivesse tão preocupado, mas sentia-se no dever de retornar por seu tio Charles e sua avó Charlotte.

De longe, Anelise viu uma clareira, e Hércules contou que era a mesma em que, tempos antes, ele havia aberto o portal para que ela chegasse àquela terra.

Não preciso dizer que Hércules estava muito feliz por estar cumprindo sua promessa. Ele nunca tinha dito a Anelise, mas havia ficado mortalmente preocupado quando o rei a sequestrou na floresta, chegou a pensar que jamais a veria de novo. Quando assistiu à carruagem se distanciar de seu domínio, chorou amargamente por ter falhado em sua missão. Teve que controlar sua imaginação para não pensar no que o rei faria com a pobre garota, pois ele era conhecido por ser muito cruel em seus métodos de tortura. O que Hércules não imaginava, e reconhecia isso com plena satisfação, era que Anelise era muito mais forte do que ele poderia imaginar.

Ela conseguiu superar todos os medos de seu coração e transpor os obstáculos com integridade e bondade e, agora,

Hércules estava retribuindo toda a colaboração de Anelise com o cumprimento de sua promessa.

— Eu prometi que a levaria para casa — Hércules disse brincando, com um sorriso, antes de devorar sua última framboesa silvestre. Anelise não sorriu de volta, pois também estava pensando na dor que era partir. — Algum problema? — A gárgula questionou assim que chegaram ao Portal da Lágrima, o caminho de casa.

Sim, havia um problema. Anelise não queria ir embora, contudo, sabia que era a melhor escolha.

Lágrimas ardidas despontaram dos olhos da jovem escritora, mas ela não queria dar espaço a elas. Encarou seus amigos, memorizando cada traço de suas feições marcadas pela guerra tão recente.

— Eu não queria ir para casa — admitiu, enxugando uma lágrima rebelde que teimosamente molhou sua bochecha, apesar de todos os esforços que ela promoveu para contê-la. Hércules, emocionado, se compadeceu profundamente da causa de Anelise, porém, havia planejado uma grata surpresa para ela. Quem sabe isso não restauraria o ânimo da jovem?

— Tenho um presente para você — a gárgula comentou ao soltar um sorriso travesso à sua senhora, revelando seu caderno cor de cereja, que ela havia perdido ao ser sequestrada pelo rei e seus capangas. Anelise escancarou a boca, completamente extasiada. — Guardei para que você pudesse registrar... — Agora, eram as lágrimas da gárgula que começaram a fugir de seus olhos, banhando sua face. — Registrar a nossa história. Conte a eles como fugimos pelo túnel. Conte a eles como a *Canção do Horizonte* se cumpriu. — Recobrou um longo fôlego, estendendo a ela um sorriso melancólico. — Conte a eles qual é a lâmina mais cortante.

Mal finalizou a frase e abraçou sua amiga com muita força. O cheiro de seus botões de ouro sendo esmagados naquele abraço foi algo impossível de se ignorar. Anelise fechou os olhos e se permitiu sentir aquele afeto, aquele carinho de seu amigo de longa data. De modo repentino, sentiu que múltiplos braços e garras se alojaram ao redor do primeiro carinho: todos os Sigrid rodearam a garota em um grande abraço. Acima deles, os pássaros cantavam como nunca, acompanhando as lágrimas da escritora com uma harmonia musical de uma beleza que jamais teria fim. O afago acariciou todo o ser de Anelise, curando até o que ela não sabia que estava ferido, restaurando até o que ela sequer imaginava que havia quebrado. Se pudesse, nunca teria se afastado daquele momento, esticando-o cada vez mais, por muito tempo.

Não queria se despedir deles. Conhecia bem as histórias de fantasia: uma vez que o mundo mágico se fechasse, ela não voltaria mais.

Os ventos do leste, no entanto, sussurraram que angústia não cairia bem àquele momento. Não, uma narrativa como aquela não poderia ser encerrada com ansiedade e medo. Os ventos, aqueles que são bons, garantiram que Anelise e seus amigos não estavam desencontrados para sempre. O reencontro de todos eles já estava ali, acenando do horizonte.

Assim que o grande abraço acabou, Hércules mancou até o Portal da Lágrima e encarou a jovem. A gárgula inspirou fundo e bateu com o grande pé três vezes. O barulho foi tão intenso que as árvores se encolheram suavemente diante do estardalhaço, e até os céus voltaram a sua atenção para as cenas seguintes.

Anelise recebeu uma multidão de beijos e mais abraços de despedida. Quando Fenrir foi cumprimenta-la, porém, levou um tempo mirando a garota.

No dia em que se conheceram, o guerreiro não via em Anelise qualquer traço heroico, porém, após o acontecido, que mais tarde foi chamado de Batalha das Wistérias, mudou de ideia a seu respeito. Percebeu que os olhos de Anelise não somente exalavam coragem, mas também a serenidade de uma rainha, pois, justamente naquela ocasião, trajava um belo vestido dourado, em vez de seu tradicional pijama encardido, e seu corpo oferecia uma postura bela nunca vista antes, nem nas lendas, nem em seus sonhos.

Ele precisou de coragem para admitir que, caso Anelise ficasse naquele mundo, ela não precisaria tanto dele: estava tão independente e corajosa que era capaz de seguir sua vida. No fundo, era Fenrir quem precisava dela, mas ele ainda não havia entendido de que modo isso poderia se concretizar.

— Eu estava enganado a seu respeito — admitiu ele ao beijar a mão de Anelise. — És muito mais valente do que eu. Em tudo.

A jovem corou e, sem graça, respondeu com muita doçura:

— Discordo, Fenrir. Você será um grande rei. E eu... bem, eu jamais seria capaz de governar essas terras.

Fenrir também discordou da frase dela em seu coração, pois sabia que aquele país jamais teria uma rainha tão bondosa e justa quanto Anelise poderia ser. Assim que foi coroado rei, Anelise notou que ele não era mais um rapaz arrogante com seus olhos de lince. Agora, se comportava e agia com a magnificência de um verdadeiro rei.

— Eu também trouxe algo para você. — Com um rápido movimento, Fenrir despiu-se da jaqueta feita de lã escura e estendeu para Anelise, a mesma que ele havia oferecido no dia em que se conheceram.

— Não posso aceitar... — respondeu Anelise, com as bochechas ardendo de vergonha e admiração.

— Eu insisto — disse Fenrir, vestindo Anelise com aquela jaqueta tão confortável. A escritora acariciou a lã macia e olhou para o jovem rei, buscando certeza em seus olhos. Ao mirá-los, vislumbrou o encanto com que Fenrir a observava, o que fez seu coração acelerar. A jovem estava tão abalada que nada pôde dizer, a não ser, é claro, por meio daquele olhar tão expressivo. Não se engane. Fenrir sabia falar com os olhos e disse a ela tudo o que estava em seu coração: "Eu te admiro e gostaria que ficasse conosco mais um pouco." Por meio de seus lábios, no entanto, tudo o que ele foi capaz de dizer foi: — Essa jaqueta combina mais com você. Acredite em mim.

Anelise mal conseguia respirar. Não sabia o que dizer, não sabia o que fazer. Ase, que viu toda a cena, entrou em ação para ajudar sua amiga.

— Afaste-se, Fenrir! — Ase guinchou ao enlaçar Anelise num abraço apertado de rachar os ossos. — Querida, sentirei tanto sua falta! — Covinhas marcavam suas bochechas e em seu sorriso havia paz, mesmo após perder Gérdo, seu pai. Seus cabelos dourados estavam à mostra e ela não mais usava um capuz, revelando para todos as dores de sua marca sem temer nada. Sua pele bronzeada gerou um contraste quando se chocou contra Anelise, sempre pálida, em um abraço caloroso. — Que os bons ventos te acompanhem! — ela desejou de coração ao beijar a testa da menina.

Anelise sentia-se tão amada quanto qualquer pessoa poderia ser.

— Foi *certezamente* uma honra lhe conhecer — confessou uma vozinha suave, cheia de carinho, proferida de algum lugar abaixo de Anelise. Após alguns momentos procurando o autor do agradecimento, Anelise encontrou ouriço rechonchudo que conhecera em Bóthildr. Anelise sabia que *certezamente* não era uma palavra "oficial", mas desejou que fosse só para prender Endemör em seu vocabulário para sempre.

Dolorosamente, Anelise deu as costas para Endemör, encarou o Portal da Lágrima e apanhou o fio dourado que a guiaria para casa, quando, de modo repentino, sentiu falta de algo.

— Você vem? — questionou Anelise ao perceber que Hércules não a seguia. Apesar de todo o amor e devoção que sentia por Anelise, há muito a gárgula não se sentia tão feliz como na Endemör restaurada. Havia aguardado por tantos anos a oportunidade de vê-la curada que, agora que aconteceu, não tinha mais vontade de ir embora.

Quando era uma pequena gárgula, Endemör era referência de um país espetacular para se viver. Localizada perto de Dagar, a filha da Eira, e das nações gêmeas, Solveig e Tora, sua terra natal sempre foi conhecida por seus lindos ramos de wistéria púrpura, e os habitantes eram felizes, as florestas eram fartas e os rios, abundantes.

O chão não mais revelava as rachaduras profundas de antes e o céu azul e límpido era tão celeste que as nuvens cinzentas não eram mais bem-vindas. Não distante de onde estavam, o imenso e belo castelo de torres imponentes se erguia em direção às alturas, e o povoado estava em festa pela restauração de todas as coisas.

— Eu ficarei em Endemör, minha senhora — Hércules explicou, se aproximando da menina com lentidão, prolongando os segundos para que, mais tarde, não se arrependesse de ter passado pouco tempo junto de sua tão grande amiga. — Faço parte da guarda real do palácio de Ekte.

— Ekte? — Anelise questionou, testando o novo nome do palácio como se estivesse conhecendo-o pela primeira vez, quase esquecendo todas as memórias terríveis vividas em Forseti.

— Sim. Significa verdade, a nossa lâmina mais cortante — Ase explicou com um sorriso heroico nos lábios; Anelise não pôde deixar de sorrir também, ainda que um pouco triste.

O que aconteceu na clareira iluminada, àquela hora do dia, foi o mais próximo que Anelise experimentou da verdadeira alegria. Um sol brilhante banhava cada canto de Endemör, tornando a partida mais sentimental do que a menina desejava. As árvores sussurravam, embora Anelise fosse incapaz de entender o que elas diziam. Os cochichos eram, de fato, tão baixinhos que a jovem se sentiu feliz simplesmente por isso, pois, antes, aquela clareira era tão silenciosa quanto um túmulo. Seu farfalhar agraciava os ouvidos e trouxe conforto ao coração de todos: Endemör estava viva de novo.

As libélulas de Anelise brincavam entre si como se fosse verão, e o gozo era pleno. Uma delas, com uma linda coloração lilás, pousava em seu ombro como se tivesse adormecido depois de tanto se divertir.

Com um sorriso amplo, Anelise disse a Hércules:

— Eu entendo. Ficaria aqui se eu pudesse. — E, quando admitiu isso, abraçou contra o peito o caderno cor de cereja.

Hércules negou com a cabeça, emocionado demais para declamar o discurso que havia preparado mais cedo, quando estava tomando seu segundo café da manhã.

— Não seria justo. Outros mundos ainda precisam ouvir as suas histórias — disse ele, tocando com sua garra a capa do caderno da escritora.

Relutante e vencida, a jovem londrina encarou aquele grupo de rebeldes que acreditaram em seu dom quando ela duvidava de si mesma. Lembrou-se, com saudosismo, do convite à missão e de como ela achava que nada mudaria com o plano. Com alegria, reconheceu que estava absurdamente enganada: tudo havia mudado, principalmente ela própria.

— Adeus, meus amigos.

Anelise assentiu com a cabeça ao permitir o escape de poucas lágrimas. Passando a mão na alça de sua maleta cor de café, inspirou fundo e, ao lançar um último e longo olhar aos amigos, entrou no Portal da Lágrima.

Os ventos do leste a sopraram para longe daquela terra, embalando Anelise de tal maneira que, durante a viagem, ela adormeceu pesadamente, como se estivesse cansada após uma longa aventura. Suas pálpebras pesaram e ela não fazia ideia se estava flutuando, caindo ou suspensa no ar. Não teve medo de nada, nem mesmo por um segundo, pois confiava que os mesmos ventos que a trouxeram até lá também a levariam de volta para casa.

OS BONS VENTOS

A noite cálida da antiga Londres estava muito agradável. A avenida principal estava banhada por um doce aroma de pêssegos maduros prontos para a colheita. Wistérias fartas, a flor da temporada, adornavam os canteiros úmidos e recém-aguados. Uma névoa densa tomava conta das ruas como uma fumaça gelada e esbranquiçada. As luzes amareladas de um Cadillac 1930 iluminavam o nevoeiro à frente, e suas lâmpadas, mesmo antigas, dissipavam a neblina.

Nem mesmo a intensa bruma londrina poderia estragar aquela noite tão especial.

Havia um motivo importante para aquilo: naquela noite, o Teatro Ward exibiria o espetáculo *As Crônicas de Endemör*. Os ingressos estavam esgotados há muitos meses, e o local, superlotado, tinha todos os assentos preenchidos por fãs ansiosos. Longas filas de espectadores decoravam as calçadas, com seus ingressos em mãos, ansiando fervorosamente a sua vez de entrar.

Assim que Anelise retornou de Endemör, acordou aos pés de uma trepadeira no quintal da Sra. Thompson, após seu pai, o Sr. Ward, procurá-la sem parar por horas seguidas.

— Ela está aqui! — exclamou a Sra. Thompson, que fora acordada com os latidos desenfreados de seu dálmata quando, ao sair de roupão e chinelos para ver o que havia acontecido, trombou com Anelise dormindo em seu jardim, vestida com um casaco de lã escura e com uma guirlanda de flores na cabeça. — Adormeceu sob as minhas wistérias! — Seus cabelos, fofos como algodão e acinzentados como as nuvens nubladas da manhã, estavam agitados e ela usava o mesmo batom vermelho com cheiro de framboesa de sempre, ainda que ele estivesse relativamente mal aplicado.

Anelise foi acolhida no interior de sua casa enquanto seu pai se dirigia até lá. A jovem se recusou a tirar a jaqueta de lã, afirmando estar com muito frio.

— É de se esperar que esteja mesmo com frio! — a Sra. Thompson concordou, sua voz aguda ecoando da cozinha enquanto ela enchia uma xícara de leite quente para a jovem. — Você estava dormindo lá fora, ó, pobrezinha. O orvalho não te fez bem, como está tão pálida!

Anelise estava, de fato, muito empalidecida. Agora sentada em uma poltrona azul, bebericava sua xícara enquanto olhava fixamente para a lareira acesa que a aquecia, quando a porta da frente se abriu com um estrondo.

Era seu pai.

A jovem não sabia como explicar a situação, não tinha tido tempo para isso. Ali, despreparada, não sabia muito bem como começar suas justificativas.

Contudo, assim que viu seu pai, ela soube. Algo havia acontecido, algo estava diferente, Anelise podia constatar isso pela face de seu pai. Ela estava diante de um novo e distinto homem.

Ao ver sua filha sã e salva, o Sr. Ward não escondeu as lágrimas. Ergueu-a nos braços como se fosse um bebê e a abraçou tão fortemente que Anelise nada fez, a não ser retribuir, surpresa até o último fio de cabelo.

Ele a levou até o hospital para checar suas condições de saúde. Deitada em uma maca hospitalar e sendo interrogada pelas autoridades, Anelise era observada por seu pai, ainda incrédulo por ver sua filha inteira, sem nenhuma questão grave, a não ser pelo hematoma em sua têmpora e um leve arranhão em seu antebraço. Afora aqueles sinais, Anelise era quem sempre foi: seus lábios rosados acompanhavam o nariz delicado e fino, semelhantes aos das fadas dos livros ilustrados. Seus olhos amendoados, que sempre traduziram tanta ingenuidade e inocência, atestavam agora a coragem que havia em seu coração. Anelise, delicada como uma lírio-de-anunciação e digna como uma rainha, obedecia aos comandos dos médicos com agilidade, provando a todos que estava plena em saúde, com sua ferida quase completamente curada, graças ao unguento cicatrizante da flor de linho dado por Birger e Dag.

"Ela fugiu após uma discussão com o pai, no meio da noite. Se perdeu e adormeceu no quintal de sua vizinha. Coisa de adolescente..." Aquela fora a versão dada aos policiais para o sumiço de oito horas de Anelise Ward.

Muito tempo atrás, o Sr. Ward era tão feliz quanto qualquer homem casado podia ser. Certo dia, diante do repentino desaparecimento de sua esposa — a atriz principal de todas as cenas escritas por ele —, teve seu coração despedaçado, e a dificuldade de lidar com aquele cenário desolador o levou a descontar a ira e a frustração na pobre Anelise.

Tanto amor negado a quem merecia cuidado. Tanta frieza dispensada por suas palavras ao longo daqueles anos.

Arrependimento. Pesar. Culpa. Essas eram três constantes que amarravam o coração do pai, não permitindo que ele enxergasse saída nítida daquela vida de desprezo pela filha.

Como o Sr. Ward havia sido cruel! E como aquilo ia de encontro ao homem bondoso que ele, um dia, havia sido.

Mesmo antes do sumiço da filha, o pouco amor de pai que havia em seu coração se multiplicou conforme via Anelise crescer como uma jovem justa, educada e honesta. O orgulho, contudo, o impediu de demonstrar, mais cedo, o que realmente pensava a respeito dela.

Ao encontrar aquele emaranhado de coisas tão marcantes em seu próprio interior, o Sr. Ward se arrependeu e desejou, mil e uma vezes, o poder de voltar no tempo para que pudesse agir diferente. Como você sabe, essa ainda não é uma história de viagem no tempo, portanto, o que o Sr. Ward poderia fazer era dar meia-volta e recomeçar.

Digamos que, assim como aconteceu com Revno, o encanto do Sr. Ward havia se quebrado.

— Sinto muito, Sr. Ward. — Ela estava sendo sincera quando admitiu aquilo. Sabia que seu sumiço ocorrera apenas por uma causa muito nobre, porém, lamentava ter assustado seu pai.

— "Papai" — corrigiu o Sr. Ward, os olhos molhados de lágrimas diante de sua filha. — Pode me chamar de "papai".

Anelise assentiu, surpresa, e ficou ainda mais surpresa quando se viu envolvida por um profundo e caloroso abraço de seu pai, cercada por pedidos de perdão e lágrimas. Tudo o que queria ver, um dia, eram seus olhos marejados, receber um raro abraço carinhoso e ouvir um caloroso "estou orgulhoso de você". Naquele dia, contudo, ganhou infinitamente mais do que podia esperar:

— Eu amo você, minha filha — o Sr. Ward admitiu, e foi honesto em cada palavra.

O abraço só foi contido ao chegar uma enfermeira com o resultado dos exames. Com os óculos na ponta do nariz, olhou bem para Anelise:

— Belo broche — cumprimentou secamente, pousando o olhar no ombro da menina.

"Broche? Eu não uso broche", pensou Anelise quando, de repente, encontrou a mesma libélula pousada em seu ombro, cravada no tecido de sua jaqueta de lã, como se tivesse adormecido depois de tanto se divertir. Cravejada de pequenas pedras brilhantes, o broche de libélula reluzia uma linda coloração lilás invejável. Com saudosismo, acariciou a lembrança como se estivesse tocando a própria Endemör.

Após aquela temporada de exames e depois de viver ótimos momentos juntos a seu pai, seu tio Charles e sua avó Charlotte, Anelise voltou a suas atividades ordinárias.

Ela também voltou ao quarto onde tudo começou. Tocou melancolicamente a rachadura em formato de lágrima, que permanecia estática como sempre. Inspirou fundo, como se seu coração estivesse sendo atraído para aquela terra, quase como se algo estivesse chamando-a de volta, ainda que não fosse agora. Não havia um dia em que não pensasse em Hércules, Ase... e no rei Fenrir.

Seja ajudando seu pai no teatro, penteando os cabelos ou indo à igreja nos domingos, em algum momento de seus dias ela refazia em sua memória o caminho até seus amigos, desejando revê-los de algum modo.

Não preciso ir mais longe do que isso para afirmar que em pouco tempo Anelise se lembrou do pedido de Hércules, aquele feito antes de ela partir. Sentando-se em sua escrivaninha, abriu seu caderno cor de cereja. Ele estava mais magricelo que antes, pois havia perdido muitas folhas em Endemör, mas ainda havia espaço o suficiente para construir uma nova narrativa.

Ela havia ganhado um novo tinteiro e uma pena, importada de algum lugar das ilhas orientais, e logo se pôs a pensar.

Mergulhando a ponta da pena no pigmento escuro, Anelise iniciou sua escrita, desenhando cursivamente alguns rascunhos dos lugares que visitou e desenvolvendo a ordem dos fatos vividos.

Redigir aquela história era como reviver tudo aquilo.

Era muito prazeroso para Anelise encontrar novamente aquelas recordações que ela parecia não querer mais guardar apenas para si. Ficava imaginando se seus amigos aprovariam sua escrita, e confiava que, se estivessem ali, eles com certeza a aproveitariam de algum modo.

Houve dias em que Anelise escreveu sem parar. Seu pai precisou preparar sanduíches e biscoitos para mantê-la alimentada, pois ela nem saía de seu quarto para as refeições — e quando o fazia, só falava da trama que estava tecendo. Grandes eram os preparativos e os esforços de Anelise empregados naquela nova e grandiosa história!

Anelise tinha pressa.

Pressa de compartilhar com o público uma das maiores aventuras de sua vida, com a grande diferença, é claro, de que, ao menos para eles, seria apenas uma narrativa ficcional.

Para Anelise, contudo, tudo foi extremamente real. E isso mudava as coisas.

Anelise registrou tudo o que havia acontecido e usou seus dons de escrita para criar uma nova história digna de ser vista e aplaudida.

Empenhou-se como nunca havia feito, até que, em uma dessas noites em claro na produção de sua nova trama, o pai lhe trouxe uma fumegante xícara de chocolate quente.

— Annie — o pai a chamou antes de entrar no quarto. Quando seu encanto foi quebrado, o Sr. Ward abandonou aquela expressão esguia, e seu rosto pálido tornou a corar.

Por trás de óculos finos e delicados, olhos brilhantes sorriam. Em seus lábios, voltou a morar o sorriso gentil de sempre, aquele pelo qual a mãe de Anelise se apaixonara. Toda ganância havia ido embora: sobrara apenas quem ele sempre foi. — Você deveria ir dormir... — começou a aconselhar com mais e mais provas de que Anelise estava, de fato, cansada, quando, de repente, parou próximo à escrivaninha, franzindo o cenho e expressando estranheza.

A fumaça do chocolate quente embaçou levemente os seus óculos, mas as lentes não impediram Anelise de ver que o seu pai estava confuso.

— O que foi? — Anelise questionou, fechando momentaneamente seu caderno e pousando a pena junto do tinteiro.

— Não havia uma gárgula ali? — questionou o pai, um tanto perturbado, caminhando até a janela e dando uma segunda olhada. Tocou no lugar em que ele jurava ser a posição que a gárgula ocupava e sustentou aquele ar de confusão.

Anelise suspirou melancolicamente e caminhou até o pai. As nuvens no céu deixavam rastros brancos, tingindo seu leito azulado com nébulas translúcidas. Estrelas cintilantes cravejavam todo aquele infinito, adornando a noite que, de uma hora para outra, se tornara um pouco tristonha.

Ao olhar para o lugar onde Hércules morava, no parapeito de sua janela, um sorriso saudoso despontou de seus lábios. Como sentia falta daquele querido amigo!

— Acho que ela voltou para casa.

O tempo passou. Dias se tornaram semanas, semanas transformaram-se em meses. Dois anos após tudo o que havia vivido, as memórias de Endemör seguiam sendo a parte mais nítida do coração da jovem mulher, uma que jamais desbotava ou perdia a graça. Durante a noite, antes de dormir, Anelise fingia ainda caminhar por aquelas florestas encantadoras, provando dos frutos doces e apostando corrida com Fenrir e Ase. Por vezes, ela sonhava: sonhava com aquela terra e acordava cheia de saudade, o coração emotivo ainda sentindo o cheiro das flores de wistéria como se elas estivessem ali, bem debaixo de seu nariz.

Finalmente, após tanto tempo debruçada naquela obra, Anelise encontrou satisfação ao reconhecer que tudo estava pronto. Ao reler o roteiro da peça, pôde reconhecer que aquela seria, por muito tempo, a obra da qual mais se orgulharia.

Aquela, sim, era uma história digna de lágrimas e também de provocar a mais profunda alegria. Contudo, muito mais do que isso, Anelise chegou a julgar que aquele era o tipo de peça que seus amigos endemorianos iriam admirar, caso tivessem o privilégio de assistir.

Na noite de estreia de *As Crônicas de Endemör*, todos os londrinos estavam muito bem-humorados, sem exceção.

No interior do teatro, a jovem escritora acariciava seu caderno cor de cereja, aquele onde todas as suas histórias começavam e terminavam. Ele havia passado por maus momentos, é verdade, e estava bastante encardido desde que retornara da sua jornada em terras forasteiras. Nem todas as sujeiras, pelo visto, são de fato ruins, porque Anelise se recusava a limpá-lo — talvez com medo de que aquele simples ato pudesse varrer para fora de sua mente os acontecimentos de Endemör.

Logo no começo, o espetáculo nos apresentou um reino cinzento e muito tristonho, cuja vegetação, morta e feita de papel, transmitia a mensagem de que algo de errado havia acontecido naquele lugar.

Houve muita emoção quando a cidade dos túneis surgiu, mas as cenas de ação foram as mais apreciadas.

O teatro, silencioso, assistiu devotamente às cenas da luta entre os rebeldes e os guardas de Forseti. O sangue era falso, todos sabiam, entretanto, o profissionalismo dos atores era tamanho que eles foram capazes de comunicar a adrenalina, a dor e o medo que só as batalhas verdadeiras poderiam proporcionar.

Até os ingleses mais pacatos, aqueles que jamais haviam sentido no coração o senso da urgência de uma aventura, foram impactados com a proporção daquela experiência. Mesmo o Sr. Roberts, um homem cuja mania mais conhecida era ficar isolado em casa, logo passou a visitar ruínas de castelos e frequentar as aulas de esgrima com o professor Harder.

Durante boa parte da performance, não se ouvia som algum em meio aos espectadores, a não ser um lamento choroso aqui e ali diante da morte do minotauro Gérdo.

Charlotte, a personagem principal da peça, conquistou muitos corações com sua coragem e determinação. Fenrir, o tal jovem guerreiro de natureza valente e postura de rei, arrancou suspiros das mocinhas. Contudo, o favorito do público foi a gárgula Hércules e seu intenso carisma. Particularmente, ele também era — e sempre seria — o favorito de Anelise.

Em uma plataforma próxima ao palco, na poltrona de sempre, o Sr. Ward assistia a cada ato com os olhos emocionados, com o chapéu aveludado repousado em seu colo. Ele segurava a mão da filha, que, pela primeira vez, sentava-se ao seu lado.

O espetáculo foi tão magnífico, os atores tão dedicados e o enredo, tão esplendoroso, que um aroma encantado emanava da sua peça.

Enquanto seus olhos brilhavam diante da história encenada, a mente da jovem foi reconduzida à doce visão de Endemör restaurada. O público, embalado pela ludicidade da narrativa, estava profundamente envolvido com a história, famintos por mais, muito mais.

Seraphine, a assistente de palco, se aproximou devagarinho de Anelise na escuridão do teatro.

— Tudo está indo bem, criança — sussurrou com uma descomunal alegria maternal. No escuro, tudo o que conseguia ver era o perfil contente de Anelise, delicada como uma lâmina e digna como uma guerreira. Em seu interior, a autora transbordava de alegria por apresentar para o mundo aquela história que havia vivido em sua própria pele. — Alguns repórteres querem entrevistar você.

Anelise fez que sim e um estrondo seguiu-se após aquele sinal, pois a peça havia encerrado no mais puro esplendor: todo o cenário cinzento havia sido trocado por paisagens, rios e mares com cores vivas, assim como ocorrera em Endemör. Anelise havia falado pessoalmente com o cenógrafo inúmeras vezes, insistindo, com uma postura exigente, na necessidade de usar todos os recursos possíveis para aquela renovação do palco. "Tudo precisa transmitir a sensação de um nascimento", dizia Anelise.

E deu certo.

A ovação extrema levou os espectadores a aplaudirem de pé. O teatro foi ao céu, todos se sentindo um pouco mais restaurados após presenciarem a transformação daquela terra encantada.

Anelise foi cumprimentada, abraçada e encorajada pelas mesmas pessoas que um dia reservaram olhares acusadores para ela. Era uma situação particularmente nova, de modo que ela sentiu uma emoção indizível ao ser atingida pela recepção alegre do público.

— Srta. Anelise Ward! — um representante do *The London Gazette* chamou Anelise ao vê-la caminhando em direção à carruagem do Sr. Ward. A zombaria no rosto jovem do jornalista era notável e, ignorando os ventos que levaram seu chapéu para longe, continuou. — Noticiamos, tempos atrás, a declaração do conselheiro do rei a respeito da piada contada por você. Aquela situação provocou um hiato em sua carreira... — O jornalista deu um risinho ao continuar a frase. O motivo era claro: as pessoas entendiam que Anelise havia parado de escrever graças a sir Daves e suas ameaças. Mal sabiam que sua pausa tinha muito mais a ver com um certo Portal da Lágrima do que com o conselheiro do rei e a piada do rato. — No fim das contas, o rei George não se ofendeu.

— Fico feliz com isso, afinal, sempre fui leal ao rei. — A segurança na voz de Anelise era um contraste perfeito à primeira entrevista cedida àquele repórter, tanto tempo atrás.

O jornalista, agitado diante da promissora oportunidade de estampar a notícia do grande retorno de Anelise Ward na primeira página, fez sua última pergunta:

— Há alguma coisa que gostaria de dizer diante do sucesso desse novo espetáculo?

Anelise era a voz, o corpo e o rosto das histórias que escrevia. Carismática como as tulipas da estação, não havia como negar seu prodigioso dom de contar histórias.

Vários outros jornalistas se colocaram ao lado do primeiro, buscando captar qualquer palavra que fosse acerca de tão tremenda história.

A jovem Anelise molhou os lábios com a língua antes de sorrir, buscando transmitir confiança. O lindo broche de libélula emoldurava a gola do seu vestido lilás-wistéria. Os cabelos ondulados, penteados para trás, complementavam sua aparência angelical, não escondendo que, para além daquilo tudo, ela já tinha o coração, o corpo e a mente de uma mulher. Nem seu pai era capaz de assimilar o crescimento tão rápido que acometeu sua filha.

Anelise parecia ser outra pessoa.

Quando ninguém estava olhando, ela chegava a pensar em como toda aquela transformação em Endemör havia atingido ela mesma, de algum modo.

— Sim, sim... Eu gostaria de dizer que...

Havia muitas coisas que ela queria exclamar de todo o coração. Tinha vontade de tomar a palavra para anunciar à grande Londres que aquela não era apenas uma história, mas um relato documental, um retrato fidedigno da realidade. Tudo aquilo era real, tudo aquilo havia acontecido de verdade, do início ao fim. Contudo, agora que estava diante de uma multidão de admiradores e jornalistas, percebia que tudo o que vivera era um presente, embrulhado e bem embalado, que cada sujeito abriria em seu próprio tempo. Um presente que não estava longe, mas bem ali, na esquina do nosso mundo, talvez preso em uma rachadura em forma de lágrima, em uma parede qualquer.

Os ventos do leste prestigiaram a autora, esvoaçando as mechas de seu cabelo enquanto elevavam folhas veranis acima de sua cabeça, como se brincassem com a jovem, trazendo um lembrete que ela deveria transmitir aos outros. Todos olhavam para ela com expectativas altíssimas, enquanto, em seu coração, Anelise havia encontrado o que queria anunciar para os espectadores de suas crônicas:

— ... que os bons ventos do leste acompanhem cada um de vocês!

AGRADECIMENTOS

Quando comecei a fazer a história, orei a Deus para que me deixasse escrevê-la até o fim. Se você está lendo isso, o Senhor atendeu ao meu pedido e, por isso, sou profundamente grata ao seu doce favor.

Sou agradecida à minha mãe, pois sempre ouve minhas histórias com atenção, e ao meu pai, que opina, questiona e testa a trama com sua inteligência tão refinada. Obrigada, Bia e Huguinho, por não me deixarem desistir da escrita, e obrigada, família, por ter sonhado esta narrativa junto a mim.

Agradeço a Emilio Garofalo Neto por ter incentivado tanto a afiação de *A Lâmina Mais Cortante*.

Com carinho, dirijo um agradecimento a todas as minhas amigas, que acreditaram em Anelise e em mim.

Ao leitor, meu mais reverente obrigada. Meu desejo é que a lâmina mais cortante encontre e fira seu coração, trazendo um novo cântico do horizonte em seu viver. Que os bons ventos do leste lhe acompanhem!

Este livro foi impresso pela Santa Marta, em 2024, para a Thomas Nelson Brasil. O papel do miolo é pólen bold 70g/m², e o da capa é cartão 250g/m².